ars vivendi

Nataša Dragnić

Der Wind war es

Roman

ars vivendi

Originalausgabe

1. Auflage April 2016

www.arsvivendi.com

Lektorat: Dr. Felicitas Igel
Druck: CPI Ebner & Spiegel, Ulm
Gedruckt auf holzfreiem Werkdruckpapier der Papierfabrik Schleipen.
Das eingesetzte Material stammt aus ökologisch und sozial
verantwortungsvoller Forstwirtschaft.
Printed in Germany

ISBN 978-3-86913-622-6

Der Wind war es

Für Daša

1.

»Wahnsinn!«

Zu sechst standen sie auf dem Felsplateau, hinter ihnen der alte VW-Kombi, vor ihnen der Abgrund, der in einem endlosen, für das Auge fast unerträglich silbrig-, beinahe platinglitzernden Blau endete. Die frische Luft, der Nordwind im Rücken, das stechende Licht in den Augen ließen sie alle sprachlos. Minuten vergingen, Minuten, getarnt als Stunden. Viel gab es nicht zu sehen: eine größere Bucht, an deren beiden Spitzen jeweils ein Haus stand, ein Haus wie ein Leuchtturm. Oberhalb der Bucht weitere Häuser, eher Hütten aus Stein oder lediglich mit Steinplatten bedeckt. Darüber Weinberge an den steilen Hängen. Auf der rechten Seite unzählige kleinere Becken, mehr oder weniger tief, mehr oder weniger felsig, dazwischen größere und kleinere Kiesstrände, alles menschenleer und verlassen. Ein paar durch die Luft segelnde, lautlose Möwen auf der Suche, der Sonne entgegen. Auf der linken Seite ein Hügel, der alles verdeckte, was dahinter lag. Nichts war zu hören außer dem Brausen der Wellen und dem Pfeifen des Windes. Und dann, als hätten sie sich abgesprochen, als hätten sie wieder angefangen zu atmen:

»Ich liebe diesen ersten Anblick, den ersten Eindruck ...«

»Wisst ihr, wie der Originaltitel von Jane Austens *Stolz und Vorurteil* war? *First Impression*!«

»Ich bin so aufgeregt!«

»Ich hab noch nie so was gesehen!«

»Es ist kälter, als ich dachte ...«

»Ich hab Hunger, ihr nicht?«

»Ich hab das Gefühl, ich könnte fliegen.«

»Wieso ist alles so gelb?«

»Das wird ganz toll hier, ich sage es euch, Leute.«

»Das ist Ginster, ich liebe Ginster.«

»Als könnte ich fliegen, wirklich fliegen ...«

»Ich rieche Abenteuer, große Abenteuer, boys and girls!«

»Da links, hinter dem Hügel, liegt Bol mit dem berühmten Strand am Goldenen Horn, der sich mit der Strömung bewegt, kann man auf jeder kroatischen Ansichtskarte sehen.«

»Aber wir sind nicht zum Vergnügen hier, ist klar.«

»Da will ich unbedingt hin!«

»Alles ist möglich, spürt ihr das auch? Das Gesetz der Wildnis ...«

»Wir wollen ja unser Stück vorbereiten, denkt dran!«

»So stelle ich mir das Leben nach dem Tod vor.«

Alle drehten sich zu Katrin um, sahen sie an, als hätten sie sie nie gesehen oder als hätten sie vergessen, dass sie dabei war. Ihr langes blondes Haar flog um ihr Gesicht wie ein Schleier, verdeckte ihre bebrillten Augen.

»Das ist nur die frische Luft und das Meer und die Sonne. Wenn man aus dem Grau des hohen Nordens kommt ... Lasst uns weiterfahren, den besten Teil haben wir noch vor uns«, sagte Barbara und schritt entschlossen Richtung Kombi. Obwohl sie nicht zu der Theatergruppe gehörte – sie war weder eine Schauspielerin noch die Regisseurin noch die Autorin des Stückes –, fühlte sie sich für das ganze Unternehmen verantwortlich, da das Haus ihrer Tante der Ort war, wo die kleine Theaterwahlfamilie in den kommenden Maiwochen das neue Stück von Stefan, ihrem Freund, auf die Beine stellen wollte.

Unwillig, sich von diesem Ausblick loszureißen, und durcheinander redend folgten ihr alle. Anton, der Regisseur, setzte sich hinters Steuer und Barbara neben ihn, um ihm den Weg zu zeigen. Man nannte die beiden »the croatian connection«, weil Antons Eltern aus Split stammten und er selbst auch dort geboren war, erst mit sechs Jahren war er nach Deutschland gekommen; und weil Barbaras Tante Julia, eine echte Münchnerin, einen Kroaten geheiratet hatte, zu ihm auf die Südseite der Insel Brač gezogen war, in dieses winzige Dorf, das nicht einmal einen Lebensmittelladen oder einen Kirchturm vorweisen konnte, und dort blieb, auch nachdem er vor einigen Jahren zu unerwartet, zu jung, zu lebendig, zu gesund an einem Herzinfarkt gestorben war. Nach einem Jahr Schockzustand hatte Julia, verliebt in diesen Ort, ein Traumhäuschen aus Stein – drei Zimmer, fünf Betten – unter dem ihren bauen lassen, auf einem Felsen direkt am

Meer, auf der Westspitze der großen Bucht, und vermietete es von Juni bis Oktober.

»Vorsicht!«, schrie Barbara, als ein großer Stein mitten im Weg erschien. Die enge, steil abfallende Straße war nicht asphaltiert und durch wuchernde Ginsterbüsche unübersichtlich. Anton bremste, alle flogen aus den Sitzen. »Soll ich fahren?«, fragte Barbara.

Anton würdigte sie keiner Antwort.

»Und was passiert, wenn uns jemand entgegenkommt?«, fragte Michael, Germanistikstudent und einer der Schauspieler in Stefans Stück.

»Wir sollten alle beten, dass das nicht passiert«, sagte Barbara und meinte es auch so.

Anton schimpfte vor sich hin, seine Gesichtszüge angespannt, seine Hände verschwitzt und am Lenkrad verkrampft. »Ich brauche eine Zigarette«, sagte er leise. »Gibt es denn keinen andern Weg?«

»Aber klar doch, eine vierspurige Autobahn, aber ich wollte euch ein wenig Abenteuer bieten.« Barbara drehte sich um und lächelte die nervösen Gesichter im hinteren Teil des Kombis affektiert an.

»Schau besser nach vorne!«

»Sollen wir aussteigen und runterlaufen?«

»Könnt ihr machen, aber der Kombi muss trotzdem runter, das Gepäck auch«, meinte Barbara.

»Das ist keine Straße, das ist nichts als Löcher und Steine!«, regte Anton sich auf.

»Und es ist steil, Leute, sehr steil«, fügte Stefan hinzu und schaute aus dem Fenster. »Man sieht die Küste gar nicht, man landet direkt im Meer.«

Katrin schloss fest die Augen und umklammerte Stefans Arm. Ihre Lippen bewegten sich fast unmerklich.

»Hast du Angst, Katrinchen?«, scherzte der Autor und zog an Katrins Haaren.

»Lass das«, flüsterte sie.

»Wie alt seid ihr denn?«, empörte sich Barbara und bedachte ihren Freund mit einem bösen Blick.

»Seid doch alle still, Anton muss sich konzentrieren!«, schrie plötzlich Lisa, Medizinstudentin und die zweite Schauspielerin. Alle sahen sie erstaunt an, denn Lisa, die Jüngste unter ihnen, war für ihre Schweigsamkeit und Zurückhaltung berühmt und berüchtigt.

»Wenn du auch Angst hast, Hase, kannst du meine andere Hand halten, Katrin wird sicher nichts dagegen haben«, bot Stefan an.

»Aber ich vielleicht«, beeilte Barbara sich zu sagen.

»In solchen lebensgefährlichen Situationen ist Eifersucht völlig fehl am Platz, meine Liebe.« Dass Blicke ohrfeigen konnten, machte Stefan deutlich, indem er sich an die Wange fasste. »Autsch! Das hat aber wehgetan!«

Barbara hatte sich umgedreht, sie war wieder bei Anton, unterstützte ihn, wo es Sinn und wo es keinen Sinn machte. So schafften sie ein paar Kurven, als das Vorderrad plötzlich wegrutschte. Anton bremste hart, der Wagen blieb am äußersten Rand vor dem Abgrund stehen. Lisa, die am Fenster saß, schrie auf, legte aber gleich eine Hand auf den Mund. Katrin ließ die Augen lieber zu, ihre Brille rutschte zur Nasenspitze. Michael fasste sich an den Kopf, und hätte er keine Glatze gehabt, hätte man denken können, er wolle sich die Haare ausreißen. Stefan beugte sich zu Lisa hinüber, wollte sehen, was zu sehen war, und man hörte Steine den Hang hinunterrollen. Stefan schnellte zurück.

»Keiner bewegt sich«, sagte Anton leise, vollkommen ruhig. »Ich brauche eine Zigarette, verdammt.« Er zog die Handbremse an. »In keinem Stück von Shakespeare wird geraucht«, flüsterte Stefan in Katrins Ohr, alle hörten es, aber erstaunlicherweise erwiderte keiner etwas. Es wurde so still, dass man die Windböen deutlich hören konnte. Dann fiel aus dem Nichts ein Vogel auf die Motorhaube, blieb dort unbeweglich liegen. Alle schrien auf. »Ruhe! Genug jetzt!« Antons Gelassenheit war verflogen, tot wie der Vogel vor ihnen.

»Das ist kein gutes Zeichen, oder?«, murmelte Michael, vor sich starrend. Niemand antwortete. Nur flaches Atmen war zu hören.

So saßen sie. Bis Michael sagte: »Was für eine Scheißidee.«

»Eine langsame Höllenfahrt, würde ich sagen.« Stefan behielt sein tückisches Lächeln bei.

»Ich will nicht sterben«, flüsterte Katrin.

»Niemand wird hier sterben!«, schrie Barbara und schlug gegen die Tür. Wieder hörte man Steine hinunterrollen.

»Bist du wahnsinnig?!«, kam es aus mehreren Mündern.

»Im Jahr 1500 verbot Queen Elizabeth I. das Schlagen von Frauen nach zehn Uhr abends ... wie spät ist es jetzt?«

Barbara sah Stefan nicht einmal an.

»Der Tag ist zum Sterben zu schön«, meinte Anton und stieg sehr langsam und sehr vorsichtig aus.

Sofort biss ihm der Wind ins Gesicht. Er duckte sich, drehte sich hin und her, um ihm zu entwischen: seine große, magere Gestalt wie ein Spielzeug. Er ging um den Kombi herum und untersuchte die Lage, dann schaute er zu den angespannten Gesichtern hinter den Scheiben. Daumen hoch, es sah nicht so schlecht aus. Er bedeutete ihnen, sie sollten langsam aussteigen. Katrin und Michael jammerten: der Wind, der Wind, der scharfzahnige Wind! Der plötzlich den leblosen Vogel erfasste und mitnahm, einige Male artistisch durch die Luft wirbelte, um ihn schließlich wieder fallen zu lassen, in das Gebüsch am Straßenrand. Alle sahen gebannt zu.

»Wahnsinn.«

»Ich dachte, hier wäre schon Sommer«, sagte Lisa, hinter Stefans breiten Schultern Schutz suchend.

»Wieso das denn! Es ist erst Anfang Mai, da muss man mit allem rechnen«, erklärte Barbara irritiert.

»Hier werden nicht mal die Toten in Ruhe gelassen. Was für eine gottlose Gegend!«, sagte Michael besorgt. Oder gespielt besorgt.

»Seit wann kümmern dich Gott und sein Treiben?«

»Schluss jetzt mit dem Unsinn. Wir haben zu tun.« Anton legte die Hand vorsichtig auf die Haube. »Wir müssen das Auto hier, an der Seite, alle gleichzeitig anheben und nach rechts schieben, klar?« Anton sah sie erwartungsvoll an.

»Das schaffen wir nie, es ist zu schwer«, murmelte Katrin, die Brille auf der Nasenspitze.

»Ach was, das ist ein Kinderspiel«, meinte Stefan und postierte sich rechts an der Stoßstange. »Also, los geht's!«

Der Wagen bewegte sich, schwankte nach rechts, alle stöhnten.

»Noch einmal!«, rief Anton.

»Ich kann nicht mehr …«

»Alle zusammen, eins, zwei, drei und …«

Plötzlich rutschte Michael aus und stürzte, blieb am Straßenrand liegen.

»Michael, pass doch auf!«

»Jetzt komm schon!«

Als er sich aufrichten wollte, stellte er den linken Fuß auf einen lockeren Stein, der wackelte, Michael wackelte mit und rutschte noch einmal aus, fiel rücklings – diesmal den Hang hinunter. Er schrie auf, wedelte mit den Armen, suchte Halt und rollte und rollte und rollte, und mit ihm unzählige Steine und Erdbrocken –, bis er in einem großen Busch, fast schon auf dem nächsten, viel weiter unten gelegenen Straßenabschnitt hängen blieb. Er rührte sich nicht. Auch seine Freunde oben am Straßenrand rührten sich nicht, ein umfassender Schockzustand. Dann schrie über dem Meer eine Möwe – und alle wachten mit einem Mal auf, erschraken. Gleichzeitig brüllten sie in den Wind, während Michael jaulte, um Hilfe rief.

»Wir kommen, warte!«

»Wir kommen von unten!«

»Keine Angst, Michael, wir sind gleich bei dir!«

»Schnell, Leute, noch mal anheben!«

Keiner beschwerte sich, alle konnten plötzlich, und so stand der Wagen wieder auf der Straße. Anton stieg ein und fuhr langsam los, die anderen liefen vor ihm her, um so schnell wie möglich bei Michael zu sein.

»Passt auf die Steine auf!«, rief Barbara.

»Und auf die Löcher!«, ergänzte Stefan, der als Erster ankam und zu der Stelle hochkletterte, wo Michael in einem Strauch lag, hing, jammerte, nach Gott rief. Die Rettungsaktion dauerte eine gute Viertelstunde, in der Michael nicht aufhörte zu heulen. Schließlich saß er auf einem großen Stein am Straßenrand, alle sorgten sich um ihn, geschäftig, fassten ihn an, zogen an ihm und stellten Fragen nach seinen Wunden, dem Schmerz.

»Wie gut, dass wir eine Ärztin dabeihaben«, meinte Stefan und sah Lisa nicht an, Lisa, die rot wurde und schwieg.

Als schlussendlich ein wenig Ruhe einkehrte, meldete Anton entschieden: »Nichts gebrochen.«

»Woher weißt du das? Bist du jetzt auch Arzt?«, regte Michael sich auf.

»Du kannst doch laufen, oder? Und dich bewegen?«

»Ja, aber es tut weh ...«

»Klar tut es weh, so ein Sturz, es ist ein Wunder, dass du ihn überlebt hast, wenn ich nur daran denke ...«, sagte Katrin leise, schaute Michael mit großen, ängstlichen Augen an. Blicke wurden ausgetauscht, und dann saßen sie wieder im Kombi und fuhren weiter, noch langsamer als zuvor. Lisa, den Erste-Hilfe-Kasten auf dem Schoß, kümmerte sich um Michaels Schnittwunden im Gesicht und am Kopf, während er ununterbrochen wiederholte: »Ich bin fast gestorben, mein ganzes Leben zog an mir vorbei. Ich bin fast gestorben, mein ganzes Leben ...«, bis Stefan ihn anschrie, er solle die Klappe halten, sonst werde sein Leben noch einmal an ihm vorbeiziehen, aber diesmal endgültig. Katrin weinte ein wenig und schüttelte den Kopf, sodass ihre Ersatzbrille, die sie immer in den Haaren trug, herunterglitt. Sie ließ sie zwischen den Füßen liegen.

»Wenn das kein vielversprechender Anfang ist!«

Irgendwann und irgendwie kamen sie schließlich an, in der tiefen Bucht, und wunderten sich, wo der Wind und mit ihm die Bedrohlichkeit der letzten Stunde geblieben sei.

2.

In der Zwischenzeit hatte Julia auf der Terrasse gestanden, im Windschatten des Berges, wo die Sonne ungehindert ihre Wärme entfaltete, und gewartet, ihr Cockerspaniel Diva zu ihren Füßen. Ihr Blick verfolgte, auf die Serpentinen gerichtet, die Odyssee des grünen Kombiwagens. Toma, der ewig Verfrorene, saß im Liegestuhl neben ihr, eingewickelt in eine Decke, und folgte ihrem Blick.

»Soll ich ihnen entgegenfahren?«, bot er sich an.

»Nein, lass sie allein klarkommen, das gehört dazu«, Julia lächelte, sah ihn aber nicht an und spielte mit einer Zigarette, als könnte sie sich nicht entscheiden, ob sie rauchen wollte oder nicht.

Toma setzte an, etwas zu erwidern, hielt dann doch den Mund und machte die Augen zu. »Was kann ein ehemaliger Polizeibeamter und ein verwundeter Kämpfer im kroatischen Heimatkrieg schon anderes tun, als am Meer in der Sonne zu liegen, vor sich hin zu dösen und seine verdiente Rente zu genießen«, sagte er ironisch, leise, aber laut genug, um von Julia gehört zu werden. In greifbarer Nähe der Frau, die er schon seit Jahren hoffnungslos liebt, fügte er unausgesprochen hinzu.

»Ach du«, war alles, was Julia dazu zu sagen hatte. Ein wenig abwesend langte sie nach dem Feuerzeug auf dem Tisch. Mitten in der Bewegung schrie sie leise auf, und Toma öffnete schlagartig die Augen: »Was ist?« Im Nu stand er bei ihr.

»Da, schau!«, zeigte sie in die Höhe, wo mitten am Berg der VW-Kombi ins Wanken geriet und mit einem Rad über dem Abgrund hing. Eine Windböe erwischte ihn seitlich, und er rutschte noch ein Stück weiter ab. »Das könnte unangenehm werden«, meinte Toma besorgt. »Soll ich wirklich nicht hinfahren?«

Julia wusste selbst nicht, was am besten wäre. Sie zündete die Zigarette an. Sie wollte sich nicht mehr als nötig einmischen. Barbara, ihrer Lieblingsnichte, hatte sie gesagt, sie und ihre Freunde könnten zwar kommen und im

Gästehaus wohnen – aber das sei auch schon alles. Sie wollte den Frieden ihres Alltags bewahren, sich nicht gestört oder verpflichtet fühlen. Und Barbara, die ein häufiger Gast bei Julia war und sich gut auskannte, nicht nur in der Gegend, sondern auch mit allen Unannehmlichkeiten und Tücken dieses abgeschiedenen Lebens, hatte ihr versichert, voller Dankbarkeit, sie würde nicht einmal merken, dass sie da seien. Julia war damals schon genauso skeptisch gewesen wie heute, während sie die Szene am Berghang beobachtete. Aber auch besorgt und erschrocken, und die Muttergefühle, die sie – in Ermangelung eigener Kinder – für ihre Nichte hegte, wirbelten alles durcheinander.

»Also, was sagst du?« Toma sah sie von der Seite an, traute sich nicht, ihr den Arm um die Schultern zu legen.

Sie schüttelte den Kopf, zog tief an der Zigarette, bevor sie sagte: »Nein, die machen das schon.«

»Wenn du meinst«, erwiderte Toma, Kummer in den Augen. »Aber hör auf mit dem Rauchen, das wird niemandem helfen.«

»Lass mich doch!«

Diva wurde ebenfalls unruhig, stand auf und drehte sinnlose Kreise, bellte kurz den Berg an und stubste dann leicht gegen Julias Bein.

Julia streichelte ihr über den schwarzen, lockigen Hundekopf. »Alles in Ordnung, Diva, musst nicht bellen.« Toma wünschte sich manchmal, sie würde mit ihm in diesem kuscheligen Ton sprechen.

»Julia ...«, fing er an, aber plötzlich hörten sie Schreie und sahen Steine und noch etwas anderes herunterrollen. »Was war das? Ist das ein Mensch? Ist da jemand runtergefallen?« Julias Stimme bebte vor Aufregung, ihre Hand blieb krampfhaft auf Divas Kopf liegen. Diva winselte und entzog sich ihr, dann bellte sie ganz laut und deutlich die Steine an, die sich wie ziellos geworfene Bocciakugeln gegenseitig den Weg abschnitten, aneinanderschlugen, wild herumsprangen.

»Sollen wir die Polizei rufen?«

Aber Toma war schon ins Haus gegangen, telefonierte mit den ehemaligen Kollegen, scherzte sogar ein wenig, bevor er die Lage schilderte.

»Sie werden kommen«, sagte er, als er wieder neben Julia stand.

»Also werden sie nicht kommen«, sagte sie leise, wie selbstverständlich.

»Man weiß es nicht.« Toma schwieg, schlechtes Gewissen verbreitete sich in ihm wie Regenwolken. »Nein, wahrscheinlich nicht.« Sie in diesem Augenblick anzusehen, wäre zu viel gewesen. »Es ist Sonntag.«

»Natürlich.«

Gebannt verfolgten sie die Ereignisse auf der Möchtegernstraße, die zu ihnen führte und schon für viele Schreckmomente gesorgt hatte. Aber sowohl Julia als auch Toma hatten sich, wie die große Mehrheit der Dorfbewohner, gegen eine asphaltierte, weniger gefährliche Umgehungsstraße erklärt – sie alle fürchteten die Touristenströme, die schon Bol und andere Orte auf der Insel überrollt hatten.

»Schau!«, sagte Toma und fasste Julia am Arm. Der grüne Kombi setzte sich in Bewegung – ja, doch, man konnte es Bewegung nennen, obwohl der Fortschritt mit dem bloßen Auge kaum zu sehen war. Julia lachte laut auf, Diva bellte verständnislos, aber freudig. »Ich mache ihnen was zum Essen, die werden völlig fertig sein, wenn sie irgendwann endlich ankommen«, sagte Julia und ging langsam ins Haus. »Ich dachte, du wolltest dich nicht einmischen, nicht mal den kleinen Finger rühren ...«, zog Toma sie auf.

»Nur heute, heute ist der erste Tag, heute zählt nicht.«

»Natürlich nicht.«

Toma ging in die Hocke und fasste Diva unter die Ohren, ihre Zunge schnellte heraus und leckte ihn über das ganze Gesicht. Toma protestierte, es nutzte nichts, Diva wiederholte ihre Liebesbekundung noch einige Male, und dann stürzte sie sich auf Toma, warf ihn um, und sie wälzten sich auf den warmen Steinplatten.

»Meinst du, dein Frauchen mag mich, was glaubst du?« Diva bellte zustimmend. »Ja, wirklich? Weißt du das auch ganz sicher?« Bellen, was das Zeug hält. »Gut, ich glaub dir, ist in Ordnung.« Bellen, was die Kehle hergibt.

»Was macht ihr denn da?« Julia erschien am Fenster, eine Tomate und ein Messer in der Hand, ein lächelndes Fragezeichen im meeresblauen Blick. Zwei Köpfe drehten sich zu ihr, zwei verlegene Blicke, einer unschuldig, der andere als ob.

3.

»Das Begrüßungskomitee«, sagte Anton leise, hatte aber nicht einmal mehr die Kraft zum Schmunzeln. Barbara sprang aus dem Wagen, noch bevor er den Motor ausmachte, und fiel ihrer Tante in die Arme.

»Ihr habt's geschafft, ihr habt's geschafft«, flüsterte diese ihr ins Ohr.

Einer nach dem andern stiegen sie aus, abgekämpft, aber auch zufrieden, erschöpft, aber auch euphorisch, schauten sich um, argwöhnisch, aber auch erwartungsvoll. Michael, Katrin und Lisa, die drei Schauspieler, waren noch nie am Meer gewesen, noch nie, nicht einmal an der deutschen Nordsee. Also nahm Lisa Katrins Hand und führte sie den schmalen Weg zwischen den Rosmarin- und Salbei- und Lavendelbeeten zum Strand. Immer schneller zog Lisa Katrin hinter sich her, die vor Müdigkeit und Aufregung lautlos zu weinen begann. Und während unten, an der leisen Brandung, Schuhe und Socken ausgezogen, Hosen hochgekrempelt und Füße ins Wasser getaucht wurden, vervollständigte oben, zwischen der Terrasse und dem Kombi, Barbara die Vorstellungsrunde: Hände wurden geschüttelt, Lippen zu einem Lächeln verzogen.

Julia legte sanft die Hand auf Antons Oberarm, ihre Augen lächelten verständnisvoll: »Das haben Sie gut gemeistert.« Und schon war sie beim Nächsten, aber Anton spürte die Zärtlichkeit ihrer Berührung weiterhin, ihre Finger hinterließen eine bleibende Spur, wie einen Abdruck, einen liebevollen und mitfühlenden. Die Wärme der Geborgenheit und die Zuversicht, dass es machbar war, dass alles machbar war, breiteten sich in ihm aus. Und eine unvorstellbare Müdigkeit. Sämtlich Empfindungen, die seine Gedanken noch nicht erreichten, und so blieb er ahnungslos für den Augenblick. Die ganze Zeit sprang Diva herum und bellte und bellte und sprang herum. So lange, bis Barbara sie hochnahm und sich das Gesicht von ihr ablecken ließ.

»Wieso hast du was dagegen, wenn ich das machen will?«, fragte Stefan sie, als alle auf die Terrasse gingen und sich auf die niedrige Mauer setzten.

»Ach Stefan«, seufzte Barbara, gab ihm einen seichten Kuss auf die Wange und folgte den anderen.

»Wusstest du, dass Ibsen einen Skorpion als Haustier hatte, er stand auf seinem Schreibtisch zur Inspiration«, rief Stefan ihr hinterher und ertrug Barbaras Missachtung mit einem schiefen Lächeln.

»... und da zog mein ganzes Leben an mir vorbei, und ich dachte, das war es, ich bin tot, wie ein Film, ich sah alles, die Menschen, die Ereignisse, die Orte ... Ich dachte, das ist mein letzter Atemzug ...«, steigerte Michael sich hinein, genoss die Aufmerksamkeit von Julia, die ihn mitleidig ansah.

»Ach, Michael, hör schon auf!« Stefan schüttelte den Kopf, setzte sich auf den Boden und lehnte sich an die Mauer, schloss die Augen.

»Heulsuse«, stimmte Anton zu.

»Bevor du über etwas urteilst, musst du es selbst erfahren, ihr habt keine Ahnung, was wisst ihr schon vom Leben!«, empörte sich Michael.

»Darf ich mal sehen?«, fragte Toma und beugte sich über ihn, untersuchte seine Wunden, drehte und zog an seinen Gelenken, als täte er es nicht zum ersten Mal.

»Toma war im Krieg, er kennt sich aus mit solchen Sachen«, sagte Barbara leise zu Stefan.

»Dann hat er sicher schon Schlimmeres gesehen.«

Betretenes Schweigen kehrte ein, die Erschöpfung wurde mit jedem Augenblick spürbarer, Augenlider glitten langsam nach unten. Die Sonne näherte sich fast unmerklich der Meeresoberfläche.

»Wie war das im Krieg, Toma? Hast du auch solche Erfahrungen gemacht? Dass das Leben an dir vorbeizieht und so?« Barbara kannte Toma schon lange, schon seit sie vor vielen Jahren das erste Mal ihre Tante hier besucht hatte. Aber nie, nie hatte sie ihn ein einziges Wort über den Krieg und seine Verletzung äußern hören. Toma sah Barbara ruhig an, Julia Toma unsicher. In der allumfassenden Stille fühlten sich diese Blicke nicht angenehm an.

»Toma ...«

Leise Schritte auf der trockenen Erde. Lisa strahlte, die Hosenbeine und Ärmel nass. Hinter ihr Katrin, am ganzen Leib zitternd.

»Was habt ihr gemacht?«

»Katrin ist ins Wasser gegangen! Sie ist geschwommen!«

»Wirklich?«

Katrin nickte, und ihre Zähne klapperten.

»Du musst dich gleich umziehen«, sagte Julia und eilte ins Haus. Katrin folgte ihr stillschweigend, ihre Augen ungläubig, erstarrt in der Aufregung des vergangenen Augenblicks, als könnte sie selbst nicht glauben, was sie getan hatte.

Lisa setzte sich auf einen Klappstuhl, sah Julia hinterher, bevor sie dann in einem Atemzug sagte: »Es war unheimlich, sie ist einfach weitergegangen, immer weiter, nicht ein einziges Mal hat sie angehalten, immer weiter, und dann ist sie verschwunden, ich dachte, ich werde hinterherspringen müssen, aber ihr Kopf erschien nach kurzer Zeit wieder, sie ließ sich vom Wasser treiben, sie sah mich stumm an, als wären wir in einem Traum ...«

Alle wunderten sich über so viele Worte aus Lisas Mund.

»Ist das Wasser kalt?«, fragte Stefan.

»Na, warm ist es nicht!«

Dann schwiegen alle, es dämmerte schnell.

»Es war ein langer Tag, Leute, und wir müssen uns noch im Haus einquartieren, die Zimmer verteilen ... Lasst uns runtergehen«, schlug Barbara mit matter Stimme vor.

Keiner rührte sich, als hätten die Müdigkeit und die untergehende Sonne und die Frische der Luft und das leise Meeresgeplapper und all die Erlebnisse sie wie eine leichte Wolldecke umhüllt und verschwinden lassen.

Julia erschien mit Katrin an der Tür, Diva lief ihnen entgegen und bellte einmal laut, alle zuckten zusammen und wurden plötzlich wieder ganz wach, standen auf, ein Stimmenwirrwarr ertönte, und die große Völkerwanderung setzte ein. »Du hättest auch mitkommen sollen, ins Meer«, sagte Katrin zu Michael, der sie abwesend ansah. »Wegen deiner Wunden, es hätte sie gleich geheilt.« Zögernd hob sie die Hand und berührte seine zerkratzte Wange.

»Lass das, mir geht's gut.« Michael eilte davon zum Kombi, wo die anderen schon die Taschen und Koffer entluden. Katrin blieb einen

Augenblick auf der Terrasse stehen, ihre Augen rot, die Haare in ein Handtuch eingewickelt, die zweite Ersatzbrille um den Hals gehängt. Sie betrachtete ihre Finger, die so schön zu modellieren wussten, zu meißeln, mit so viel Kraft und Sensibilität. So leer, abgewiesen und leer, die Geschichte ihres Lebens. Und zum ersten Mal dachte Katrin, die Kunststudentin, dass es womöglich ein Fehler gewesen war, herzukommen, überhaupt in diesem Stück mitspielen, aus dem Alltag ausbrechen zu wollen, nach dem Abenteuer zu suchen.

»Katrin, komm, hol deine Sachen!«, rief Barbara, und alle drehten sich um und sahen sie fragend an. »Ist was? Geht's dir nicht gut?«

Katrin lächelte schwach in der Hoffnung, das würde genügen. Langsam schloss sie sich den anderen an, erlaubte nicht, dass Toma ihre Tasche trug.

Den schmalen Weg zum Haus auf dem Felsen, zu ihrem neuen Zuhause auf Zeit, gingen sie hintereinander, vorsichtig. Julia voraus, mit dem Schlüssel in der Hand. »Eigentlich braucht man hier nicht abzusperren, da ich es aber so viele Monate nicht nutze …«, erklärte sie, als sie auf der Treppe stand und die Tür aufschloss, sie öffnete und eintrat, alle anderen hinter ihr. Toma blieb draußen mit Diva und wartete.

Drinnen zeigte Julia ihnen alles, viel war es nicht, aber genug für sechs junge Menschen. »Hier habt ihr Handtücher und Bettlaken, Kissen und Decken sind in den Schubladen unter den Betten. Und ich dachte, die Liege hier könnte das sechste Bett ersetzen, oder, wenn euch ein Schlafsack lieber ist, da habe ich auch noch einen, oben, im Haus.« Geschäftig ging sie hin und her, berührte dies und jenes. »Ich habe euch das Nötigste schon besorgt, es liegt im Kühlschrank, und hier sind Brot und Müsli und Kaffee. Morgen müsst ihr dann selbst einkaufen gehen …«

»Aber nicht wieder die Straße hoch, hoffe ich!«

Julia lachte, während alle sie gespannt ansahen.

»Nein, wir nehmen das Boot«, beruhigte Barbara die anderen.

»Wer wird uns denn fahren?«

»Das kann ich machen, oder Toma, er wird nichts dagegen haben, und sein Boot ist noch größer, wenn alle mitkommen wollen …«

»Nein, morgen ist die erste Probe, die Schauspieler und ich werden hierbleiben, so viel Zeit haben wir nicht«, sagte Anton bestimmt.

Lisa ließ den Kopf hängen, murmelte etwas Unverständliches.

Katrin machte den Mund auf, aber Michael war schneller: »Wir sind aber keine Sklaven hier, wir wollen auch was sehen und ein wenig entspannen.«

»Und was erleben ...«

»Ihr könnt nackt herumlaufen und am Strand schlafen und miteinander vögeln und Kroatisch lernen und eure Starallüren ausleben und die Insel erkunden – das können wir alles machen, wenn wir fertig sind.«

»Aber ...«

»Ich dachte, es war allen klar, dass wir zum Arbeiten hier sind, so war das doch ausgemacht.« Wütend ging Anton in das am nächsten gelegene Zimmer und schlug die Tür zu. Das ganze Haus erzitterte.

»Dann hätten wir auch zu Hause bleiben können«, flüsterte Katrin, senkte den Kopf.

Für einen Augenblick bewegte sich keiner. Dann ging Barbara auf die geschlossene Tür zu, wandte sich aber zu Julia um, bevor sie sie öffnete: »Tut mir leid, Tante, das geht überhaupt nicht, das werden wir schon regeln, mach dir keine Gedanken.«

Julia sah sie nachdenklich an, die alte Skepsis beschlich sie wieder, aber sie sagte nichts, wünschte allen lediglich eine gute Nacht und verließ das Haus. Draußen vor der Tür hakte sie sich bei Toma unter, schüttelte den Kopf, und so gingen sie den schmalen Weg hinauf, ihre Körper ganz nahe beieinander.

Drinnen trat Barbara ohne anzuklopfen in das Zimmer, in das Anton sich geflüchtet hatte. »Was ist denn in dich gefahren?« Ruhig zu bleiben, bereitete ihr offensichtlich viel Mühe. »Was schreist du so herum?«

Anton saß auf der nackten Matratze, unbeweglich, als würde er warten, die Ellenbogen auf den Knien, ließ den Kopf hängen. Er war der Älteste unter ihnen, er bewegte sich auf seinem Terrain, hier am Meer war er zu Hause, mehr noch als Barbara. Er wollte gehört werden. Dieses Stück, diese drei Schauspieler – das war alles, was er noch hatte. Vielleicht. Man würde sehen. Er betrachtete eingehend den Holzboden, wunderte sich, wie sauber er war. »Hat sie heute das Haus für uns geputzt?«

»Was?!«

»Hat Julia das Haus geputzt? Sie wirkt nicht so, als würde sie das tun.«

Barbara schüttelte den Kopf, drehte sich zu den anderen, die an der Türschwelle stehen geblieben waren, und sah sie fragend an. Nichts Brauchbares kam von ihnen, nur Achselzucken, Augenverdrehen, Mundverziehen.

»Also, jetzt reiß dich bitte zusammen und sei einfach nett, hörst du?«, sagte sie dann zu Anton. »Komm in den Wohnraum, wir müssen uns organisieren und Zimmer und Aufgaben verteilen.«

Anton reagierte nicht, aber Barbara hatte es satt und war müde, und so verließ sie das Zimmer, ohne sich nach ihm umzudrehen. »Lass das nicht deine Sorge sein, Barbara«, flüsterte Stefan ihr ins Ohr, als sie an ihm vorbeiging. Sie tat so, als hätte sie ihn nicht gehört, denn es war immer alles ihre Sorge.

Sie saßen am Tisch, auch Anton hatte sich schließlich zu ihnen gesellt, aßen Brot und Käse und den Salat, den Julia gemacht hatte, etwas anderes gab es nicht, aber es schmeckte himmlisch, und zwar nicht nur, weil sie Hunger hatten und erschöpft waren.

»Das ist wahrscheinlich Tomas Käse, er hat Schafe und Ziegen und macht auch eigenen Wein ...«

»Aus Ziegenmilch?«, fragte Stefan und lachte laut auf.

»Ha ha«, war alles, was Barbara für ihn übrig hatte in diesem Augenblick.

»Wahnsinn, das alles«, meinte Michael mit vollem Mund.

»Du solltest vielleicht weniger trinken, mit deinen Wunden ...«, ermahnte ihn Katrin.

»Was bist du? Meine Mutter?«

»Ich sage nur, wenn wir morgen früh anfangen wollen ...«

»Und das wollen wir, darauf könnt ihr Gift nehmen«, meldete sich endlich auch Anton zu Wort.

»Was für eine charmante Art, mit deinen Schauspielern umzugehen! Wo hast du diese Motivationstechnik gelernt?«, Michael sah ihn über den Glasrand an.

»Wir fangen morgen um neun Uhr mit der ersten Leseprobe an, und ich hätte dich gerne dabei, Stefan, wenn du schon hier bist. So können wir eventuelle Unklarheiten oder Unstimmigkeiten aus dem Weg räumen, und du behältst die Kontrolle über deinen Text. Was sagst du?«

»Ich sage, dass mir die Kontrolle nicht so wichtig ist wie dir, aber ich werde da sein«, lächelte Stefan. »Jemand muss doch die kleinen Kinder hier vor dir schützen«, er zwinkerte den drei Schauspielern, die nebeneinander auf der Bank saßen, zuversichtlich zu.

Bevor sich einer von ihnen oder Anton aufregen konnte, fragte Barbara: »Und wann gehen wir dann einkaufen? Ich dachte, wir beide würden das erledigen, solange die proben. Alleine schaffe ich das nicht.«

»Ich sehe schon, ich bin heiß begehrt«, grinste Stefan und legte seinen Arm um Barbaras Schultern. »Keine Angst, Süße, das machen wir schon.«

»Oder ich frage Toma, vielleicht fährt er mich nach Bol, sein Boot ist ja sowieso größer«, sagte Barbara und lächelte unschuldig.

»Er könnte dein Vater sein ...« Stefans Lächeln wurde sauer.

»Das glaube ich nicht, er kannte meine Mutter ja gar nicht.«

Die beiden Liebenden wechselten herausfordernde Blicke.

»Apropos: Was ist da überhaupt zwischen Julia und Toma? Sind sie ein Paar?«, fragte Lisa neugierig und nahm noch eine dicke Scheibe Käse.

»Oder haben sie nur eine Affäre?«, ergänzte Anton mit einem falschen Lächeln und einer falschen Stimme. Alle wandten sich ihm zu.

»Was?!«

»Bist du interessiert?«, fragte Lisa.

»Bist du interessiert? Du hast angefangen ...«

»Wusstet ihr, dass Lord Byron eine Affäre mit seiner Halbschwester hatte und sie schwängerte?«

»Ich glaube, ich gehe jetzt ins Bett, ihr seid unerträglich! Ich hoffe, ich werde es nicht bereuen, euch hierher eingeladen zu haben ... meine Tante wird es nicht bereuen, mir zugesagt zu haben ...«

Barbara wollte aufstehen, aber Stefan fasste sie am Handgelenk und zog sie zurück auf den Stuhl. »Reg dich nicht auf, Süße, lass sie doch, die sind nur neugierig«, beschwichtigte er sie und gab ihr einen Kuss. »Aber sag mal, so unter uns, was läuft da wirklich zwischen den beiden?«

Barbara sah sie alle, einen nach dem anderen, an und seufzte leise. »Ich weiß es nicht, ich glaube, sie sind einfach gute Freunde«, sagte sie und griff nach dem Brot.

»Ja, genau! Das glaubst du doch selbst nicht!«

»Wohnen die zusammen?«, wollte Anton wissen.

»Nein, Toma hat ein tolles Haus am anderen Ende der Bucht, ich zeige es euch morgen.«

»Seit wann ist deine Tante schon Witwe?«

»Seit fünf Jahren.«

»Und ist Toma verheiratet?«

»Nein, war auch nie, soviel ich weiß.«

»Dann ist alles klar.«

»Wieso ist dann alles klar?! Ihr Männer denkt nur ...«

»Wir denken gar nicht, deswegen können wir auch keine Verantwortung für unsere Worte oder Taten übernehmen ...«

»Ich gehe ins Bett«, sagte Barbara und stand auf, diesmal konnte Stefan sie nicht zurückhalten.

»Warte, wir haben die Zimmer noch nicht verteilt!«

»Das ist ja einfach: zwei Mädchen, zwei Jungs und Stefan und ich. So.«

Alle schwiegen.

»Hier sind Laken, Decken, Kissen ... Gute Nacht.«

»Und wer schläft im Schlafsack?«

»Entscheidet doch selber! Ich bin nicht eure Mutter ...«

»Oder wir zwei schlafen in einem Bett, Süße, mehr brauchen wir nicht, was sagst du?« Stefan stand auf, ging zu Barbara und umarmte sie fest. »Ich freu mich schon auf das kleine Bett«, sagte er leise und lächelte sie verheißungsvoll an. Er spürte, wie sie weicher wurde.

»Okay, lass es uns versuchen.«

Er küsste sie auf den Mund, strich mit der Zunge über ihre Lippen. »Ich kann es kaum erwarten ...« Er nahm sie an der Hand und führte sie ins Schlafzimmer. »Gute Nacht, Kinder!«, sagte er noch jovial und schloss die Tür hinter sich.

4.

Auf der Terrasse lag Julia, in eine Decke eingewickelt, auf einem Liegestuhl und zählte Sterne. Nach dem klärenden Wind heute waren sie zum Greifen nahe und funkelten um die Wette. Julia stellte sich immer vor, sie wären Küsse, leidenschaftliche Küsse, von einsamen, sehnsüchtigen Lippen auf die Suche nach einem seelenverwandten Mund geschickt. Und manchmal hatte sie das Gefühl, etwas von dieser Leidenschaft würde auch ihre Haut berühren, manchmal prickelte sie nachts so eindringlich, entblößend. Sie trank einen Schluck Rotwein, das Glas hatte sie auf dem Boden abgestellt.

»Dein Wein ist in diesem Jahr besonders fein«, sagte sie leise, ohne Toma dabei anzusehen, der, ebenfalls in eine Decke gehüllt, auf der Mauer saß, an die Steinsäule angelehnt.

»Ich hatte Glück, es gab viel Sonne und genug Regen«, erwiderte er und betrachtete weiter das Spiegelbild der Sterne, des gelb leuchtenden Mondes im Wasser. Erst jetzt konnte Ruhe in ihm einkehren, jene tief reichende Ruhe, die er sonst nur vortäuschte; die ihn am Leben hielt; die alles und nichts mit seiner Liebe zu Julia zu tun hatte; die alles, aber auch absolut alles dem Meer verdankte.

Es herrschte Stille, eine Stille voller Liebeserklärungen der Natur, in der Nachtvögel sich gegenseitig zärtliche Serenaden vorsangen; in der das Meer den Kies sanft streichelte und ihm sanfte Worte zuflüsterte, die Felsen aber mit einer majestätischen Wucht eroberte; in der die Pinienbäume den Zypressen kühne Verse vortrugen. Die Nächte waren zum Lieben da. Das wusste jede Feldmaus und jede Heuschrecke und jeder Fisch und jede Krabbe. Und Julia wusste das auch, und Toma ebenfalls. Und dennoch saßen sie weit voneinander entfernt, weder sangen noch trugen sie etwas vor, vom Zuflüstern oder Erobern gar nicht zu sprechen – und so seit Jahren jetzt. Sie waren ein Paar, ohne eines zu sein. Das ergab keinen Sinn, und diese Sinnlosigkeit hielt sie zusammen wie zwei Seesterne.

»Was denkst du über die jungen Leute da unten?«, fragte Julia und drehte versonnen ihr Weinglas in der Hand.

»Das wird Ärger geben«, kam prompt Tomas Antwort, als hätte er sich schon Gedanken darüber gemacht – was sie überrascht hätte, denn Toma lebte anscheinend immer in seiner Welt, verließ sie nur oberflächlich. Anscheinend. Aber es wäre nicht das erste Mal, dass Julia sich in Toma geirrt hätte, so oft hatte er sie verwirrt, angenehm verwirrt – und dennoch behielt Julia diese Überzeugung Tomas tiefstes Wesen betreffend bei, als wäre sie unfähig, ihr Bild von ihm zu berichtigen.

»Warum denkst du das?«

»Sonne, Meer, sechs junge Leute, vom Alltag geflohen, auf engem Raum, Abenteuer und Aufregung, fast schon Gesetzlosigkeit«, er zuckte kaum merklich mit den Schultern. »Sie werden sich verlieben, lieben, streiten, weinen, alles zum Teufel schicken, hassen, sich verzeihen und irgendwann dann doch weiterziehen, wieder weggehen. Aber bis dahin ...«

»Vorhang auf, meinst du«, lächelte Julia. »Hier oben haben wir die besten Logenplätze ergattert«, fügte sie hinzu.

»Ich habe noch nie was von Theater gehalten.«

»Warst du je in einem?«

»Nein. Habe ich auch nicht vor.«

»Du bist ein Dickkopf.«

Toma zuckte erneut lediglich die Achseln.

»Würdest du mit mir hingehen?«

Da blieben seine Schultern ruhig, er drehte den Kopf zu ihr, der eine Blick fing den anderen auf und hielt ihn fest.

»Willst du tatsächlich mit mir ins Theater gehen?«, fragte Toma schließlich.

»Warum nicht? Ich war schon eine Ewigkeit nicht mehr in Split. Wir können zu den Sommerspielen gehen, das wird dir womöglich besser gefallen, es ist im Freien.« Sie überlegte einen Moment. »Aber ein Theater ist ein Theater, etwas ganz anderes ...«

»Genau, Staub und schlechte Luft«, wusste Toma prompt die Antwort.

»Ach du!«, sagte Julia und trank weiter ihren Wein. Sie regte sich eigentlich nicht auf, sie kannte Toma, sie dachte, sie würde ihn kennen. Und es gab Wichtigeres zu bereden. »Denkst du, wir können es verhindern, dieses Theater da unten?«

»Wir? Nein, können wir nicht.«

»Aber was sollen wir machen?«

»Zusehen und aus der Schusslinie bleiben«, sagte Toma und stand auf.

»Gehst du schon?«

»Es ist spät.«

»Seit wann kümmert dich das? Wie viele Nächte ...«

»Jetzt ist es anders, wir werden beansprucht, wir müssen achtsam sein, um nicht hineingezogen zu werden ...«

»Unsinn! Ich habe Barbara klar und deutlich gesagt, ich will damit nichts zu tun haben.«

»Und dennoch hast du schon für sie eingekauft und gekocht.«

»Das war eine Ausnahme, ein Willkommensgeschenk. Ich will meine Ruhe haben, das weiß meine Nichte. Und sie kennt sich glücklicherweise hier aus, sie kann auch Boot fahren ...«

Tomas Lachen unterbrach ihre Rede. »Du bist lustig. Naiv und lustig.«

Dann schwiegen sie. Julia, weil sie anfing, sich Sorgen zu machen. Toma, weil er zu viel geredet hatte, er, der sprichwörtlich Wortkarge, der vergessen hatte, dass er gehen wollte.

»Toma«, rief Julia ganz leise.

»Ja?«

Julia sagte nichts mehr. Toma kam zu ihr, ging neben ihrer Liege in die Hocke. Sie legte ihre Hand auf seine und ergriff seine Finger.

»Toma«, sagte sie wieder, den Blick auf ihre ineinandergefalteten Hände gerichtet.

Toma näherte seinen Kopf dem ihren, seine Stirn berührte ganz leicht ihre Haare, er legte den Mund darauf, bewegte die Lippen, und er hätte schwören können, dass sein Herz aufhörte zu schlagen, wenigstens für einen Augenblick.

»Julia«, flüsterte er in ihr Haar.

»Willst du mir helfen?«

»Ich helfe dir immer.«

»Was immer geschieht?«

»Was immer geschieht.«

Julia war zu feige, nach dem Grund dieser Bereitschaft zu fragen. Schon diese Berührung war ihr zu viel, brachte sie durcheinander. Ihre Haut fing an zu prickeln, obwohl sich ihre Augen blind, dunkelster-Mond-und-sternenloseste-Nacht-blind, hinter den Lidern versteckt hatten. Der Druck ihrer Finger tat Toma weh, aber nie im Leben hätte er sich beschwert. Sein Daumen strich über ihren. Seine Lippen bewegten sich regelmäßig auf ihrem Haar, wanderten ein wenig nach unten, ein wenig nach oben. Er spürte, wie Julias Körper ihm entgegenkam, ohne sich gerührt zu haben. Es gab nichts mehr zu verstecken und nichts mehr zu gestehen.

Dann schrie eine Eule. Oder eine Katze. Diva wachte auf und bellte einmal kurz, aber entschlossen. Julia und Toma erschraken nicht. Sie hätten auflachen können, taten es aber nicht. Toma erhob sich ruhig, sehr langsam, Julias Hand immer noch in seiner. »Ich gehe jetzt.«

»Gute Nacht, bis morgen.«

»Bis heute, eigentlich.« Toma lächelte schwach im Mondlicht, und Julia sah ihn, so klar, wie sie ihn wahrscheinlich noch nie gesehen hatte – denn sie hielt die Augen immer noch geschlossen.

5.

Im Haus auf dem Felsen fuhr Lisa hoch, als die Eule oder die Katze schrie und der Hund bellte, und der Stuhl fiel um. Die Tür ging auf, Michael stand vor ihr.

»Habe ich dich erschreckt?«

»Nein, es war das Tier.«

»Hat der Lärm dich geweckt?«

»Nein, ich konnte nicht schlafen, dann entdeckte ich diese Terrasse hier und wollte nicht mehr schlafen.« Lisa wandte den Blick von Michael ab und schaute auf die Endlosigkeit der glitzernden Wasseroberfläche. »Wie unzählige Wunderkerzen.«

Michael folgte ihrem Blick, ihrer ausladenden Armbewegung. »Ja, ist schon Wahnsinn.« Er kratzte sich am haarlosen Schädel.

»Ich habe das Gefühl, wenn ich nicht ständig hinsehe, würde ich etwas verpassen, aber seit Stunden passiert gar nichts, und dennoch war es mir keine Sekunde langweilig.«

Lisa bekam feuchte Augen, Michael gähnte.

»So was habe ich noch nie erlebt.«

»Die Ruhe im Sturm.« Lisa drehte sich schlagartig um und sah ihn an, als wäre es das erste Mal. »Genau. Woher weißt du das?« Ihre Stimme brach nach dem »woher«, sie musste ein paarmal merklich schlucken, ließ Michael aber die ganze Zeit nicht aus den Augen. Während er die Schultern hochzog und wieder ausgiebig gähnte. Lisa betrachtete sein Gesicht.

»Tut es weh? Kannst du deshalb nicht schlafen?«

Michael hob die Hand, berührte leicht die Kratzer, als hätte er sie völlig vergessen, und auch den Vorfall. Und den Vogel. Die Berührung brachte den Juckreiz mit. »Nein, eigentlich nicht. Aber ich habe Kopfschmerzen«, sagte er und ließ sich in einen Stuhl fallen. Einen Augenblick lang musste er um sein Gleichgewicht kämpfen. »Hast du Tabletten?«

»Nein, ich nehme nie welche«, antwortete Lisa, stellte den umgekippten Stuhl auf und setzte sich auch.

»Keine Tabletten? Und du willst Ärztin sein!«

»Medizin und Heilung gehen auch ohne Chemie.«

»Wow, so jung und so progressiv«, zog Michael sie auf, aber Lisa kam nicht in Versuchung, sich erklären zu müssen. »Im Angesicht dieses stillen Spektakels ist nichts anderes wichtig.«

»Und so tiefgründig«, fügte Michael hinzu, aber liebevoll, zärtlich sogar. Lisa sah ihn an, er reichte ihr die Hand, und sie nahm sie, umfing sie. »Bist du mit Katrin zusammen?«

»Was? Wie kommst du auf die Idee?« Michaels Stimme wurde lauter, fast ließ er ihre Finger los. In den Büschen hinter ihnen raschelte und knisterte es.

»Sie mag dich auf jeden Fall«, sagte Lisa und zog ihre Hand zurück.

»Wir sind nur Freunde.«

»Sie will mehr, das ist offensichtlich.«

»Das ist nicht mein Problem.«

»Es könnte unser aller Problem werden«, meinte Lisa leise, streckte die Beine in ihrer geblümten Pyjamahose aus, sodass sie ihre nackten Füße auf die hüfthohe Mauer legen konnte.

»Das verstehe ich nicht«, erwiderte Michael, ohne den Blick von ihren türkis bemalten Zehennägeln abwenden zu können. Dann beugte Lisa sich nach vorne, streckte sich, ihr Shirt rutschte hoch, und Michael sah etwas bläulich Schimmerndes auf ihrer Haut, oberhalb der Taille. Er streckte die Hand aus, berührte es aber nicht. »Was hast du da? Das Blaue da ...«

Lisa drehte sich um, hob den Arm, um es sehen zu können, so, als wüsste sie nicht, wovon er sprach. »Ach das, das ist mein Schmetterling«, sagte sie dann ruhig, fast gelangweilt.

»Du hast ein Tattoo? Ein echtes Tattoo?« Jetzt legte Michael einen Finger darauf, Lisa zuckte leicht zusammen, wich ihm aber nicht aus. »Tatsächlich, ein blauer Schmetterling!« Michael verstand die eigene Aufregung nicht. »Hätte ich nie gedacht, du und ein Tattoo ... Hast du noch andere?«

Lisa schüttelte den Kopf.

»Blauer Schmetterling«, Michael streichelte sanft über das intensive Blau, wie bezaubert, kam nicht los. »Wie die blaue Blume von Novalis ... Wer hätte das gedacht?«

Lisa schwieg, zog plötzlich das Shirt runter und lehnte sich mit vollem Rücken an die Stuhllehne, das Flimmern des Wassers spiegelte sich in ihren Augen. »Wie ruhig alles ist.«

Michael ließ sie gewähren, ließ sie los. »Ja, nicht zu glauben, und der Wind heute, weißt du noch? Fast wären wir alle ums Leben gekommen.«

»Du übertreibst.« Lisas Stimme klang weit entfernt, als wäre sie dabei, einzuschlafen.

»Das sagt man mir immer! Wieso sagt man mir das immer?«

Die einzige Antwort kam von der Brandung unter ihnen. Das schaumige Rauschen. Schläge, die im Körper widerhallten und nicht wehtaten, die Magengrube dazu brachten, sich leise zusammenzuziehen.

»Wenn ich so schreiben könnte wie diese Genies, über die ich Klausuren schreiben muss ... ach, wie ich mir das wünsche.«

»Hast du es probiert?«

»Zu schreiben? Nein, das wäre nichts, ich hab kein Talent ...«

»Ich hoffe für uns alle, dass du als Schauspieler Talent hast, sonst bringt dich Anton noch um«, sagte Lisa und fing an zu kichern.

»Er ist ein Arsch«, sagte Michael leise. »Kennst du ihn schon lange?«

»Nein, ich kenne nur Stefan von früher, er ist mit meinem älteren Bruder befreundet. So bin ich bei euch gelandet.«

»Meinst du, wir schaffen es?«

Lisa lachte: »Haben wir eine Wahl? Bei dem Regisseur?«

Michael lachte mit, auch wenn er nichts lustig fand, wahrscheinlich lag es an der Müdigkeit.

»Meine Kopfschmerzen sind weg, ist ja Wahnsinn!«

»Das ist das Meer.«

Lisa stand auf, Michael auch.

»Und der Mond. Und die Sterne.«

Sie sahen sich in die Augen.

»Und der Hund.«

»Und die Eule.«

»Welche Eule?«

»Und die Katze.«

»Und deine Fußnägel.«

»Und deine Wunden.«

»Meine Wunden?! Ich will kein Mitleid!«

»Und die Worte.«

»Und dein blauer Schmetterling.«

»Und der ...«

Michael bedeckte ihre Lippen mit seinen, plötzlich, küsste sie entschlossen, aber sanft, überspielte seine eigene Überraschung, so, als würde ein anderer Michael, der richtige Michael, ihn von der Seite, nicht von oben, beobachten und schmunzeln, als würde dieser Michael sagen wollen: »Ich habe es ja gesagt, ich habe es gewusst. Du bist weder deine Eltern noch dein Dorf. Du bist groß. Du kannst das«.

Als Lisa den Mund für ihn öffnete, legte er die Arme um sie und presste ihren beblumten, beflügelten, bibbernden Körper an seinen.

»Bist du betrunken?«

»Und du?«

Alles war möglich.

6.

Barbara lag wach unter Stefans entspanntem Körper. Sie hatte keine Chance in diesem schmalen Bett, sie musste aufstehen und das Klappbett holen, oder wenigstens den Schlafsack. Sie hatten zwei mitgebracht. Es kam ihr vor wie eine Ewigkeit, bis sie endlich frei atmen und aus dem Bett gleiten konnte. Ihr Nachthemd war noch in ihrer Reisetasche, also zog sie Stefans T-Shirt über, das zerknüllt und nach der gestrigen Reise riechend auf dem Boden lag, und verließ das Zimmer. Leise schloss sie die Tür hinter sich.

Im Wohnraum saß Anton am großen Tisch und trank Wein. Sie nickten einander zu, wortlos steuerte Barbara Richtung Terrassentür.

»Würde ich nicht machen.«

Barbara blieb stehen und sah ihn fragend an.

»Lisa und Michael sind draußen, wollen nicht gestört werden.«

»Haben sie das gesagt?« Barbara flüsterte auch.

»Nein, aber so sehen sie aus. Halten Händchen. Und so.« Anton drehte das Glas auf dem Tisch, immer schneller, bis der Wein überschwappte.

»Wie Teenager, das erste Mal ohne Eltern unterwegs, keine Minute darf vergeudet werden.« Barbara seufzte leise, entfernte sich von der Tür und stellte sich ans Fenster. Sie konnte sich nicht mehr erinnern, warum sie aufgestanden war, der Blick auf die leuchtende Wassermasse ließ sie alles vergessen. Ohne zu blinzeln, betrachtete sie das regelmäßige Wogen, dessen Widerhall sie im Unterleib spürte.

»Glaubst du, wir schaffen es?«

»Was denn?«

»Das alles hier?«

Barbara sah ihn an, wunderte sich über die Dringlichkeit seiner Worte. »Vielleicht solltest du es lockerer nehmen. Es ist doch nur ein Laientheater ...«

»Es ist alles für mich in diesem Augenblick.«

»Anton, was ist los?« Barbara kam ihm einen Schritt näher, beugte sich hinunter, um sein Gesicht sehen zu können. Die Tränen, die so langsam herunterrollten, als wären sie auf der Haut angeklebt, als wäre jede Pore ein mythologisches Hindernis, jagten ihr dann aber Angst ein. Damit konnte sie nicht umgehen, sofort stieg Ungeduld in ihr auf. Sie selbst weinte nie. Sie würde es nicht ertragen können, das feuchte Gesicht. »Anton«, flüsterte sie, legte eine Hand auf seine versteifte Schulter.

»Es muss gelingen. Es muss ein Erfolg werden, alles hängt davon ab ...«

»Das verstehe ich nicht. Was erzählst du denn da? Das ist doch nur ein schöner Zeitvertreib, ein ...«

»Ich hab bei der Zeitung gekündigt.«

»Gekündigt? Aber warum, um Gottes willen? Weiß Stefan Bescheid?«

Anton schüttelte den Kopf. »Niemand weiß es.« Er trank einen Schluck. »Ich will endlich das tun, was ich schon immer wollte, nämlich Theater machen.«

»Aber ...«

»Ich habe doch Theaterwissenschaft studiert!«

Barbara sah ihn überrascht an. »Das wusste ich nicht, ich dachte, du wärst Germanist oder so.«

»Ich habe sogar schon einen Preis gewonnen, ein kleines Theater in Regensburg hat mir eine Stelle angeboten, dann sind sie pleitegegangen.«

»Das wusste ich nicht.«

Barbara setzte sich zu ihm, er sagte nichts mehr, suchte im Kreisen seines Weines nach einem geradlinigen Weg.

»Aber wie stellst du dir das vor? Katrin, Lisa und Michael sind doch Laien, ich weiß nicht mal, ob sie wirklich gut sind.«

»Das müssen sie sein, ich bringe sie schon dazu. Und Stefan ist oft ein Idiot, aber sein Text ist großartig.«

»Na, das freut mich, wenigstens etwas Gutes.« Sie berührte leicht seine Schulter. »Aber trotzdem verstehe ich das nicht ganz ... Was willst du mit diesem Stück?«

Anton schnäuzte sich. »Es ist für einen Wettbewerb, es muss eine Laiengruppe sein, gewinnen kann man ein Stipendium und eine Assistentenstelle an einem Theater in Bayern.«

»Verstehe. Aber warum musstest du gleich kündigen, du hättest doch ...«

»Nein. Sonst hätte ich es nicht gewagt. Es musste alles oder nichts sein.«

Barbara sah ihn besorgt an, Anton merkte es. »Ich bin es mir schuldig. Außerdem habe ich schon einige Bewerbungen losgeschickt ...«

In der Stille danach, die sie wie das Weinaroma umhüllte, waren von der Terrasse vereinzelte Worte zu hören, die sich zu keinem Gespräch zusammenfügen ließen, und Geräusche, die alles hätten sein können. Antons Kopf wurde immer schwerer, bald stützte er sich auf das leere Glas. Die Stimmen von draußen, der Meeresgeruch, der hier in allem steckte, die Rufe der Nacht – das alles lastete auf seinen Augenlidern, und er schloss sie, langsam, wie einen Vorhang.

»Willst du nicht ins Bett gehen? Der Morgen wird Klarheit bringen.«

»Klarheit, genau. Mein Lebenstraum.« Anton sprach ins Glas, seine Worte undeutlich und verfälscht. Dann sah er Barbara an, als wäre sie eine Fremde, der er zu Unzeiten in einer Bar begegnet war. »Barbara, liebst du Stefan wirklich?«

Barbara lächelte, als hätte sie die Frage erwartet. »Ja, ich glaube schon. Auch wenn er manchmal ein Idiot ist, wie du sagst.«

»Und Lisa, liebt sie Michael?«

»Lisa und Michael? Das weiß ich nicht. Das wird Katrin nicht gefallen.«

Anton hob den Kopf, sein Blick traf ihren. »Ich hatte keine Ahnung.«

Barbara zuckte mit den Schultern, merkte plötzlich, dass ihr kalt war, fröstelte. »Ich gehe schlafen, das solltest du auch tun.«

Anton schüttelte vehement den Kopf.

»Wie du meinst.«

Barbara war schon an der Tür ihres Zimmers, als Antons Worte sie aufhielten. »Meinst du, Julia könnte mich mögen?«

»Welche Julia? Meine Tante Julia?«

Anton und sein Glas – eine leidenschaftliche Liebe, auch wenn der eine oder das andere leer waren. Barbara kam zurück, setzte sich wieder zu ihm.

»Du spinnst wohl.«

Anton schüttelte den Kopf. »Diese Berührung vorhin, sie versteht mich ...«

»Sie ist sicher zehn Jahre älter als du, und sie ist Witwe, und sie hat Toma, und sie ist meine Tante!«

Anton schaukelte mit dem Kopf wie der Wackelhund auf der hinteren Autoablage.

»Mensch, Anton.«

Da sah er sie an, alles verschwommen und weit weg und undeutlich und dunkel. »Es war Liebe auf den ersten Blick.«

»Aber es war ein müder, sehr erschöpfter erster Blick. Das zählt nicht, glaub mir.«

Ein Schaukeln ohne Ende – wenn das Ende die Übelkeit bedeutet.

»Du wirst sehen, mit dem Sonnenlicht und dem neuen Tag und der Arbeit wird alles anders. In ein paar Stunden werden wir darüber lachen, du wirst sehen.«

Anton und das leere Glas. Anton und das Kopfschütteln. Anton und das große Schweigen. Anton und der nicht mehr so junge Werther.

»Anton!« Barbara schrie leise.

»Auf den ersten Körperkontakt.«

»Jetzt geh endlich ins Bett, schlaf den Rausch und den ersten Blick oder was-auch-immer aus, komm, das ist ein Befehl.«

»Ich bin hier der Chef, du hast nichts zu bestimmen, ich bin der ...«

»Keiner ist hier Chef, und jetzt verschwinde ins Bett. Ich gehe auf jeden Fall.«

Barbara machte die Tür hinter sich zu. Stefan schnarchte leise. Sie legte das Ohr an die Tür, horchte, hörte nichts, sah Stefan irritiert an. Und dann fiel ihr ein, warum sie aufgestanden war und was sie hatte holen wollen. Pech gehabt. Sie legte sich wieder zu Stefan, dem großen Anglisten und dem großen Verkünder unbrauchbarer Informationen und dem großen Schreiber, und schlief fast augenblicklich ein. Anton dagegen blieb am Tisch sitzen. Irgendwann rutschte sein Kopf vom Glas auf den Tisch, aber ganz allmählich, kein Schlag war zu hören, und es tat nicht weh.

Bevor die Sonne aufging, schlichen Lisa und Michael sich ins Haus, am ohnmächtig schlafenden Anton vorbei, und verschwanden jeder in seinem Zimmer. Wie zwei Fremde.

Als wäre nichts gewesen.

7.

Julia ging mit Diva zum Strand, das machte sie jeden Morgen, im Winter später, im Sommer früher – sie folgte den Aufwachzeiten des Lichtes. Sie setzte sich auf einen kleinen Felsen, ließ das Meer, wild oder ruhig, zu ihr kommen, sie begrüßen, brüllend oder flüsternd, Neuigkeiten verbreiten. Während Diva die Wellen und Kieselsteine jagte und Möwen anbellte, aufgeregt wie der Welpe, der sie einmal gewesen war.

Heute Morgen fand Julia ihren Platz besetzt vor. Katrin saß zusammengerollt darauf, fror offensichtlich und murmelte vor sich hin. Es hätte auch ein Lied sein können. Sie hatte sich eine Decke über die Schultern gelegt, die Haare verdeckten ihr Gesicht. Drei Brillen, jede auf ihrem Platz, einsatzbereit. Diva erreichte sie zuerst, stellte ihr die Vorderpfoten auf die Oberschenkel, versuchte, ihr die Wangen abzulecken, erwischte aber die Brillengläser. Katrin schrie vor Überraschung leise auf, sprang hoch, stolperte über die bis zum Boden hängende Decke und fiel beinahe.

»Guten Morgen, Katrin«, sagte Julia mit einem Lächeln in der Stimme, »lassen Sie sich nicht von ihr stören, sie freut sich einfach, noch andere Menschen als mich zu sehen.« Julia war bei Katrin angelangt, legte einen Arm um sie und zog sie leicht zu sich. Katrin sah sie an, verwirrt, argwöhnisch, als würde sie solche Gesten nicht kennen, als wäre ihr körperliche Nähe nicht angenehm. Und ihre Augen waren gerötet und verweint. Julia ließ sie los und dachte an das nächtliche Gespräch mit Toma. Auf die Frage, ob alles in Ordnung sei, verzichtete sie. Ob sie ihr helfen könne, fragte sie auch nicht. Sie setzte sich auf ihren Stein, ließ die junge Frau vor sich stehen. Diva war schon längst weg, auf der Suche nach Abenteuer. Das Meer plantschte um die Kiesel, wusch ihnen den Schlaf aus den Augen, glättete sie, schenkte ihnen die Jugend zurück. Die Sonne verlor allmählich ihre Röte, es würde ein heißer Tag werden. Wenn der Wind zu Hause bliebe, könnte man später schwimmen gehen, dachte Julia und freute sich sehr darauf, auf das erste Mal in diesem Jahr.

Vielleicht würde Toma dieses Mal doch mitgehen. Trotz der Erfahrung vieler Jahre, die sie verband, dachte sie das immer noch jedes Jahr, jeden Frühling, jeden Sommer bis in den November hinein. Toma, der große Fischer und überhaupt, hatte es nicht so richtig mit dem Salz auf der Haut, er blieb lieber trocken. Wie die meisten Einheimischen, das hatte Julia gleich bemerkt, damals, vor so vielen Jahren, als sie mit ihrem Mann hierhergezogen war.

»Das wird ein schöner Tag heute, oder?«, fragte Katrin mit unsicherer Stimme, sah Julia aber nicht an, ihr Blick verfolgte das Spiel der Möwen, so nah an der Meeresoberfläche.

»Ja, wird es«, erwiderte Julia, noch immer in eigenen Gedanken schwimmend.

»Ich werde wieder baden heute, vielleicht später, nach der Probe«, sie drehte sich zu Julia und lächelte sie schwach an, »aber diesmal im Badeanzug.«

»Das ist eine gute Idee, das werde ich wahrscheinlich auch tun.«

»Wollen wir zusammen schwimmen gehen?«

Julia wurde durch diese Frage überrascht, sie störte sie sogar, und plötzlich wurde ihr klar, wie gerne sie allein hier lebte. Allein mit Toma, natürlich. Der einfach immer da war, ihr Schatten, mal näher, mal entfernter, aber immer da, in Reichweite. »Ich weiß nicht, mal sehen«, antwortete sie unverbindlich und merkte, wie Katrin zusammenfuhr, als hätte sie sie geohrfeigt, sie physisch weggestoßen. Aber, dachte Julia, das ist wie mit den Hunden, man darf nicht nachgeben, wenn man einmal Schwäche zeigt, ist man verloren, ihren großen, traurigen Hundeaugen verfallen und verloren. »Mal sehen«, sagte sie noch einmal, lächelte dabei, sah aufs Meer.

»Ich bin fast eine Waise, und Michael hat Lisa geküsst«, sagte Katrin und ging in die Hocke, rückte alle Brillen zurecht, verstellte Julia die Sicht aufs Wasser, um ihren Blick auf sich zu ziehen.

»Was soll man dazu sagen!«

Katrin merkte, wie unangenehm es der älteren Frau wurde, aber es kümmerte sie nicht. Sie litt. Sie litt maßlos unter diesem Verrat, diesem und jenem und allen davor. »Warum hat er das getan? Warum nur?«

»Ist er Ihr Freund?«

Katrin antwortete nicht. Sie wusste, man würde das nicht verstehen, diese Gefühle, die richtig und authentisch und wahr waren, auch wenn sie von den Tatsachen weit entfernt lagen, so weit weg, dass sie nicht einmal einen winzigen Punkt am Horizont darstellten. Tatsachen waren doch lediglich Illusionen, Gefühle bedeuteten Leben, das wahre Leben. So dachte Katrin. So dachte und empfand Katrin, die Kunststudentin, die so gerne auch Künstlerin wäre, und konnte nie nachvollziehen, wenn Leute, auch gute Freunde, sie der Weltfremdheit bezichtigten.

»Dann haben Sie aber keinen Grund, sich zu beschweren.« Julia deutete Katrins Schweigen auf ihre Art, wessen sonst. Und das mit »fast Waise« ignorierte sie einfach, was sonst.

»Sie verstehen das nicht, warum sollten Sie auch«, regte Katrin sich auf, aber still, ohne große Gesten. »Manchmal sieht er mich so an, dass ich es verstehe, aber nur ich, dann ist alles klar. Und auch wenn er den Blick abwendet, bevor ich ihn erwidern kann, ist es eindeutig, und die Botschaft ist angekommen«, flüsterte sie, und Julia musste sich anstrengen, um sie zu verstehen. »Und ich bin keinesfalls zu jung, ich habe schon eine Ahnung von solchen Dingen, auch wenn ...«

»Ich habe doch gar nichts gesagt.«

»Nein, aber Sie wollten es, ich kann es nicht mehr hören.« Katrin machte ein paar Schritte zum Meer, als wollte sie die gestrige Aktion wiederholen, haargenau.

Julia hatte keine Lust darauf. Ihr Blick schnellte immer wieder zum Pfad, zu der Steintreppe, die zum Strand führte, aber Toma war nicht zu sehen. Weder Toma noch ein anderer. Es war sicher schon nach acht Uhr. »Erzählen Sie mir von Michael, was ist so besonders an ihm?« Julia entschied sich für das kleinere Übel.

Katrin drehte sich zu ihr, ihr Gesicht wie von allen kosmischen Leuchtkörpern gleichzeitig getroffen. »Alles, er ist so klug, so schlau und so talentiert, ich habe ihn schon spielen gesehen, er ist toll, ich freue mich so, mit ihm zusammen zu spielen, und er sieht so gut aus, diese großen braunen Augen, diese langen dichten Wimpern, so sanft, so gefühlvoll, aber auch so männlich, so ...«, Katrin schnappte nach Luft, Julia sah sich hilfesuchend um, dachte, wenn sie noch einmal das Wort »so« hören müsste, würden ihr die Ohren platzen.

Dann vernahm sie das Tuckern des Motors, und bald sah sie ein Boot, es steuerte auf die kleine Mole unter dem Gästehaus zu, wo ihr eigenes Boot festgemacht war. Es konnte nur Toma sein. Toma! Ihre Rettung. Sie stand auf. »Toma ist da, jetzt geht's los!«

Sie ließ Katrin stehen und eilte zur kleinen Felsenbrücke, die auch als Anlegeplatz diente. Und Katrin tastete nach ihren Brillen, dachte, dass kein Mensch sie verstand, und war davon nicht sonderlich überrascht.

8.

Barbara und Julia kamen gleichzeitig am Kai an und sahen Toma beim Anlegen zu. Julia legte den Arm um ihre Nichte, wünschte ihr leise einen guten Morgen, Barbara gab ihr einen Kuss auf die Wange.

»Seid ihr schon alle wach?«

»Ja, einige freiwillig, einige weniger.« Barbara lächelte und zwinkerte ihrer Tante zu. »Nur Katrin konnten wir nicht finden.«

»Die habe ich gefunden, drüben am Strand, da ist ein Hunger in ihr ... Sie hat meinen Stein in Besitz genommen und mir die Ohren von ihrem Michael vollgejammert.«

»Unserem Michael? Ich wusste nicht, dass sie tatsächlich zusammen sind«, sagte Barbara nachdenklich.

»Ich glaube, dieser Michael auch nicht«, schmunzelte Julia.

Dann stand Toma vor ihnen und grüßte stumm nickend, sah von der einen zur anderen, wobei er die eine immer ein wenig länger anschaute.

»Wollen wir?«, fragte Barbara, und Julia wunderte sich: »Wo wollt ihr beide denn hin?«

»Einkaufen.«

»Alleine? Will Stefan nicht mit?«

»Nein, er muss dem Regisseur helfen.«

Allseitiges Schweigen und Betrachten.

»Gutes Wetter zum Fahren«, murmelte Toma, als es ihm zu viel wurde.

»Hast du genug Geld?«, fragte Julia Barbara, ihr Blick auf Tomas Gesicht. Tomas Mund. Und sie wurde rot.

»Mach dir keine Sorgen, Tante, Geld habe ich, und Toma wird mir mit den Sachen helfen, oder, Toma?«

Toma nickte entschlossen, aber sonst war er ein wenig unschlüssig und verwirrt, sein Mund konnte Julias Blick nicht so richtig deuten. Er wünschte sich, allein mit ihr sein zu können, es jetzt gleich an Ort und Stelle zu klären, er wollte nicht diesen Blick den ganzen Tag, bis tief in den

Abend, auf den Lippen tragen müssen. Und wie sollte er ihn vergessen, wodurch sich ablenken?

»Barbara, lass uns fahren.« Ja, das war vielleicht seine Chance, er musste sie ergreifen, jetzt gleich, fliehen und hoffen, dass alles sich von selbst löste.

»Warte, ich bringe euch schnell meinen Einkaufszettel!« Julia eilte davon, zwei Stufen auf einmal nehmend. Als sie zurückkam, händigte sie Toma ihre Liste aus, ganz außer Atem. Toma stieg ins Boot, Barbara folgte ihm, Julia band sie los, winkte verhalten. Und Toma war froh, ihr in diesem Augenblick zu entkommen, machte den Motor an, hantierte geschäftig, drehte endlich Julia den Rücken zu und atmete erleichtert aus.

Barbara lächelte ihn an, zog den Pullover über, den sie mitgebracht hatte: Die Sonne schien, aber der Gegenwind war kühl. Das Käsebrötchen, das sie lustlos gefrühstückt hatte, machte Purzelbäume in ihrem Magen.

Eine gute halbe Stunde fuhren sie, am Goldenen Horn vorbei nach Bol, in den ersten Ort, an dem es alles gab, vom Kino bis zum Schuhgeschäft – nur im Kleinen. Sie kauften ein, Barbara ging ihre Liste durch, die sie vor einer Stunde, beim Morgenkaffee zusammen mit Anton und Stefan erstellt hatte. Noch ein Paar Hände hätten sie gut gebrauchen können. Als alles in der Bootskabine verstaut war, gingen sie Kaffee trinken. Sie saßen auf der Promenade in der Sonne, sahen den Menschen zu, vorwiegend Müttern mit kleinen Kindern, die immer mehr oder weniger beharrlich und laut zum Wasser wollten. Da wollte auch Barbara hin, dachte, dass sie schwimmen gehen würde, später, wenn sie wieder in die kleine Siedlung zurückgekommen waren. Beim Gedanken an die Kälte und Frische des Wassers erschauderte sie.

»Alles in Ordnung?«, fragte Toma, und Barbara konnte sich nicht daran erinnern, dass er immer so aufmerksam war.

»Ja, ich freue mich, danach schwimmen zu gehen.«

Dann schwiegen sie wieder. Barbaras Blick blieb aber bei Toma, wurde intensiver, und Toma fragte sich, wohin das führen sollte.

»Toma, darf ich dich was fragen?«

Toma fing an, auf dem Stuhl hin und her zu rutschen, er räusperte sich mehrmals, als würde er sich auf eine lange Rede vorbereiten. »Was denn?«

»Es geht um dich und Tante.« Barbara dachte schon, er würde aufstehen und gehen. Sein Gesicht verschloss sich.

»Julia?«, fragte er dann sinnlos.

Barbara ließ ihn zu sich kommen.

»Was ist mit uns?«

»Genau das ist doch meine Frage: Was ist mit euch?«

»Was soll sein?«

Barbara suchte seinen Blick, stellte sich ihm in den Weg, wie Katrin Julia am frühen Morgen. »Seid ihr ein Paar? Wollt ihr heiraten?«

Nichts auf der Welt hätte Barbara auf dieses Lachen vorbereiten können, nichts. Toma warf den Kopf nach hinten, riss die Augen auf, lachte grollend. Oder schrie er? Ob vor Belustigung oder Schmerz oder Erleichterung oder wegen der Abwegigkeit des Gedankens, das war unklar.

Barbara fing an, sich zu ärgern, über ihn und die anderen, die sie überhaupt erst auf den Gedanken gebracht hatten. Sommer für Sommer war Toma für sie einfach ein Freund Julias gewesen, ein verlässlicher Dauergast, hilfsbereit und unauffällig. Und das war gut so. Auch nachdem Julias Mann gestorben war. Toma war einfach immer da.

»Ach, Barbara.« Toma sah sie nicht an, schüttelte den Kopf.

Barbara war dankbar, dass er nicht »Barbara, mein Kind« gesagt hatte. »Was?! Das ist doch nicht so abwegig. Ihr seid immer zusammen, ihr seid beide noch jung und so abgeschnitten von der Welt. Oder hast du eine andere?«

Kein Lachen, kein Grollen mehr – aber ein Blick für die Annalen. »Es geht dich nichts an. Eigentlich«, sagte Toma langsam und hob den Arm als Zeichen an die Kellnerin, er wolle zahlen.

»Ich will, dass sie glücklich ist, und du auch«, meinte Barbara, fühlte sich unwohl dabei wie ein kleines Kind. »Und es ist schon merkwürdig, wie ihr beide so ... ich meine, kein Wunder, dass die Leute neugierig werden ...«

»Welche Leute?«

»Leute eben, meine Freunde zum Beispiel.«

»Die von gestern?«

Barbara nickte.

»Was geht die das an? Und wie lange kennen die uns? Fünf Minuten?« Toma wurde immer wütender und lauter.

Barbara bereute es, mit dem Thema angefangen zu haben. Die Bedienung kam, kassierte, sagte weder »Danke« noch »Auf Wiedersehen«.

Schweigen herrschte auf dem Weg zum Boot. Toma half Barbara an Deck. Sie ließ seine Hand auch danach nicht los. »Entschuldige, Toma, ich wollte mich nicht einmischen. Eigentlich.« Sie lächelte, hoffte auf seine Zuneigung.

»Kein Problem.« Er sah ihr in die Augen, als wären es die einer anderen.

Sie fuhren nach Hause. Barbara saß neben Toma, auf der anderen Seite der Ruderpinne.

»Hast du Kinder, Toma?«

»Nein.«

»Hättest du gerne welche?«

»Ich weiß nicht. Ich habe keine.«

»Hast du nie welche gewollt?«

Und da war er wieder, dieser Blick. »Warum willst du so was wissen?«

»Ich weiß nicht, es interessiert mich.« Barbara überlegte. »Wir kennen uns schon so lange, seit ich ein kleines Mädchen war.«

Toma grinste liebevoll. »Ja, ich erinnere mich gut an dich, du warst die Lauteste am Strand, immer, hast nicht nur deine Geschwister, sondern auch alle anderen Kinder herumkommandiert und bemuttert, musstest immer alles bestimmen.«

»Stimmt überhaupt nicht«, protestierte Barbara, aber halbherzig, als hätte sie nichts dagegen, das wildeste Kind, der Häuptling der kleinen Seeräuber gewesen zu sein.

Der Motor brummte gleichmäßig, das Meer war ruhig und von unvergleichlich tiefem Blau, außer an den Stellen, wo die Sonnenstrahlen durch die Oberfläche brachen. Das Boot schaukelte rhythmisch und fuhr zielstrebig mit voller Kraft voraus. Oder auch halber Kraft.

»Dann warst du einige Sommer nicht da.«

Toma nickte stumm, hoffte, Barbara würde das Thema nicht weiter verfolgen. Wie üblich war die Hoffnung vergeblich. Man sollte glauben, nicht hoffen.

»Wie war es im Krieg, Toma?«

Toma zuckte weder mit den Schultern, noch stöhnte er, noch sah er sie an. Aber er schwieg lange, ließ das Meer, den Motor, die Möwen erzählen. Und erzählen. Bis er das Gefühl hatte, er musste etwas sagen. Für einen Augenblick wollte er es sogar. »Krieg ist Krieg. Er ist schlecht, er ist immer schlecht.«

»Julia sagt, du bist seitdem nicht mehr derselbe.«

»Das sagt sie? Dann ist es so, sie muss es am besten wissen.«

»Warum willst du nicht darüber reden?«

»Da gibt es nichts zu reden.«

»Das glaube ich nicht. Redest du mit Julia darüber?«

»Nein. Ich will nicht. Ich will es vergessen.«

»Und funktioniert es?«

Toma presste die Lippen zusammen, er spürte ein Dröhnen in der Magengrube. Ein Hämmern in den Ohren. Ein Stürmen im ganzen Körper, jäh und gewaltig, von den Zehen ausgehend überrollte es auch sein Herz. Die Gedanken, die Gefühle, die mehr oder weniger feste Materie ergaben sich widerstandslos. Toma nannte das Überlebensinstinkt: sich tot stellen mit offenen Augen, unbemerkt und für die Welt unerreichbar.

»Toma?«

Ein Tosen im Blick, von innen, hinter den Augen, die sich weigerten zu sehen. Der übliche Wahnsinn, geduldet. Geköpfte Worte, erstickt. Erstochen. Erwürgt. Aufgeschlitzt. Der röchelnde Atem, ausgeblieben. Das wertlose Leben, verabschiedet.

»Da gibt es nichts zu sagen, Barbara. Respektiere das bitte.«

9.

Sie kamen an. Der Anker traf mit Schwung auf das Wasser und verschwand augenblicklich. Die drei Schauspieler, der Regisseur und der Autor standen am Kai und winkten ausgiebig, manche auch beidarmig.

»Wo bleibst du so lange?!«, schrie Anton, Zigarette in der Hand.

»So ist Agatha Christie 1926 vierzehn Tage absichtlich verschwunden, nur um auch im wahren Leben ein wenig Mystery zu schaffen«, sagte Stefan, Hände in den Hosentaschen.

Barbara stieg aus dem Boot, hängte das Auge des Taus am Poller ein und machte es fest. Die Fender berührten leicht den Steg.

»Kommt her und helft«, sagte sie und reichte ihnen die Tüten weiter, die Toma ihr aus dem Boot in die Hand drückte. »Wir haben viel eingekauft.«

»Das sehe ich. Erinnere mich daran, dass ich dir nie meine Kreditkarte leihe«, scherzte Stefan, oder auch nicht, und gab ihr einen Kuss.

»Hast du das ganze Geld ausgegeben?«, fragte Michael, sein Kopf rot und seine Wunden unbedeckt. »Wir müssen aufpassen, dürfen nicht alles auf einmal verbraten«, fügte er noch hinzu.

Barbara sah ihn gar nicht an, war mit den vielen Einkaufstaschen beschäftigt.

»Hast du auch mein Shampoo gefunden?« Lisa sah Barbara erwartungsvoll an, besorgt sogar.

»Ja, Lisa, habe ich, ich hätte mich doch nicht getraut, ohne zurückzukommen.« Aber sie lächelte dabei, als würde sie es nicht böse meinen. Nachts herumknutschen, tagsüber herumdirigieren, dachte Barbara und rollte innerlich mit den Augen.

Dann waren sie nur noch zu zweit. »Was ist passiert?«, fragte Barbara und lehnte den Kopf an Stefans Schulter. »Ist was passiert?«

»Warum fragst du?« Er legte ihr den Arm um die Taille. »Was habt ihr denn alle hier unten gemacht, so aufgeregt? Warum habt ihr auf mich gewartet?«

»Wir konnten es nicht erwarten, Lisas Shampoo zu sehen.« Er gab ihr einen Kuss auf den Scheitel.

»Ach, Stefan! Sag jetzt endlich!« Barbara stellte sich vor ihn.

Stefan schwieg und sah sie amüsiert an.

»Also?«

»Ich warte noch, dass du die Fäuste in die Hüften stemmst.«

»Du bist unmöglich.« Aber dann lachte sie auch selbst und umarmte ihn innig.

»Ich weiß, man kann mir nicht lange böse sein.« Sie küssten sich ausgiebig, Hände wanderten immer nachdrücklicher unter die leichte Kleidung.

»Wir haben ein Zimmer hier, nur für uns ...«

»Ich will eigentlich schwimmen gehen.«

»Das kannst du auch nachher tun, wir können sogar zusammen schwimmen.«

»Das können wir auch gleich machen!«

Stefan sah sie an, als würde er überlegen. »Du weißt, ich mache keinen Sport.«

»Wir schwimmen doch nicht um die Wette, wir können einfach weitermachen, aber im Meer«, flüsterte Barbara ihm ins Ohr.

Hätte Stefan nur nicht überlegt! Wären sie besser gleich verschwunden!

»Stefan, wo bleibst du!«, rief Anton von der Terrasse. »Wir warten auf dich, weiter geht's!«

Stefan drehte sich nicht um, sah nicht hoch zu seinem Freund.

»Habt ihr euch gestritten?«

Stefans Finger glitten über Barbaras Gesicht, blieben auf ihrem Mund liegen. »Ein wenig. Katrin wollte plötzlich nicht die Frau, sondern die Geliebte spielen, Lisa meinte, ihr wäre es egal, aber sie hatte schon den Text gelernt, Michael hat sich aufgeregt, er hätte sich schon emotional vorbereitet, Katrin sagte dann bissig, das sei klar gewesen, und dann sagte Michael und dann Lisa und dann schließlich Anton, der in die Luft gegangen ist, sie könnten so nicht arbeiten. Ich versuchte zu schlichten, zu relativieren, aber Katrin sperrte sich in ihrem Zimmer ein, Lisa klopfte an die Tür, das sei auch ihr Zimmer, Michael bekam Kopfschmerzen, sah gar nicht gut aus, ich glaube, er sollte doch besser zum Arzt. Und Anton sagte nur, er könne das nicht glauben und sein ganzes Leben hänge von drei unreifen Idioten ab.«

Barbara traute offensichtlich ihren Ohren nicht: Sie schüttelte den Kopf wie ein Komiker im Stummfilm.

»Wir waren auf der Terrasse ...«

»Hat Julia euch gehört? Ist sie runtergekommen?«

»Ob sie uns gehört hat, weiß ich nicht, sie ist jedenfalls nicht aufgetaucht.«

»Wenn ihr so weitermacht, wird sie uns noch rausschmeißen. Ich habe ihr versprochen ...«

Stefan küsste sie.

»Stefan! Kommst du jetzt oder was?«

»Komm, ich gehe mit, meine Schwimmsachen sind oben.«

Hand in Hand gingen sie die steilen Treppen hoch. Auf der Terrasse wartete Anton auf sie. Am Boden saß Michael mit hängendem Kopf. Die Tür zum Wohnzimmer war offen, aber es war niemand zu sehen, und es war still. Anton sah Barbara skeptisch an.

»Keine Bange, ich hole nur meinen Bikini«, sagte sie und ging an ihm vorbei ins Haus.

»Wir brauchen keine zusätzliche Meinung«, murmelte Anton, dann aber lauter: »Alle herkommen, weiter geht's!«

Stefan stand an die Schutzmauer gelehnt und beobachtete die schaukelnden Boote unten am Steg. In der Sonne war es schon schnell zu heiß, und sie kam von allen Seiten, direkt oder als Reflexion. Die Luft selbst glimmerte wie Silber.

Schließlich waren alle da, saßen am großen Tisch, jeder seinen Text und einen Bleistift vor sich. Anton bewahrte Ruhe, erklärte, es würde alles so gemacht wie vor der Reise entschieden, keine Veränderungen. Katrin, mit drei Paar Brillen bewaffnet, sah ausdruckslos geradeaus, wie jemand, der schon längst aufgegeben hat, sagte aber nichts. Lisa lächelte zustimmend, erleichtert. Michael berührte sie sanft mit dem Bein unter dem Tisch. Stefan sah es, schwieg aber. Endlich fingen sie an zu lesen. Anton spürte plötzlich, dass alles noch möglich war. Stefan beugte sich zu ihm. »Du musst den Text dreimal berühren, fürs Glück, wie Charles Dickens es immer tat«, flüsterte er ihm ins Ohr.

10.

Barbara nahm die Haupteingangstür, auch wenn der Weg zum Strand über die Terrasse kürzer war. Sie wollte weder stören noch aufgehalten werden. Und dann wollte sie noch kurz bei der Tante vorbeischauen, sich versichern, dass alles in Ordnung war und sie bleiben konnten. Die Terrasse vor Julias Haus war leer, Barbara hörte Stimmen, die aus dem offenen Küchenfenster kamen, leise, gedämpft. Sie ging beunruhigt weiter, hinunter zum Strand. Sie wusste, die Müdigkeit, die sie so plötzlich fühlte, würde im Wasser verschwinden, einfach von ihr abgespült werden. Sie verlängerte den Schritt, ihr Mund verzog sich zu einem Lächeln.

Während oben in der Küche Julia am Herd stand und rührte ohne Ende, so heftig und schlagartig rührte, dass die rote Soße herumspritzte. »Das halte ich nicht aus, wenn das so weitergeht.« Im Aschenbecher glomm eine vergessene Zigarette. Toma saß am Tisch und sah ihr zu, wusste, was er nicht zu tun hatte. Er hatte Zeit, er mochte es, ihr zuzuhören, egal, was sie erzählte. Außerdem ging es ihm nicht gut, also schwieg er.

»Sie hat mir versprochen ... und überhaupt, was sind das für junge Leute, immer nur am Streiten, und dann noch hier, in diesem Paradies, wo nur die Hunde bellen und die Esel ... keine Ahnung, was machen die Esel? Schreien? Wiehern? Rufen?« Julia sah ihn von der Seite an.

»Iahen. Die Esel iahen.«

»Nie gehört.«

Immer noch beobachtete sie ihn, als hätte sie ihn erst jetzt richtig gesehen, seit seiner Rückkehr aus Bol. Seitdem er ihr eine Kiste voll mit den gewünschten Sachen auf die Anrichte gestellt hatte.

»Du hast mir keine Zeitschrift mitgebracht«, hatte sie sich beschwert.

»Du hättest mitkommen können«, hatte er geantwortet. Und dann ging es los mit dem Gejammer.

»Etwas stimmt nicht mit dir«, sagte sie jetzt einfach, als wäre es zu erwarten gewesen. Als wäre sie seine Ärztin, die er nicht hatte. »Toma, was ist passiert?«

Tomas Blick wurde unklar. Julia kam zu ihm, ließ die Soße allein wild brodeln, setzte sich ihm gegenüber und nahm seine Hand. Er senkte den Blick, zog die Lippen zusammen, er spürte ein Dröhnen in der Magengrube. Ein Hämmern in den Ohren. Ein Stürmen im ganzen Körper, jäh und gewaltig, von den Zehen ausgehend überrollte es auch sein Herz. Die Gedanken, die Gefühle, die mehr oder weniger feste Materie ergaben sich widerstandslos. Toma nannte das Überlebensinstinkt. Sich tot stellen mit offenen Augen, unbemerkt und für die Welt unerreichbar.

»Toma?«

Ein Tosen im Blick, von innen, hinter den Augen, die sich weigerten zu sehen. Der übliche Wahnsinn, geduldet. Geköpfte Worte, erstickt. Erstochen. Erwürgt. Aufgeschlitzt. Der röchelnde Atem, ausgeblieben. Das wertlose Leben, verabschiedet.

»Sind es wieder die Bilder?« Da er nicht antwortete, nichts sagte, wusste sie, dass sie recht hatte und nicht mehr fragen und überhaupt aufhören sollte zu reden. Ihn einfach sein lassen. Und abwarten.

Aber heute war etwas anders. War es der Blick auf dem Mund? War es der Kuss von gestern Abend, der sich nicht ereignet hatte? Auf jeden Fall hatte Julia das Gefühl, sie durfte, was sie sonst nicht durfte. Sie berührte seine Wange. Er hob den Kopf, sah sie an, direkt, schonungslos, ließ sie alles sehen, für einen Augenblick nur – aber es genügte. Julia fing an zu weinen und glitt willenlos in seine Arme. »Toma«, flüsterte sie voller Angst. »Wie kannst du ... Ich werde nie mehr schlafen können.«

»Man lebt auch ohne Schlaf.« Und da dachte Toma an Julias Lippen, an sein Verlangen, sie zu berühren, all diese Jahre, die sich so ähnelten, dass es auch nur ein Jahr hätte sein können. Die Jahreszeiten, das Meer, die Sonne, der Wind, der Mond, voll oder jung, sein Garten und das Feld und die Tiere und der Weinberg, säen und ernten, fischen. Und Julia. Mit und dann ohne ihren Mann, immer Julia. Von dem ersten Augenblick an. Als sie in einem weißen Kleid, das kein Hochzeitskleid war, aus dem Boot stieg, unten am Strand, den Steg gab es damals noch nicht, und er ihr half, er, der beste Freund ihres Mannes, den steilen Pfad hinauf. Immer wieder Julia. Jeden Tag, jede Stunde.

Er küsste sie. Er küsste sie leidenschaftlich und fest. Er küsste sie, suchte zwischen ihren Lippen nach Leben, saugte ihr den Atem aus. Und sie wehrte sich nicht, sie öffnete ihren Mund und lud ihn ein, teilte ihr Leben mit ihm in diesem Moment, die Luft, das Licht. Mit jeder Berührung, mit jedem Tropfen, jeder Bewegung flossen die Bilder hin und her, wechselten Besitzer, verloren ihre Schatten, um sie gleich wiederzufinden, wuchsen und schrumpften, wurden heller und wieder dunkler, verformten und verbogen sich, sprengten die Ketten, um sich gleich wieder zu verstecken. Sie blieben, was sie schon immer waren, diese Bilder, sie hatten nicht vor, Toma zu verlassen, sie rühmten sich unsterblicher Treue und unzerstörbarer Beharrlichkeit und waren wild entschlossen, diesem Ruf bis zu Tomas letztem Atemzug gerecht zu bleiben. Auch nach diesem langen Kuss, der sowohl Julia als auch Toma zum Zittern brachte, ein Aufruhr ohnegleichen, ein windloser Sturm.

»Toma, wir sollten aufhören.« Julia richtete sich auf, seine Bilder immer noch überall in ihr, in den Augen, um die Nase herum, sogar unter der Zunge, wo es so besonders warm und feucht war und sie so prächtig gedeihen konnten.

»Du willst und willst nicht, oder?« Tomas Stimme, leise und gebrochen.

Julias Worte, wie die Augen, tränten, schwächelten, verzerrten den Klang und die Bedeutung. Sie stand auf, ging zum Herd und fing wieder an zu rühren, diesmal kraftlos. »Ruiniert, kann ich von vorne anfangen«, murmelte sie, fuhr mit dem Handrücken übers Gesicht. Toma kam zu ihr, langsam, ohne die Füße richtig zu heben. Dieses Geräusch des Aufgebens, des Ergebens traf Julia in den Rücken, trat oben im Nacken ein und durchbohrte sie bis zum Becken, machte sich da breit, wanderte sogar zu ihrer Magengrube, und plötzlich wurde Julia klar, dass sie wahrscheinlich nie Kinder haben würde, jetzt, wo sie schon über vierzig und Witwe war und niemanden außer Toma hatte.

»Julia, du weißt ...«

»Ja, ich weiß. Sag nichts mehr.« Wie ein angehaltener Film, gefroren in seinem Kampf gegen die Vergänglichkeit. Wie eine ausgerissene Buchseite, die nur für den Sinn machte, der sie dem Buch gewaltsam entnommen hatte.

11.

Barbara schwamm, so schnell sie konnte, fast flog sie durchs Wasser im verzweifelten Versuch, warm zu werden. Immer weiter, immer langsamer. Schließlich hörte sie auf zu kraulen und sah sich um, atemlos. Die Küste war nur noch eine weiße Linie, sie hatte die Bucht verlassen. Von so viel Leichtsinn und Mut wurde ihr schwindlig, Panik ergriff sie. Ihre Brust schmerzte wie mit winzigen Nadeln durchstochen. Am Horizont Richtung Hvar drei Segelschiffe, die sich in der herrschenden Windlosigkeit tot stellten. Barbara legte sich auf den Rücken, ließ sich treiben, sammelte Kräfte, Gedanken. Dachte an Stefan. An ihre Tante, an Toma, an sein Schweigen. An ihr Zuhause, an ihre Familie, an die Geschwister, die jetzt ohne sie zurechtkommen mussten. Mit den Ohren unter Wasser hörte sie stumpfe Motorgeräusche. Sie bewegte sich nicht, war zu müde, wünschte sich, jemand würde sie hier abholen. Jemand, Toma wahrscheinlich, würde es sicher tun, wenn jemand wüsste, wo sie war. Das Tuckern des Motors und das Vibrieren um ihren Körper wurden stärker, sie hob den Kopf, den Arm, winkte. »Hallo! Hier bin ich! Hallo! Vorsicht!« Der Motor erstarb allmählich, es wurde still, das Boot schaukelte leicht. »Hallo? Ist jemand da?«

Ein schmaler Kopf mit langen, lockigen Haaren, grüne Augen, breites entschuldigendes Lächeln. »Hab ich dich erschreckt? Tut mir leid, musste noch was erledigen«, sagte der junge Mann, streckte die Hand aus. Barbara sah ihn verwundert an, wusste nicht, ob er sie lediglich begrüßen oder aber ins Boot ziehen wollte. Sie tat nichts, fragte sich aber, was für ein Dialekt das sein sollte: Etwas fremdelte in diesem muttersprachlichen Kroatisch. »Du bist hier ziemlich weit weg von der Küste, hattest du einen Unfall? Brauchst du Hilfe?«

Sein »r« war anders, aber nicht deutsch, auch nicht englisch, es hätte spanisch sein können, aber der Akzent passte nicht. Ihr Blick hakte sich bei seinem unter.

»Ich heiße Nikola«, sagte er, und Barbara wusste plötzlich, eigentlich war er in Frankreich zu Hause. Sie lächelte ihn zufrieden an. »Du bist Franzose!«

»Eigentlich nicht. Es ist kompliziert. Meine Eltern sind Kroaten, aber ich bin in Frankreich geboren und groß geworden.« Nikola sprach sehr schnell, Barbara kannte das nur von den echten Urdalmatinern, bei denen sie oft Schwierigkeiten hatte, mitzukommen und alles zu verstehen.

»Ich heiße Barbara, komme aus Deutschland, bin hier bei meiner Tante«, sagte sie und hievte sich über den Bootsrand.

»Ich spreche auch Deutsch«, sagte Nikola und fasste sie am Oberarm, zog sie hoch. »Habe ein Jahr in Berlin studiert.« Nicht besonders graziös schaffte Barbara es ins Boot und fing augenblicklich an zu frieren. Aber Nikola war schon da mit einem großen, flauschigen Badetuch. »Aus Frankreich«, sagte er und drehte sich gleich um, tat beschäftigt, als wäre es ihm peinlich. »Ich mache dir einen Tee. Oder willst du lieber Kaffee?« Ohne ihre Antwort abzuwarten, verschwand er in der kleinen Kabine.

Barbara wickelte sich gänzlich in das Tuch, sodass nur ihre Augen zu sehen waren. Sie schaute sich um. Pinsel, Farbtuben, Malblock. Ein Künstler für Katrin, dachte sie und wusste nicht, warum. Sie hob den Kopf und streckte das Gesicht der Sonne entgegen. Die strahlte schon heiß, auch wenn es erst Mai und das Meer noch sehr kalt war. Bald begannen ihre Wangen zu brennen. Nikola kam und brachte weder Tee noch Kaffee, dafür aber einen Cognac.

Barbara lachte laut, ein wenig überspitzt. »Cognac mitten am Tag!« Immer noch lachte sie.

»Das wird dich am besten und am schnellsten aufwärmen.«

Sie nahm das Glas, roch daran.

»Mein Vater hat immer eine Flasche an Bord, für Notfälle.«

»Wie mich«, sagte sie und sah ihn an, er wurde aber nicht rot, zuckte lediglich mit den Schultern. Dann fing er an, Ordnung zu schaffen, schob alles einfach ein wenig herum, lässig, als hätten die Sachen keine Bedeutung für ihn. Farbtuben, Pinsel und mehr oder weniger leere Wasserflaschen rollten herum. Nur die Bildermappe, aus der einige bemalte

Ecken herausragten, nahm er behutsam in die Hand und brachte sie in die Kabine, in Sicherheit.

»Wohnst du in Bol?«, fragte Barbara, der das Schweigen nicht gefiel.

Nikolas lockiger Kopf erschien in der Kabinentür, er lächelte. »Nein.« Nicht mehr und nicht weniger.

»Woher kommst du dann?«

»Vom Land.«

»Vom Land? Dein Kennzeichen, MA, was ist das? Milna? Makarska?«

Als Antwort Schulterzucken.

»Warum so geheimnisvoll?« Nichts, nicht einmal Schulterzucken.

»Na gut, ich frage nicht weiter.«

»Und wo bist du zu Hause? Und was machst du mitten im Kanal? Allein?«

»Bin geschwommen.«

Sie sahen sich an, argwöhnisch, abschätzend.

»Und schwimmst du jetzt zurück oder kann ich dich irgendwo absetzen?« So ganz spottfrei waren seine Worte nicht.

»Wenn es dir nichts ausmacht ... Du kannst auch zum Mittagessen bleiben, die anderen haben sicher was gekocht.« Wobei das gar nicht sicher war, ganz im Gegenteil. »Ich habe Proviant dabei, aber danke für die Einladung.«

Sie fuhren. Er in Schweigen, sie in das Badetuch eingehüllt. Der Motor war laut und stark, sie bewältigten die aufkommenden Wellen problemlos. Je näher sie dem Steg kamen, umso aufgeregter wurde Barbara. Man konnte es ihr deutlich ansehen. Nikola dagegen mit einem weichen, aber undurchdringlichen Gesichtsausdruck. Er hatte eine Sonnenbrille aufgesetzt.

Und wieder warteten alle, auch Julia, am Steg. Alle außer Lisa. Lisa stand oben auf der Terrasse und hielt ein Fernglas in der Hand.

12.

»Wir haben uns schon Sorgen gemacht!«

»Was ist in dich gefahren, so weit rauszuschwimmen!«

»Und allein!«

»Du hättest einen Krampf kriegen können ...«

»Oder von einem Hai gebissen werden ...«

»Das ist so verantwortungslos!«

Barbara schwieg, ließ sie alle ausreden, half Nikola, das Boot festzumachen. Tomas Boot war nicht mehr da. Die Sonne schien schon sehr schräg auf die wellige Meeresoberfläche. Stefan kam auf sie zu, umarmte sie. »Ich bin sehr böse auf dich.« Er küsste sie auf den Mund und sah dabei Nikola an. Nikola stand da, neben Barbara, in einem übergroßen T-Shirt und einer tief hängenden Jeans, als hätte er sie von einem älteren Bruder bekommen. Erst in Stefans Armen merkte Barbara, wie müde sie tatsächlich war. Und hungrig. »Ich habe Riesenhunger.«

Julia kam näher, sah sie streng an, nahm sie dann an die Hand und führte sie weg: »Wir müssen reden.« An einem besorgten Anton, einer verängstigten Katrin, einem unzufriedenen Michael vorbei. Julia zog Barbara wortlos zum Strand. Auf der Terrasse stand immer noch Lisa, unbeweglich, und beobachtete alles, jetzt ohne Fernglas.

»Und wer bist du?«, fragte Stefan am Bootssteg schroff und lächelte dabei übertrieben nett.

»Nikola, ich bin Nikola, ich habe Barbara aus dem Wasser geholfen, ich fand sie da, dort drüben, weit weg ... Ich bot ihr an, sie nach Hause zu fahren.« Nikola sprach hastig, zappelig sogar, aber sein Blick wich dem von Stefan nicht aus. Die anderen standen um sie herum und beobachteten die beiden. Von oben, wo Lisa sich befand, sah es so aus, als würden Stefan und Nikola gleich die Fäuste sprechen lassen.

»Und dieses T-Shirt? Wem hast du das gestohlen? Deinem Vater?« Stefan lächelte schadenfroh.

Nikola überlegte. »In der Tat.«

»Ach, Papas Söhnchen!«

»Stefan!« Anton legte eine Hand auf Stefans Schulter, Stefan reagierte nicht. »Und jetzt? Worauf wartest du jetzt?« Stefans maskenhaftes Gesicht.

»Barbara hat mich eingeladen, zum Essen zu bleiben.«

»Hat sie das? Und wer hat für euch beide gekocht?«

Nikola zuckte mit den Achseln, ließ seinen Blick über die Gesichter in der Runde gleiten.

»Wir haben auch noch nicht richtig gegessen, wir machen was zusammen, was meint ihr?«, fragte Anton und streckte die Hand aus, beugte sich leicht nach vorne, um Nikola näher zu sein, seinen Worten Nachdruck und Eindeutigkeit zu verleihen. »Willkommen, ich heiße Anton.«

Stefan lachte auf, warf den Kopf nach hinten. Alles Theater, dachte Lisa von der Terrasse aus und begegnete Michaels Blick. Michael lächelte. Dann stellte auch er sich Nikola vor.

»Ich bin Katrin«, sagte Katrin, fummelte an ihrer Brille herum und blieb ernst. Langsam gingen alle Richtung Treppe, stiegen die steilen Stufen hoch. Lisa wartete auf sie, streckte die Hand aus, sagte ihren Namen.

Nikola lächelte, stotterte ein paar Worte, errötete.

»Ja, das ist unsere schöne kleine Lisa. Gefällt sie dir, Junge?«

»Stefan, du bist eklig!«, sagte Lisa leise, errötete auch, senkte den Blick.

»Weißt du, Lisalein, das Wort Samba bedeutet, sich mit dem Nabel aneinander zu reiben.« Stefan schubste Lisa leicht in Nikolas Richtung und ging lachend ins Haus.

Am Ende des Weges, der zum Strand führte, erschien Barbara, wütend, erschöpft, noch immer in das französische Badetuch eingewickelt, die Haare schon fast ganz trocken. Anton sah sie als Erster. Er sah auch Julia, die zu ihrem Haus weiterging.

»Wenn ihr euch nicht zusammenreißt, können wir packen und nach Hause fahren. Meine Tante hat die Schnauze voll von diesem pubertären Benehmen.«

Anton überlegte nicht lange, er eilte Julia ohne ein Wort der Erklärung nach.

Barbaras unterdrücktes »Anton!« konnte ihn nicht aufhalten. »Ihr seid schlimmer als Kindergartenkinder!« Barbara ließ sie auf der Terrasse stehen und ging ins Haus, machte die Tür ihres Zimmers hinter sich zu.

Alle schwiegen, sahen verlegen auf den Boden. »Ich habe Hunger«, verkündete Michael dann, und eine rege Diskussion über das Abendessen entstand. Schließlich einigten sie sich auf Nudeln mit Tomatensoße und Salat. Stefan verteilte Aufgaben – Chef zu sein, machte ihm offensichtlich Spaß, vor allem vor diesem Neuling.

Lisa und Nikola mussten sich um den Salat kümmern, also blieben sie auf der Terrasse, schweigend. Am Anfang. Dann erzählte Nikola von Paris, seiner Stadt, von seinen Bildern, seinem Studium in Frankreich und Berlin, seiner Liebe zum Meer. Lisa nickte zustimmend, aufmunternd. Ihr Lächeln ließ nicht zu, dass er aufhörte. Schnell redete er weiter, über seine Eltern, seine Kindheit. Darüber, wie sich plötzlich alles für ihn und seine Mutter geändert habe, auf einen Schlag, buchstäblich über Nacht. Plötzlich seien sie nicht mehr allein, plötzlich sei auch ein Vater da gewesen, ein Maler, ein Maler wie er selbst. Lisa dachte, er dürfe nicht aufhören, er dürfe nicht aufhören zu reden. Er dürfe sie nicht küssen. Und das würde er sicher tun, sollte er aufhören zu reden. Und sie hatte letzte Nacht Michael geküsst, und zwei Männer an einem Tag zu küssen, das gehe gar nicht. Lisa war nicht nur sehr jung, sie war auch plötzlich voller seltsamer Gedanken und Überzeugungen. Sie zitterte vor Aufregung, von dem kühlen Wind, der unbemerkt seine Flügel ausgebreitet hatte und sie jetzt umschwärmte.

Nikola verstummte, und Lisas Handy klingelte, ihre Hosentasche vibrierte. »Papa!« Dann hörte sie zu, setzte mehrmals an, etwas zu sagen, sagte nichts. Nickte, schüttelte den Kopf, dann lachte sie. »Ja, es geht mir gut, wir sind gut angekommen, sorry, ich hab's völlig vergessen, ständig passiert etwas ... Ja, ja, mache ich, mach dir keine Sorgen. Ja, das Wetter ist wunderbar, sehr warm ... In Ordnung, ich melde mich, tschüss, Papa.« Sie lächelte immer noch, als sie das Handy wieder in der Hosentasche verschwinden ließ. Dann sah sie Nikola an. »Mein Vater. Macht sich immer Sorgen.«

»So sind Väter. Ich glaube, meiner schläft nicht, solange ich nicht zurück bin. Sogar jetzt noch und nachdem er mir selbst alles beigebracht hat«, schmunzelte Nikola, seine Augen voller Zärtlichkeit. »Vielleicht sind das die Jahre der Abwesenheit ...« Dann schwiegen sie, sahen aufs Meer hinaus, Richtung Hvar und noch weiter Richtung Vis, wo die Sonne dabei war, baden zu gehen.

»Wo wirst du heute schlafen?«

»Hier, wenn ich darf.«

»Hier?«, Lisas Überraschung, fast Panik, fand Nikola offensichtlich lustig, denn er fing an zu lachen. »Ja, in meinem Boot. Also keine Angst, ich werde niemanden stören ... der das nicht will.« Sie sahen sich nicht an, immer noch nicht, die Blicke auf den Horizont gerichtet, leicht verträumt, das Meer spiegelte sich in ihnen. Der Wind und das Licht ließen sie ständig blinzeln, als hätten sie Sand in den Augen.

Und in der Küche wurde fleißig gekocht. Michael war nicht gut drauf, sehr schweigsam. Katrin versuchte alles, um ihn zum Lachen zu bringen, seine Augen zum Strahlen. Stefan summte vor sich hin, schwieg auch. Egal, dachte Katrin hinter den beschlagenen Brillengläsern, Hauptsache, kein Streit. Und sie freute sich über den jungen Mann mit dem Boot, er gefiel Lisa offensichtlich.

»Was machen die beiden so lange auf der Terrasse?«, fragte plötzlich Michael und legte das Messer ab, mit dem er Tomaten geschnitten hatte. »Sie sollten uns doch auch helfen, oder?« Stefan unterbrach sein Summen, holte Luft, sagte aber nichts. »Und es ist heiß hier, wie in einer Sauna! Ich würde auch lieber an der frischen Luft sein und mich bedienen lassen und überhaupt, als würden wir Gäste brauchen, wir sind ja schon zu viele hier, so ein Unsinn! Was hat sich Barbara dabei gedacht? Und Anton! Man hätte ihn einfach nach Hause schicken können ... So wie der aussieht, ist er sicher ein Fischer aus einem Dorf hier in der Gegend ... Schaut euch diese Haare an, und die Augen, ein Wichtigtuer, das ist er ... Der bringt alles durcheinander!«

»Bist du eifersüchtig?« Stefan sah ihn an, täuschte große Überraschung vor. Michael senkte den Kopf, sein ganzer Körper zitterte. Das Schweigen tat weh, mit jedem Wimpernschlag ein wenig mehr.

Katrin wollte eben etwas sagen, als Barbara aus ihrem Zimmer kam. »Ich bin so hungrig, ich erinnere mich nicht, je so hungrig gewesen zu sein«, teilte Barbara mit und kreiste um die drei Köche herum auf der Suche nach etwas Essbarem. Da noch nichts fertig war, begnügte sie sich mit einer Scheibe Brot und holte sich Käse aus dem Kühlschrank. »Wo sind die anderen?«

13.

Julia ging schnellen Schrittes ins Haus. Anton sah sie die Tür hinter sich zumachen, leise. Er folgte ihr bis zur Terrasse, da blieb er stehen und setzte sich nach kurzem Überlegen an den Tisch. Er steckte sich eine Zigarette in den Mund, zündete sie aber nicht an. Vor ihm das blaugrüne Meer, ganz ruhig in der untergehenden Sonne. Der Himmel wolkenlos. Nichts war zu hören. Keine Musik, keine Stimmen. Nicht einmal Tiere hatten sich etwas zu sagen zu dieser tauben Zeit des Tages. Anton war kein Romantiker, aber das hier! Die Ewigkeit.

»Es ist beeindruckend, oder?«, sagte Julia leise und blieb in der Tür stehen. Sie sah Anton nicht an. Sie betrachtete das lebendige Bild vor sich, als hätte sie es nie vorher gesehen. »Jedes Mal, jeden Tag überwältigt es mich von Neuem. Ich kann nicht aufhören, dankbar zu sein.« Sie hatte einen leichten Pullover angezogen. Mit dem Sonnenuntergang kam die Kühle, manchmal trocken, manchmal feucht. Sie zündete sich eine Zigarette an.

»Wollen Sie auch?«

Erst jetzt sahen sie sich an, Anton nickte und stand auf, Julia machte ein paar Schritte auf ihn zu, ihre Finger berührten sich.

»Danke«, sagte Anton.

Ihre Augen, dunkel in der Dämmerung.

»Ich mache das Außenlicht an«, sagte Julia, rührte sich aber nicht. Und dann wurde es so dunkel, dass ihre Augen sich verirrten.

Julia streckte sich auf der Liege aus, deckte sich zu. Anton setzte sich wieder, fing an, die Kälte deutlich zu spüren und zu verstehen, dass es Augenblicke gab, in die man eintauchen und dennoch trocken bleiben konnte; die sich aus einem anderen Leben einschlichen und dabei so taten, als wären sie da zu Hause; die einem alles verrieten, um es dann aber sofort auszulöschen, jede Erkenntnis, jede Einsicht und Erinnerung. Anton wusste nicht, wohin mit dieser Erleuchtung. Also tat er nichts und wartete ab.

»Wie ist der Tag heute verlaufen? Konnten Sie gut arbeiten?« Julias Stimme hörte sich entfernt an, sie sprach leise, als würde sie gleich einschlafen.

Anton sah sie kurz an, schüttelte dann den Kopf und verzog den Mund. »So habe ich mir das nicht vorgestellt«, war alles, was er sagte.

»Ich auch nicht«, erwiderte Julia noch leiser als zuvor, Anton hörte sie kaum.

»Wie haben Sie sich das vorgestellt?«

»Dass ich meine Ruhe behalten würde.« Worte, die das Ohr erreichten.

»Verstehe. Es tut mir leid.« Die Röte des Himmels, wo das Meer die Sonne verschlang.

»Muss es nicht. Aber Sie könnten sich darum kümmern, dass wir beide bekommen, was wir wollen, oder?«

Anton nickte leicht, überlegte, spielte mit dem Zigarettenstummel. »Wenn die nur verstehen würden, worum es hier geht. Die sind so jung und ahnungslos, für die ist das lediglich Spaß, Zeitvertreib mit Leidenschaft.«

»Leidenschaft ist wichtig.«

»Ja.« Anton sah Julia von der Seite an, wollte ihr Gesicht, ihren Blick erkennen, durchschauen, geheime Botschaften entdecken. Vergebens. Dunkel ist dunkel ist dunkel. »Aber es muss noch mehr sein, es muss existenziell werden, sie müssen verstehen, dass alles davon abhängt, alles, dass wir keine Zeit für Kinderkram haben, für Eifersüchteleien und Schmollerei, dass mein ganzes Leben in der Schwebe ist und ich ...« Jäh hörte Anton auf zu reden.

Julia ließ die Augen zu, wohlwissend, dass ihr Blick nicht zu ihm durchdringen konnte. Sie war müde, erschöpft sogar, und hatte keine Lust auf solche Gespräche. Sie dachte an Toma. Sie dachte, dass dieser Tag unendlich zu sein schien. Dass sie diese Leute gestern zum ersten Mal gesehen hatte, sie nicht kannte, nicht kennenlernen wollte, nicht richtig. Und dennoch. Sie musste fragen: »Wieso existenziell?« Denn das kam ihr plötzlich tatsächlich existenziell vor, für sie selbst, für den Augenblick mit Toma, früher am Tag, in der Küche, als die Soße ruiniert wurde und sie alles noch einmal machen musste. Als dann auch noch Barbara verschwand, unsichtbar wurde in der Weite des Meeres und sie Angst bekam, nicht nur um Barbaras Leben, sondern auch um ihr eigenes. Als sie am Pier stand und ihre Augen vor Anstrengung schmerzten und sie den Streit, die Auseinandersetzung der jungen Leute auf der Terrasse hören musste, sie gaben ihr keine Wahl. Alle diese Augenblicke, die sich aber wie ein einziger anfühlten, schufen einen unklaren, bedrohlichen Hintergrund in ihren Gedanken und Gefühlen, und sie wünschte sich einen Lichtstrahl wie einen Scheinwerfer, eine klärende Meereswelle. Eine durchdringende Windböe. Aber da war nichts. Nur Anton saß in ihrer Nähe, sein ganzer Körper jetzt zu ihr gedreht.

»Ich habe gekündigt, ich habe nichts mehr.« Anton hörte seine eigenen Worte wie zum ersten Mal. Er erschrak über deren Schwere, deren Endgültigkeit. »Es tut mir leid, das wollte ich nicht sagen, das ist zu viel, zu deutlich, sogar für mich.« Nachtvögel meldeten sich.

»Als mein Mann starb vor fünf Jahren, fuhr ich mit dem Boot raus, war mir sicher, ich würde nie zurückkommen.«

»Hatten Sie Angst?«

»Nein, in keinem Moment. Ich war so klar wie nur ein einziges Mal davor.«

Anton musste nicht fragen, wann das gewesen war.

»Als ich ihn zum ersten Mal sah, meinen zukünftigen Mann, damals, in München. Ein Herz in Aufruhr, ein klarer Kopf. Im Nu waren wir verheiratet. Alles passierte im Nu mit ihm. Alles.«

»Sie sind zurückgekommen.«

»Ich bin zurückgekommen. Ja.«

»Das freut mich«, traute sich Anton in der Blindheit des Augenblicks zu sagen, leise, aber ohne zu zögern.

Diva bellte kurz, und der Moment wurde geheilt von allen nächtlichen Befindlichkeiten. Julia stand auf, langsam und widerwillig. Antons Blick folgte ihren Bewegungen.

»Sie hat Hunger«, sagte Julia leise. Diva sprang jetzt um sie herum, ihre langen Ohren wie schwarze Flügel. »Ich hole ihr Abendessen«, fügte sie hinzu, rührte sich aber nicht von der Stelle, gab Anton Zeit, aufzustehen, zu ihr zu kommen, und war überrascht, als er ihre Hand nahm.

»Ich habe auch Hunger«, glaubte sie zu hören, sah in Antons Augen, die jegliche Farbe verloren hatten.

»Ich dachte, Ihre Leute wollten kochen«, fing sie an und wurde von

Antons Hand unterbrochen, die sich um ihre Finger schmiegte, sie in Anspruch nahm, besitzergreifend.

»Ich bin auch ganz klar im Kopf, so wie Sie damals. Alles war klar in dem Moment, als ich Sie gesehen habe, gestern, als Sie mich gefragt haben.« Anton flüsterte, verstummte dann, als wäre der Satz zu Ende. Er stand ganz nahe bei Julia, er berührte die Luft, die sie umschmeichelte, sie warm hielt. Diese Berührung ließ ihn erzittern, vor Erregung den Kopf senken, nach ihrem Mund suchen. »Anton«, sagte Julia sanft und entfernte sich von ihm, nur einen Schritt, aber einen unüberwindbaren, so entschlossen war er, dieser Schritt.

»Ich liebe Sie.« Anton hätte nicht sagen können, was in ihn gefahren war, was ihn zu diesen Worten gedrängt, regelrecht gezwungen hatte. Nicht in diesem Augenblick, auch später nicht. Es musste sein, es musste einfach sein.

»Nein. Anton. Nicht.« Diva bellte weiter, sprang immer wieder immer höher, Julia streichelte ihr über den lockigen Kopf und verschwand im Haus. Die Lichtlosigkeit verschlang sie und hinterließ keine Röte. Anton schaute ihr nach, der Dunkelheit, die nicht wehtat, noch nicht, die ihn für den Augenblick lediglich den Hunger stärker, tiefer spüren ließ. Er konnte nur warten. Es war, als gäbe es ihn nicht, gar nicht. Wieder einmal.

14.

Zu siebt saßen sie am Tisch und aßen gierig und laut, sprachen aber erst, als die Teller leer waren. Alle bemühten sich, höflich zu sein, lächelten mehr oder weniger ehrlich, mehr oder weniger angestrengt, taten so, als würden sie nicht merken, wenn Hände oder Finger sich beim Schüssel-, Salz- und Töpfereichen zufällig streiften. Unter dem Tisch aber berührten sich Beine und Füße, mehr oder weniger entschlossen – in der Hoffnung oder Überzeugung, es wäre das oder der richtige. Später, bauchvoll und kopfleer lehnten sie sich gemächlich zurück, der Wein floss, die Worte dann auch, langsam, faul, von der Sonne des Tages und dem Meer des jungen Lebens ermüdet.

Sie besprachen, was sie am nächsten Tag machen würden, sie einigten sich auf einen Plan, die Zeit für die Probe und die Freizeit wurden festgelegt, nicht einmal Michael hatte etwas zu meckern – er ließ seinen Blick immer wieder zu Nikola wandern, streichelte mehr oder weniger heimlich Lisas Oberschenkel, von Katrin und Nikola beobachtet. Stefan und Barbara kuschelten und lächelten entspannt, Anton redete viel über das Theater und das Leben, über die Grenze zwischen ihnen, die keine sei; über das Stück und die zerstörerische Liebe darin; über die Leidenschaft, die an allem Schuld hatte, im Stück und im Leben. »Sogar hier«, sagte er und sah niemanden an, war wieder einmal auf der Suche nach der verloren geglaubten Zeit in seinem Weinglas.

Barbara und Stefan tauschten fragende Blicke und einen Kuss aus; Michael, jedenfalls schien es so, war mit Lisa beschäftigt; Lisa mit ihrer Unentschlossenheit, die ihr Gesicht rötete. Katrin spielte mit den Krümeln auf dem Tisch, rollte sie alle zu einem kleinen Haufen, drückte sie platt, formte daraus undefinierbare Figuren, Umrisse, um sie dann wieder auseinanderzubröseln. Und immer wieder flog ihre Hand zu ihrer Brille, mal berührte sie die auf der Nase sitzende, mal die um den Hals hängende, mal die in den Haaren steckende. Nikola hatte sich zurückgelehnt, die Hände in die Jeanstaschen gesteckt, die Augen halb geschlossen, und tat so, als wäre er irgendwo anders, irgendjemand anders.

»Wenn wir nicht aufpassen, fliegt alles in die Luft.« Und dann ein großer Schluck, leeres Glas. Anton haute damit auf den Tisch, sodass alle ganz wach wurden und Katrins Brotkrümelkunstwerk einen mehrfachen Salto machte.

»Was ist los, Anton?«, fragte Stefan, wollte es aber eigentlich nicht hören. Er zog Barbara noch fester an sich. Anton blieb seinem Glas treu, schüttelte lediglich den Kopf. Und in dem ausgedehnten Schweigen, das danach eingetreten war, konnte man die mehr oder weniger heftige Brandung hören, und Nachtvögel und Hunde und Katzen und andere Tiere, die mit dieser oder jeder Nacht eine Rechnung offen hatten. Es war aber ein waches Schweigen, eines, das den Anfang und nicht das Ende bedeutete, sodass man irgendwann ganz deutlich Nikolas klare Stimme vernahm: »Was ist das für ein Stück?«

Alle sahen Anton an, Anton sah Stefan an, der dann schließlich antwortete: »Es ist eine Dreiecksgeschichte zwischen einem Mann, seiner Frau und seiner Geliebten, die nach einigen Lachern und einigen Tränen tragisch endet.«

»Jemand stirbt?«

»Nein, jedenfalls nicht körperlich.«

»Es gibt also keine Leiche?«

»Keine, die tot wäre.«

Nikola sah verständnislos in die Runde.

»Einer von ihnen wird zum Zombie.« Stefan grinste zufrieden. Michael lachte verhalten. Katrin lachte betrunken auf und Lisa schrill. Barbara war entschlossen, sich da rauszuhalten, sie hatte andere Aufgaben, sie musste viel schwimmen und entspannen, Sonne und frische Luft tanken, sich um nichts und niemanden kümmern, darauf achten, dass Julia ihre Ruhe hatte – und mit Toma zusammenkam, endlich, schließlich, wenn irgendwie möglich.

»Ist das dann so ein Vampirstück?« Jetzt mussten alle lachen, laut und ungehalten, sogar Barbara, sogar Anton.

Nikola sah sich verlegen um: »Was gibt's da zu lachen? Die sind doch hochaktuell, jeder zweite Bestseller erzählt Liebesgeschichten mit

Vampiren ... von einem Theaterstück habe ich bisher noch nichts gehört, vielleicht seid ihr die Vorreiter ...«

Die anderen konnten sich kaum beruhigen, der Wein in ihnen fand die Vorstellung zum Totlachen. Nikola hob die Schultern, lehnte sich wieder zurück und schloss die Augen.

»Wusstet ihr, dass Shakespeare das Wort *assassination,* also Ermordung, erfunden hat?«, fragte Stefan in die Runde, sah aber Barbara an, liebevoll, verheißungsvoll. Keiner erwiderte etwas, was konnte man schon dazu sagen – das Schweigen kehrte zurück.

Bald war das Meer wieder zu hören, seine ungestüme Begegnung mit den Felsen und plätschernde Umarmungen mit den Kieselsteinen. Die erträgliche Leichtigkeit, die glitzernde Sehnsucht nach endloser Vereinigung.

»Ich bin der Mann, ich kann mich nicht entscheiden, zwischen den zwei Frauen, aber auch überhaupt, habe Angst vor Verlusten, werde unfähig zu leben«, sagte Michael plötzlich ernst, wollte niemanden ansehen, unentschlossen, kratzte sich am Kopf, seine Wunden rot und immer noch geschwollen.

»Was ist eigentlich mit deinem Gesicht passiert?«, fragte Nikola unvermittelt.

»Bin gestürzt, wäre um ein Haar umgekommen«, antwortete Michael und berührte leicht seine Wangen.

»Ach, Michael!«

»Ach oder nicht ach, ihr habt keine Ahnung, wie es war.« Michael blieb ruhig.

»Vielleicht wirst du eine Schönheits-OP brauchen?«, sagte Anton ernst.

Michael zuckte mit den Achseln, entschied, sich nicht provozieren zu lassen.

»Wisst ihr, dass das erste Buch über die plastische Chirurgie schon 1597 geschrieben wurde?«

Sechs Augenpaare starrten Stefan ungläubig an.

Nach einer kurzen Pause sagte Katrin: »Und ich bin seine Frau, wir lieben uns sehr, wir sind füreinander bestimmt, haben ein glückliches Leben, bis die Schlampe Lisa kommt und alles kaputtmacht ...«

»Also Katrin, bitte!«

»Aber so ist es, Lisa zerstört alles, immer macht sie das!«

Ob wegen der späten Stunde oder des Weines oder wegen Nikola war letzten Endes schwer zu sagen, aber Lisa fing an zu weinen, leise, es hörte sich zuerst wie ein Wimmern an. »Das reicht, Katrin!«, sagte Stefan, während Michael Lisa in die Arme nahm.

»Aber siehst du, genauso ist es ...«

»Das ist die wahre Leidenschaft, wenn man anfängt, die Bühne mit der Realität zu verwechseln«, meinte Anton, immer noch voller Liebe für sein Glas, voll oder leer.

»Das ist Scheiße, ich will nicht, dass mein Stück missbraucht wird für irgendwelche persönlichen Fehden«, protestierte Stefan lauter und stand auf. »Wie wäre es, wir gehen alle schlafen, morgen haben wir viel vor, habe ich gehört.« Er zog Barbara hoch, hielt unentwegt ihre Hand, warf ab und zu einen Blick auf Nikola, der nur für Lisa Augen hatte.

»Wir sind doch keine Kleinkinder, du kannst uns nicht einfach ins Bett schicken«, meinte Michael, streichelte Lisa über den Kopf, die Schulter, den Oberarm.

»Ich habe nur vom Stück geredet«, flüsterte Katrin mit gesenktem Kopf, als hätte sie plötzlich Angst vor sich selbst, der eigenen Unverschämtheit bekommen. Keiner bewegte sich.

»Wie ihr wollt«, sagte Stefan schließlich und verschwand grußlos in seinem Zimmer. Mit Barbara, die nur müde lächelte und schon ein wenig stolz auf ihren Freund war, seine Reife und Entschlossenheit, und auf sich selbst, ihr gelungenes Vorhaben, sich nicht immer einzumischen und lediglich eine Zuschauerin des alltäglichen Dramas der anderen zu sein. Bevor sie die Tür hinter sich zumachte, winkte sie, zwinkerte Nikola sogar schelmisch zu, und er lächelte zurück, eher besorgt als begeistert.

Die Küchenuhr zeigte zwanzig vor zwölf, als Anton aufstand, das Glas fest in der Hand. »Darf ich euch allein lassen, Kinder?« Ohne die Reaktion abzuwarten, schlurfte er ins Zimmer, das er mit Michael teilte, der jetzt flüsterte: »Er wird wieder in den Klamotten einschlafen.«

»Ich glaube, er trinkt zu viel.«

»Er ist im Urlaub. Hier gelten keine Alltagsregeln.«

»Trotzdem unmöglich, was er veranstaltet und wie er mit uns umgeht.«

»Ach was, er will nur, dass wir unser Bestes geben«, meldete sich Lisa zum ersten Mal nach dem Tränenausbruch, richtete sich auf, wischte sich die Augen und die Nase ab. Stahl sich aus Michaels Umarmung heraus wie aus einem verschwitzten T-Shirt. Nikola beobachtete sie. Katrin auch.

Michael stand auf, mehr oder weniger beleidigt, und ging zum Fenster, lehnte die Stirn an das warme Holz des Rahmens. »Ich frage mich, ob man so viel Meer auf Dauer ertragen kann.«

»Ich könnte das!«

»Du hast gestern zum ersten Mal das Meer gesehen, was weißt du schon!«

Katrins Augen wurden feucht, fingen an gefährlich zu glitzern. Sie griff nach ihrer Brille. »Ich weiß es halt«, murmelte sie leise.

»Man muss für das Meer geschaffen sein, wenn man mehr als ein bloßer Tourist sein will«, meldete sich Nikola, stand auch auf. »Das Meer beeinflusst alles, Gedanken, Gefühle, Taten, sogar das Atmen, und es gibt keinen Weg, sich darauf vorzubereiten, man ist ihm ausgeliefert.« Seine Stimme wurde immer verträumter, entfernte sich rasch von diesem Raum, diesem Häuschen, diesen Menschen, egal, ob sie schon schliefen, sich liebten oder sich hassten, und nahm Nikola mit.

»Und genau das gefällt mir«, sagte Katrin, hob den Kopf und schaute siegessicher in Michaels Richtung. Aber Michael sah aus dem Fenster, als hätte er sich schon ergeben, der Brandung und ihrem Glucksen.

Nikola erhob sich, fuhr mit den Fingern durch seine Locken. »Ich ziehe mich auch zurück, vielen Dank für alles, gute Nacht.«

»Ich begleite dich«, sagte Lisa sehr schnell, sehr entschlossen. Alle drei sahen sie an, Katrin lächelte, als hätte sie gewonnen. Michael, der Verlierer, schwieg.

»Sie sind ein schönes Paar«, sagte Katrin und dachte es auch, blickte vor Aufregung lediglich ihre Hände auf dem Tisch an.

»Er ist ein Wichtigtuer ... und was hat er überhaupt hier zu suchen? Ein Eindringling, er bringt alles nur durcheinander ...«

»Oder auf den richtigen Platz.«

Michael sah sie jetzt an, sein Blick war schwer zu deuten in dem müden Halbdunkel. »Katrin, was bildest du dir da ein? Wie kommst du auf die

Idee, über mich so zu denken? Du kennst mich nicht, keiner kennt mich.« Er flüsterte die Sätze mit fester Stimme, er kam an den Tisch zurück, setzte sich sogar zu Katrin. Katrin hörte Zärtlichkeit in seinen Worten, ihr Herz blühte auf, sie wurde sonderbar wach.

»Als ich dich gesehen habe, auf der Bühne schon, ich wusste ... Ich liebe dich.«

»Katrin! Das sagt man nicht einfach so, vor allem, wenn man weiß, dass der andere nicht das Gleiche fühlt.« Jetzt war seine Ruhe weg, und Katrin verstand nicht, warum er sich so verzweifelt anhörte. Michael berührte ihr langes Haar, aber sie spürte sie nicht, diese ersehnte Berührung. »Du kennst mich ja gar nicht, wie könntest du mich lieben!« Er lächelte, verhalten, war schon dabei, sich zu verabschieden.

Also sagte Katrin nichts, hatte verstanden, dass es sinnlos wäre, die Worte waren der falsche Weg. Sie rückte die Brille in den Haaren zurecht, legte dann ihre Hand auf seine, er zuckte zusammen, zog sie aber nicht zurück. »Das macht nichts«, flüsterte Katrin, als müsste sie ihn beruhigen. Und dann noch einmal: »Das macht nichts.« Sie küsste seine verletzte Wange, zweimal, dreimal, stand auf und ging in ihr Zimmer, leicht wie die Meeresbrise, und war sich sicher, sie könnte das Meer ertragen, unzensiert und ununterbrochen.

Michael sah ihr nach, überrascht, war aber zu erschöpft, um Pläne zu schmieden. Als sie die Tür schloss, ging er wieder ans Fenster, sah Lisa und Nikola am Steg neben dem Boot stehen, einander nahe genug. Ihre Lippen bewegten sich, er hörte leises Rumoren, verstand aber kein Wort. Dann berührte Nikola Lisas Arm, streichelte ihn, Lisa wehrte sich nicht, lehnte den Kopf an Nikolas Brust. Und bevor Michael wegsehen konnte, küssten sie sich.

»Kommst du mit aufs Boot?«

Lisa schüttelte den Kopf, senkte den Blick.

»Ist es wegen Michael?« Nikola versuchte zu verstehen.

»Ich weiß nicht. Er ist merkwürdig. Ich bin seine Geliebte.« Es war nicht leicht, das auszusprechen.

»Seine Geliebte?«

Erst jetzt sah Lisa Nikola an. »Ja. Im Stück.«

15.

»Das ist das Meer!«

Stefan sah Barbara verständnislos an. Aber da waren schon die andern alle da, und der Augenblick war vorbei.

»Wahnsinn«, sagte Michael, als er auf die Terrasse kam und dem Tag begegnete. Katrin strahlte geheimnisvoll. Lisa sah müde, unausgeschlafen aus, unruhig, fast erwartungsvoll. Anton setzte sich an den Tisch, knallte versehentlich die volle Wasserflasche darauf.

»Lasst uns anfangen, Leute!«

»Mich brauchst du heute nicht, oder?«

Anton verdrehte die Augen. »Nein, Stefan, heute brauche ich dich nicht, aber bleib in der Nähe, für alle Fälle.« Und so entfernten sich die zwei Liebenden schnell Richtung Strand, gesenkten Kopfes, als wollten sie sich kleiner machen, unsichtbar, um nur keine Aufmerksamkeit auf sich zu ziehen, die wiederum eine Meinungsänderung zur Folge hätte haben können.

Katrin hielt drei Brillen in der Hand und war sommerlich gekleidet, trotz der morgendlichen Frische, ihr Gesicht machte der Sonne ernsthafte Konkurrenz. »Guten Morgen.« Sogar ihre Stimme strahlte, und Anton fragte sich, was gestern nach seinem Abgang noch passiert war und ob Katrin gut genug schauspielern konnte, um jetzt glaubhaft eine unglückliche betrogene Ehefrau abzugeben. Er seufzte leicht, dachte, Profi- oder Laienschauspieler, es macht keinen Unterschied, immer ein einziges Auf und Ab.

Lisa setzte sich an den Tisch ohne ein Wort, ohne einen Blick für die Anwesenden, unhöflich hätte man sie nennen können, hätte man ihre verweinten Augen nicht gesehen. Und wieder seufzte Anton, diesmal aber nur innerlich, er wollte keine Ablenkung, keine klärenden Gespräche und keine Beichten hören. »Schön, dass ihr alle da seid, ausgeruht und bereit! Wir fangen mit der ersten Szene an, mit dem Streit zwischen den Eheleuten, in Ordnung?«

Katrin setzte eine Brille auf und lächelte ihn aufmunternd an, was ihm ein wenig Angst einjagte, denn es fühlte sich falsch an, dieses Lächeln. Michael beachtete ihn nicht richtig, er hatte Augen nur für Lisas angeschwollenes Gesicht und Nikolas Abwesenheit.

»Lisa, hast du gefrühstückt?«

Lisa schüttelte den Kopf. »Dann geh jetzt, Zeit hast du noch, und Kraft wirst du heute brauchen, wir haben viel vor.«

Also ging Lisa ins Haus, Michaels Blick folgte ihr, so weit es ging, dann räusperte er sich und sagte: »Na, dann wollen wir mal.« Anton war sehr zufrieden mit sich selbst, verbot sich aber jeglichen Gedanken an Julia, ihre Hand in seiner und ihr Nein.

Am Strand hockte Nikola auf einem Felsen und malte, seine Kleidung zerknittert, als hätte er mehrere Nächte darin geschlafen. Seine Bleistiftzüge waren entschlossen, scharf und kurz. Er wusste ganz genau, was er tat. Er wechselte mehrmals den Stift, sah aufs Meer, wo es nichts zu sehen gab, nicht einmal ein Segelschiff oder ein Schnellboot. Die leichte Brise, die so nahe am Wasser immer zu Hause war, spielte mit seinen Locken, und er pustete sie sich aus den Augen. Sein Vater, von dem er siebzehn Jahre nichts gewusst hatte, lachte immer liebevoll, wenn er ihn das tun sah, sagte, er sei wie seine Mutter. Manchmal gefiel Nikola das, manchmal auch nicht. Er hob den Kopf, betrachtete eine Möwe, die sich gemächlich aufs Wasser setzte und sich umschaute.

So in Gedanken vertieft und mit dem Meer in den Augen fanden Barbara und Stefan ihn vor. Umarmt blieben sie am Ende des Weges stehen, sahen Nikola und dann einander an, Barbara hob die Schultern, ging weiter und zog Stefan hinter sich her. »Morgen, Nikola, gut geschlafen?«

Stefan schwieg, hielt Barbaras Hand fest.

Nikola drehte sich um, sah sie verträumt an, lächelte dann abwesend, machte seinen Malblock zu. »Ja, aber wenig.« Seine Stimme war nicht wach, schwamm noch in den Tiefen der Sprachlosigkeit. Er räusperte sich aber nicht, ließ ihr Zeit aufzutauchen, so viel Zeit, wie sie brauchte.

»Was hast du heute vor? Welchen Kurs hat dein Boot?«

Barbara sah Stefan mahnend an. Er zuckte die Achseln, Unschuld vorspielend. Nikola wandte den Blick von ihnen ab und suchte nach der

Möwe, aber die hatte genug von nassen Füßen, war weggeflogen. »Ich werde noch ein wenig malen, wenn es euch recht ist.«

»Aber klar doch, bleib, so lange du willst«, beeilte sich Barbara zu sagen, drückte ganz fest Stefans Hand, als würde sie ihm eine geheime Botschaft überbringen wollen, eine Warnung eher. Stefans Augen leuchteten spitzbübisch, erforschten den Horizont. Nikola blickte von einem zum anderen, fühlte sich überflüssig, war aber mit der Einladung zufrieden. Dachte an Lisa, an den Kuss, der ein Kuss geblieben war. »Danke, das ist lieb von euch«, absichtlich sprach er in der Mehrzahl, wollte Stefan einbeziehen, konnte seine latente Feindseligkeit nicht gebrauchen. »Wird deine Tante auch nichts dagegen haben?« »Sicher nicht, solange du sie nicht störst oder aufregst.« Barbara zwinkerte ihm zu, Stefan sagte: »Wir gehen jetzt weiter«, und zwinkerte auch, aber ganz anders, sodass Nikola den Blick senkte, mit dem Gefühl, bei etwas Verbotenem ertappt zu werden. Dann widmete er sich wieder seinem Block und den Stiften und dem Meer, das ganz ruhig und schwer vor ihm lag, sehr dunkel und plötzlich undurchsichtig. Nikola dachte an alles, was er von seinem Vater gelernt hatte, er dachte, etwas komme auf sie zu.

Barbara und Stefan dachten nichts, hatten es eilig, hinter dem nächsten Felsen zu verschwinden und allein zu sein. Und auch wenn es noch frisch war und die Kieselsteine nass, breiteten sie ihre Badetücher aus, die sie in ihrem Zimmerschrank gefunden hatten, und legten sich darauf. Sie umarmten einander. Barbara legte sich auf Stefan, und sie küssten sich gierig, als hätte es die Nacht davor nicht gegeben. »Das ist das Meer«, flüsterte Barbara wieder, und diesmal war Stefan alles egal außer ihrem Körper auf seinem. »Ich freue mich, dass ich noch nicht zu alt für so was bin«, sprach er ihr in den Mund, saugte an ihrem Atem, wollte sie gedankenlos. Barbara zog sich aus, was schnell ging, sie zog auch ihn aus, schlängelte sich auf ihm wie ein Fisch, wie eine leichte Brise, wie die Wellen, die an ihren Zehen leckten. Stefan schloss die Augen, ließ sie machen, ließ sich nehmen.

»Lass uns schwimmen gehen«, sagte sie danach, aber Stefan konnte sich nicht bewegen, grinste zufrieden. »Ich kann nicht, Schwimmen ist nichts für mich«, seine Stimme verschlafen. Barbara betrachtete ihn einen

Moment, ihr Gesicht ernst. »Was ist das für ein Ding mit dir und jeglicher Art von Bewegung, von Sport gar nicht zu reden?«

Stefan schloss die Augen.

»Stefan, komm, sag's mir.«

Stefan seufzte.

»Ist es wegen deinem Vater?«

Zusammengekniffene Augenlider.

»Weil er Sportreporter war?«

Ein tiefer Atemzug.

»Weil ihm seine Karriere so wichtig war?«

Stefan richtete sich so ruckartig auf, dass Barbara ihr Gleichgewicht verlor und zur Seite fiel.

»Weil er ein Arschloch war und ist, meine schon ältere, unerwartet schwanger gewordene Mutter sitzen ließ und mit einer jungen Sportlerin wegzog und sich nie einen Dreck um uns gekümmert hat! So. Alles klar jetzt?« Stefans blasses Gesicht wurde noch blasser, blasser als blass, sein Blick hart, der Mund angespannt. Barbara beugte sich zu ihm, küsste seine Wange, langsam, als würde sie ihn streicheln. Sie nahm ihn in die Arme, hielt ihn so, lange, lange. Die Sonne täuschte ungestört und unbeeindruckt ihre Wanderung vor. »Ich gehe«, ganz leise, leise redete Barbara in Stefans Ohr, berührte es dabei mit ihrer Zunge, wie zufällig, aber Stefan wusste es besser, kannte sie länger. Dann stand sie auf, nackt und voll von seinen Abdrücken, seinen Worten, und sah ihn an, auf- und herausfordernd, lief ins Wasser, wie jemand, der wusste, dass er heimlich beobachtet wurde, jeder Schritt ein Spektakel. Das Meer war kalt, kälter als am Tag davor. Barbara dachte, es liege sicher daran, dass sie nackt war, Stefans Spuren anstelle des Badeanzugs, seinen Schmerz im Blut. Sie tauchte ein und war sich sicher, sie würde augenblicklich erfrieren. Sie schwamm schnell, als wollte sie der Kälte entkommen.

Julia beobachtete sie von ihrer Terrasse aus, sie sah sie alle oder sie stellte sie sich vor. Der junge Maler gefiel ihr, und Barbara war in ihren Stefan vernarrt, spätestens jetzt war das klar. Sie hörte die Schauspieler unten proben, manchmal wurden sie plötzlich laut, aber das störte sie nicht, nicht mehr, denn sie arbeiteten, arbeiteten tatsächlich, sie stritten nicht. Ab und zu hörte sie auch Antons Stimme, mehr oder weniger laut, entschlossen, seine Ausrufe hallten, und sie spürte seine Berührung, seinen Blick, hörte ihn wieder und immer wieder sagen, dass er sie ... Und fragte sich, warum ausgerechnet sie. Fragte sich, wonach er – eigentlich – suchte, fühlte mit, und ihr Nein war ein unwiderrufliches Nein.

»Das Wetter kippt, bald ist es so weit. Hast du alles? Genug für ein paar Tage?« Toma kam langsam auf Julia zu, wusste sofort, dass er etwas unterbrochen hatte, wurde vom eigenen Gefühl der Eifersucht überrascht. Auch wenn sie sich gleich zu ihm umdrehte, ihn anlächelte, ihm die Hand entgegenstreckte, als wollte sie ihn so schnell wie möglich so nah wie möglich bei sich haben. Toma hatte gelernt, Dinge so zu nehmen, wie sie kamen. Also ergriff er ihre Hand und legte sie auf seine Wange. Wenn das genügen könnte. Man konnte Sachen, Menschen lieben, sich danach sehnen – und doch deren Anblick nicht ertragen, wenn der Schmerz zu groß wurde, das Loch des Nicht-Habens.

16.

Aber der in den Knochen und auf der Haut und in der Nase gespürte und gewitterte, in den Meeresfarben sich ankündigende Wetterumschwung ließ einige Tage länger auf sich warten. Die ahnungslosen Villenbewohner dachten, so würde das Leben immer weitergehen, in Sonnenschein und Wärme, ein Küsschen hier, ein Küsschen da; wunderten sich gar nicht, wie schnell sie sich daran gewöhnt hatten, wie selbstverständlich kurzärmelige T-Shirts und offene Hemden, wie natürlich das Baden im Meer im Mai, nackt oder bekleidet, geworden waren. Sie lächelten süffisant, als hätte die Welt sie sehen können, ihre aufgeregten Augen und sehnsüchtigen Hände und abenteuerlustigen Lippen, und übten weiter ihren Text, die ersten Szenen wurden bühnenreif, Anton wurde ruhiger, das Vertrauen kehrte zurück, die Möglichkeit einer Zukunft auch. Die Schauspieler ertrugen sich oberflächlich bestens, auch wenn sie immer wieder die Rollen mit den realen Personen verwechselten. Von Barbara und Julia und Toma überredet, fast gezwungen, ging Michael tauchen, hielt schreiend und frierend seinen Kopf so oft und so lange unter Wasser, wie er es nur schaffte, und siehe da, seine Wunden fingen tatsächlich an zu heilen. Manchmal schwamm Barbara neben ihm oder drückte ihm aufmunternd die Hand, während die anderen am Strand standen und sich amüsierten, in die Hände klatschten und skandierten. Michaels Gedanken wurden klarer, es kam ihm vor, als hätte er Antworten auf alle seine Fragen gefunden, irgendwo zwischen den Salztropfen und Sonnenstrahlen. Aber er tänzelte immer schön weiter zwischen und auf den Stühlen, unwissend und ahnungslos, wie ein blinder, wenn auch erfahrener Zirkusartist. Katrin war am Beobachten, wechselte oft ihre Brillen aus, nichts übersah sie, wenn es um Michael und Lisa und Nikola ging, man hätte denken können, sie wäre auf geheimer Mission. Sooft es möglich war, berührte sie Michaels Arm oder Hand oder Schulter. Angezogen oder nackt, egal, Hauptsache Michael. Lisa entblößte immer öfter ihren blauen Schmetterling und küsste zwei Münder, immer wieder und immer heimlich, und wurde zunehmend verwirrt, man sah in ihren Augen, dass sie nichts verstand und nicht einmal für sich selbst eine Erklärung hatte. Jeden Abend telefonierte sie mit ihrem Vater, zog sich aber dabei immer zurück, auf die Terrasse oder in ihr Zimmer, keiner wusste, was sie mit ihm besprach und wer von den beiden diese Anrufe tatsächlich brauchte. Weder Michael noch Nikola stellten Fragen, gaben sich zufrieden, lachten manchmal zu laut und zu selbstbewusst, warfen sich abschätzende Blicke zu, redeten aber nicht miteinander. Stefan und Barbara liebten sich sehr öffentlich und sehr demonstrativ, mehr oder weniger entblößt, manchmal laut, manchmal lautlos. Jenes kleine Stück Strand, das durch einen ausgebleichten Felsen vom Rest abgetrennt war, nahmen sie stillschweigend in Besitz, und die anderen gönnten es ihnen. Es gab von allem genug für alle. Man hatte das Gefühl, die zwei verliebten sich aufs Neue ineinander. Das sei das Meer, hätte Barbara sicher gesagt, hätte sie nach Erklärungen gesucht. Sie und Stefan fuhren nach Bol, um Lebensmittel und alles andere Nötige zu besorgen, Toma bestand darauf, Nikola nickte zustimmend, zwei alte Seebären. Nikola blieb. Er schlief in seinem Boot, und keiner sah Lisa es je im Morgengrauen verlassen. Niemand stellte Fragen, nicht einmal Michael. Als wäre es selbstverständlich. Und während Lisa das Stück probte, malte Nikola, verbrauchte Papier, als hätte er eine Fabrik in der Nähe, die ihm gehörte, warf nie eine Zeichnung weg, sortierte sie sorgfältig in seine Mappe ein. Nikola war zurückgezogen und still, war ausschließlich mit sich selbst und dem Meer beschäftigt, und mit Lisa, wenn sie es zuließ.

Julia gewöhnte sich an die jungen Leute, ihre Anwesenheit störte sie nicht mehr, ganz im Gegenteil. Ab und zu und immer öfter suchte sie sie auf, klopfte an die Tür, brachte sogar Kuchen und mit ihm häusliche Wärme und den sentimentalen Geruch nach Geborgenheit, und alle freuten sich wie kleine Kinder. Am meisten Lisa, in der diese Gerüche ungeahnte Sehnsüchte hervorriefen. Also fing Lisa an, irgendwann, Julias Nähe zu suchen, meistens in Gedanken. Julia, die viel Zeit auf ihrer Terrasse verbrachte, Diva zu ihren Füßen streichelte und las, bis Toma kam und sich neben sie setzte, schweigend das Meer betrachtete. Gelegentlich sahen sie sich an, Julia und Toma, manchmal gleichzeitig, manchmal nicht. Julia verriet kein Wort über Anton und seine Lippen auf ihrer Hand. Im Nachhinein fand sie die Situation lustig, lächerlich sogar. Es hätte sein können, dass sie ihn sich auch eingebildet hatte, diesen Kuss. Jene Worte, vor allem jene Worte, die sie seit Jahren nicht mehr gehört hatte. In einem Augenblick, einem Hauch von einem Augenblick. Dann lachte sie innerlich über sich, ihre Augen leuchteten amüsiert auf, und schon war alles wieder in Ordnung und sie wieder die Alte, die selbstsichere Tante Julia. Wenn anwesend, bemerkte Toma natürlich diesen raschen Wechsel zwischen Sich-Verlieren und Sich-Wiederfinden, ließ ihn aber unkommentiert verstreichen. Er wusste, wer gehen und wer bleiben würde. Und die Geduld war schon immer seine beste Freundin – neben dem Schweigen. Neben Julia. Die eigentlich nie seine Freundin war und dann doch irgendwie. Denn erst war sie mit seinem besten Freund verheiratet, danach die Witwe seines besten Freundes, und dazwischen gab es den Krieg, und jetzt waren sie allein, und er liebte sie wie eh und je und konnte nichts dafür, für ihre Angst, und für ihre Unentschlossenheit auch nicht.

Anton vermisste Julia, wenn sie da war, wenn er sie sah – sonst arbeitete er, ergeben und leidenschaftlich, und nahm allmählich nichts anderes mehr um sich herum wahr, vergaß allmählich, dass ein guter Regisseur auch ein Seelsorger seiner Schauspieler sein musste, wenn er erfolgreich sein wollte. In diesen Tagen freute er sich einfach darüber, dass seine Angst verschwunden und sein Blick klarer war.

Es entstand ein Tagesrhythmus, der von der Wiederholung lebte. Das Leben eine Meereswelle. Mit ein paar Überraschungsspritzern, sei es kulinarischer, animalischer oder anderer Natur. Mal zauberte ein Pasta-à-la-Chef-Teller einen Freudenschrei hervor, mal sorgte ein filmreifer Spinnen- oder Heuschreckenauftritt für ohrenbetäubende Begeisterung. Dass das Zusammenleben gleichzeitig so aufregend und so nervtötend sein konnte, hatten sie nicht gedacht.

Der Umschwung, der Sturm, der wilde Südwind Jugo kam dann doch, verzögert, aber umso heftiger, und mischte und rollte sie durcheinander wie Wellen die kleinen Kieselsteine am Strand, genüsslich und rücksichtslos.

17.

Er kam nachts. Er schlich sich nicht heran, er kam mit Wucht und Krach, sodass nicht nur das kleine Haus auf dem Felsen bebte – der Felsen selbst erzitterte und stöhnte ergriffen und grollend: Es hörte sich an, als würde er am eigenen Echo ersticken. Die Nacht verlor ihre Dunkelheit und wurde grau, in allen Nuancen grau. Es donnerte und blitzte, der Himmel brüllte das Meer an und das Meer dröhnte zurück, dort, wo sie aneinandergerieten, verschwand die Welt im Nichts. Wie von einem schwarzen Loch verschluckt. Als wäre die Erde immer noch eine Scheibe, von Elefantenrücken getragen, an deren Ende der alles verschlingende Abgrund der grausame Herrscher ist. Lichtstrahlen wie funkelnde Blicke, die Erleuchtung vor dem Tod brachten. Ein Spektakel, bei dem jeder in der ersten Reihe saß.

Nikola wurde vom verstärkten Schaukeln geweckt. Er packte alle nötigen Sachen zusammen und sicherte gekonnt das Boot. Auf dem Steg stand Toma und beobachtete ihn dabei. Die Wellen waren schon so groß, dass sie beide sofort nass wurden. Sie beeilten sich die glitschigen Steintreppen hinauf, Toma rutschte einmal aus, Nikola fing ihn auf, ein Nicken, ein Blick genügte den beiden, um sich zu verständigen. Nikola wurde plötzlich klar, dass Toma ungefähr im gleichen Alter sein musste wie sein Vater. Für weitere Gedanken hatte er keinen Raum, der Wind war allgegenwärtig. Über die Terrasse kamen sie zur Tür, die offen stand und wild herumschlug. Sie gingen hinein, und Toma schloss die Tür, drehte den Schlüssel im Schloss sogar zweimal um. Im Wohnzimmer standen die drei jungen Frauen und Anton, Michael und Stefan schliefen noch. Fensterläden ärgerten sich selbstmörderisch. Barbara versuchte, sie zu schließen, klemmte sich dabei die Hand ein, sie schrie vor Schmerz und überließ Toma das Zähmen. »Macht alle Fenster zu, die Läden solltet ihr mit der Holzstange befestigen«, sagte er laut, und doch war er kaum zu verstehen. »Ich schaue nach Julia.« Da die Haustür nach Norden ging, leistete sie nicht viel Widerstand.

»Wie ist es da draußen?«, fragte Katrin brillenlos, die Augen groß wie zwei Vollmonde.

»Angsteinflößend«, sagte Nikola und sah Lisa an, die sich einen leichten Pullover über ihr Nachthemd gezogen hatte.

»Ich wecke die Jungs auf, wie können die überhaupt bei dem Lärm schlafen!« Barbara ging in ihr Zimmer, Katrin überlegte kurz und eilte dann in das von Michael, schloss die Tür hinter sich. Lisa setzte sich an den Tisch, Anton konnte die Augen vom wild gewordenen Meer nicht abwenden, seine Lippen bewegten sich, nichts war zu hören. Nikola setzte sich zu Lisa, ergriff ihre Hand, drückte sie leicht, aber Worte fand keiner von ihnen.

Stefan erschien im Wohnraum, Barbara hinter ihm. »Na, Mädels und Jungs, ihr lasst es aber knallen!« Stefans Haare noch verschlafen, seine Gedanken auch. Nur seine Augen waberten verheißungsvoll: Er sah sich um, streckte die Hand nach der Wasserflasche aus, trank aber nicht. Barbara umarmte ihn von hinten, als wollte sie ihn am Wegfliegen hindern; legte den Kopf auf seinen Rücken, als wollte sie sich verstecken. Wie ein Gemälde standen alle im Raum, während draußen der Sturm tobte. »Habt ihr gewusst, dass Lewis Carroll die meisten seiner Bücher im Stehen geschrieben hat?«

Keiner hatte ein offenes Ohr für Stefans Wichtigtuerei.

Michael kam stolpernd aus seinem Zimmer, störte das Bild, verwandelte es zurück in einen Film. »Was ist das, um Gottes willen«, schrie er laut genug, um gehört zu werden. Katrin folgte ihm und nahm ihn an die Hand, er merkte es nicht, ließ es geschehen. »Was ist das? Die Apokalypse? Wie sicher ist dieses Haus? Und wo sind wir hier überhaupt? In einem Taifungebiet, oder was? Barbara, was soll das?«

»Halt die Klappe!«, schrie Anton, ohne Michael anzusehen. »Halt einfach deine große Klappe!« Alle wunderten sich, als Michael tatsächlich verstummte. Und plötzlich hörten sie alle das, wovor Michael offensichtlich so viel Angst hatte und was so klang, als würde das Haus den Felsen hinunterrutschen, langsam, aber sicher.

»Lasst uns zu Julia gehen«, sagte jemand, und alle eilten zur Tür.

»Wartet, zieht euch was an!«, schrie Barbara, und alle eilten zurück, in ihre Zimmer, kamen wieder heraus mit Jacken und Pullovern und langen

Hosen, mehr oder weniger ordentlich gefaltet, übergeworfen oder in Plastiktüten. Michael präsentierte sich mit seiner Reisetasche, Anton beschimpfte ihn, Michael ließ sich nicht beirren.

»Liebe Angsthasen, bleibt in meiner Nähe!«, verkündete Stefan beschwingt, Barbara kniff ihn in den Oberarm. »Ist ja gut, du kannst auch so bei mir bleiben!«

Sie traten hinaus, ahnungslos.

Die Nacht, die graue tobende Nacht nahm ihnen die Luft, das Augenlicht. Wie neugeborene Tiere tänzelten sie im Wind, der immer noch dabei war zu wachsen, stärker zu werden – immer noch trocken. Lang wurde der kurze Weg zu Julias Haus, wie Weltumsegler fühlten sie sich, als sie die Terrasse erreichten. Da stand Julia mit Diva in den Armen, die Augen geschlossen im Wind. Neben ihr tat Toma sein Bestes, sie mit seinem massigen Körper zu schützen: Er hatte beide Arme um sie gelegt. Sprechen war unmöglich und sinnlos. Als die jungen Leute die Terrasse betraten, gab er ihnen ein Handzeichen und führte Julia ins Haus. Die anderen folgten. Ein flüchtiger Kampf mit der Tür, dann war es plötzlich ruhig. Ruhiger. Man konnte sich atmen hören, die Augen öffnen, der herumwandernde Herzschlag fand wieder zu seinem Platz zurück. Die Körper wollten gestützt werden, suchten sich eine Wand oder einen Stuhl, egal, Kräftesammeln war angesagt. »Wir werden hier nie rauskommen«, sagte Katrin, ein Lächeln gelang ihr. Keiner antwortete, es war noch zu früh für Zuversicht und Trost. Lisa legte den Kopf auf die Tischplatte, ein paar Schluchzer entflohen ihr, in der Hand hielt sie krampfhaft ihr Handy. »Kein Netz, man kann nicht einmal telefonieren ...« Keiner bewegte sich, weder Michael noch Nikola kamen zu ihr, keiner legte einen schützenden Arm um sie. Erst einmal suchte jeder nach dem eigenen verirrten, verwirrten Sein. Laute, schnelle Atemzüge echoten durch den Raum, bis schließlich nur noch das Quietschen des Hauses, das Jaulen des Daches, das Krächzen der Bäume zu hören war. Und das stoßartige Heulen des Meeres, als wäre es im Haus, mit ihnen zusammen.

Als Erster wurde Toma geschäftig, lief herum, suchte und fand Kerzen und Streichhölzer, die in seiner Hand zitterten. Es wurde Licht, schwach, aber immerhin, es wurde Licht. Er verteilte die angezündeten Kerzen, jeder bekam eine, hielt sie wie eine Auszeichnung vor sich, sorgfältig und ehrerbietig. Man sah die erschrockenen Gesichter der anderen im Kerzenlicht schimmern und erschrak selbst noch mehr.

»Geht's allen gut? Keine Verluste?«, fragte Toma leicht scherzhaft. Niemand lachte, alle murmelten vor sich hin, Zusammenreißen war angesagt.

»Habt ihr Hunger?«, fragte Julia, weiterhin mit Diva in den Armen, streichelte sie beschwichtigend, flüsterte ihr beruhigende Worte ins Fell. Der Hund war wie erstarrt, wimmerte nur gelegentlich. Lisa beobachtete sie und wünschte sich auch ein Paar Arme um sich, eine wispernde Stimme im Ohr. Sie stöhnte laut.

»Hast du was?«, meldete Nikola sich sofort, näherte sich Lisas sitzender, eingesunkener Gestalt. »Willst du dich hinlegen?«, fragte er und sah sich um, sah Julia an. »Ich bin mir sicher, es wird sich ein Bett für dich finden, oder?«

»Wir wollen uns alle hinlegen«, meinte Katrin schroff.

»Ich nicht, ich will nicht, ich könnte nicht schlafen«, sagte Barbara und fing an, herumzulaufen, von einer Wand zur anderen, blieb an jedem Fenster stehen, den Mund leicht geöffnet. Als wollte sie den Wind einsaugen.

»Wer mag, kann sich drüben im Zimmer hinlegen, Betten gibt es genug«, Julia machte eine deutende Kopfbewegung, sprach sanft. Lisa stand auf, Nikola neben ihr, dann setzte sie sich wieder, als würde ihr plötzlich die Kraft fehlen. Michael saß auf einer Couch in der Ecke, die Augen geschlossen, den Kopf nach hinten an die Wand gelehnt. Neben ihm Katrin, einen Pullover an sich pressend. Sie ließ ihren Kopf Michaels Schulter immer näher kommen und lächelte zufrieden dabei.

»Lass das, Katrin«, sagte Michael überraschend und schob sie von sich.

»Ich darf doch auch hier sitzen. Wenn es dich stört, dann finde einen anderen Platz«, wehrte sich Katrin, ihre Stimme wurde unsicher bei den letzten Worten. Julia hoffte, sie würde nicht anfangen zu weinen. Drama gab es auch so genug.

»Ich gehe ins Bett, Barbara und Toma wissen, wo alles ist, fühlt euch wie zu Hause, oder fast«, sagte sie und stand auf, ging zu Toma und lehnte sich an ihn, ließ sich von ihm umarmen.

»Soll ich dich begleiten?«

Sie sah ihn nicht an, schüttelte den Kopf. »Lieber nicht, zu viele Menschen hier.«

»Ich schicke sie alle weg, wenn es daran liegt.«

»In den Sturm? Damit der Wind sie wegweht?« Julias Stimme verbarg ein Lächeln, liebevoll fühlte es sich an.

»Auch aufs Meer, wenn ich dann bei dir bleiben kann, ganz bei dir, Julia.« Wie sanft berührte Geigensaiten vibrierte seine Stimme. Jetzt sah sie ihn doch an, stellte Diva auf den Boden und umarmte ihn fest, ganz fest und vor allen Leuten im Raum, unbesorgt, was sie denken würden, unbekümmert, wie Anton sich fühlen würde.

»Wir sehen uns später«, raunte sie ihm in die unrasierte Wange, sein schulterlanges Haar. Dann ging sie, entschlossenen Schrittes, Diva folgte, tappte im Vierteltakt hinter ihr her. Toma sah ihr nach, sein ganzer Körper angespannt, voller Sehnsucht. *Wir sehen uns später*, hatte sie gesagt, und er hatte es verstanden, so wie es ihm passte. Später. Wann war später?, fragte Toma sich, schaute auf die Wanduhr. Halb zwei. Bald würde später sein, entschied er.

Stefan kam zu Barbara ans Fenster, umarmte sie: »Bist du nicht müde? Lass uns schlafen gehen.« Barbara schüttelte den Kopf, schaute ununterbrochen in die Ferne, auf das Meer und den hängenden Himmel, nahm Stefans Hand und legte sie auf den Mund. »Ich kann nicht genug davon haben«, flüsterte sie, und ihre Augen tränten. »Dann sehen wir uns das zusammen an«, antwortete Stefan, und schon blendeten sie die anderen aus, zogen sich in ihre eigene Welt zurück, wo die Angst nichts zu sagen hatte.

Lisa richtete sich plötzlich auf. »Wo ist das Badezimmer?«, fragte sie mit Dringlichkeit in der Stimme, ließ den Blick wandern, hielt bei Toma an. Er deutete lediglich mit dem Kopf, als wollte er sagen, so groß sei das Haus auch wieder nicht. Lisa eilte davon. Nikola machte ein paar Schritte, wollte ihr folgen, blieb dann aber stehen und sah sich um. Plötzlich fehlte ihm die Luft, zu viele Leute und zu viel Angst in dem Raum, er musste raus. Er musste den Wind spüren, die Feuchtigkeit, die Hiebe, das Salz in den Böen. Er griff nach der Türklinke, Toma sah ihn ungläubig an. »Junge«, sagte er lediglich. Nikola nickte, verzog den Mund und ging hinaus.

»Was macht er denn da!«, rief Barbara, auf einmal wach, anwesend.

»Lass ihn«, meinte Stefan.

»Ich glaube, er weiß, was er tut«, sagte Toma, wurde inspiriert, mutig, und verschwand im hinteren Teil des Hauses, wo Julias Zimmer war. Er kannte dieses Zimmer schon.

»Wahnsinn«, murmelte Michael und machte es sich noch bequemer auf dem Sofa, achtete nicht mehr darauf, Katrin nicht zu berühren. Dann schlief er ein, sein Kopf rutschte langsam, aber sicher nach unten und fand schließlich Halt an Katrins Schulter. Niemand wunderte sich, dass Lisa noch nicht zurück war. Anton saß am Tisch, allein, einsamer denn je, vergessen fühlte er sich. Plötzlich wurde es ihm zu warm, er zog den Pullover aus, legte ihn auf die Tischplatte und den Kopf darauf. Die wuchtigen, lauten Windstöße durchbohrten ihn, tobten eine Weile in seinem Inneren, verließen ihn dann, vererbten ihm unzählige Löcher. Anton versuchte nicht zu denken, er strengte sich wirklich an. Er tat sein Bestes, um den Film im Kopf auszublenden, er verwischte die Bilder, bewarf sie mit Steinen und matschigen Erdklumpen. Vergebens. Er hörte sie, er hörte sie so deutlich, als wäre er bei ihnen im Zimmer, im Bett. Er fürchtete sich, aufzuschauen, er war sich keiner Sache mehr sicher, alles war möglich. Wenn das Herz dich verlässt.

Draußen atmete Nikola tief ein, hielt sich an der Mauer fest. Atmete laut und übertrieben, wie ein Taucher, der einen Augenblick zu lange unter Wasser geblieben ist. Tauchen war noch nie sein Ding gewesen. Er überlegte kurz, was er tun, wohin er gehen wollte. Er holte sein Handy aus der Tasche, kein Empfang, auch bei ihm nicht. Er hatte gestern vergessen, zu Hause Bescheid zu sagen, er wollte nicht, dass die Eltern sich Sorgen machten. Er dachte an Lisa. Sie hatte etwas an sich, das er nicht loslassen konnte. Eine Zärtlichkeit, eine Sanftheit. Und dann ihre Lippen, wie zwei Erdbeeren, saftig und fest, ihr Körper an seinem, ihre Worte, er wollte sie anziehen, diese Worte, und nackt vor sie treten. »Ich habe Schmetterlinge in deinem Bauch«, hatte er ihr gesagt, und sie hatte nicht verstanden, ihn dennoch geküsst. Ihre Augen, ihr Blick, manchmal abwesend, manchmal eindringlich, ihn vermochte er auf sich zu spüren. Wie eine Ewigkeit erschienen ihm die wenigen Tage, die er hier mit diesen Leuten verbracht hatte. Er dachte an Barbara, anders, aber dennoch. Er hatte sie völlig in Ruhe gelassen, aber er hatte sie nicht vergessen, auch die Zeichnungen von ihr lagen in seiner Mappe. Er sah, was sie hinter jenem Felsen gemacht hatte, ohne es tatsächlich zu sehen, das brauchte er gar nicht, sie war schon in seinem Kopf. Aber anders als Lisa. Und dann war da noch Michael, dessen Blicke Nikola beunruhigten auf eine bis jetzt unbekannte Art und Weise. Der Wind schimpfte um ihn herum. Nikola öffnete sich ihm, lud ihn ein und ging wackelig und stolpernd den Pfad hinunter Richtung Strand.

Drinnen setzte sich Toma auf Julias Bett, streichelte Diva, die neben dem Nachttisch lag. Julia öffnete die Augen, sah ihn müde an. Toma legte seinen Mund auf ihren, ließ ihn nicht los. Julias Arme schlossen sich um seinen Nacken. »Ich will dich«, flüsterte er. Sie sagte nichts, zog ihn näher an sich. Seine rechte Hand glitt unter die Decke, unter Julias Nachthemd. Sie seufzte auf der Suche nach seiner Zunge, zerrte an seinem Hemd auf der Suche nach seiner Haut. Nackt lagen sie da und liebten sich – auf der Suche nach der vergeudeten Zeit.

Während Lisa weinend im Badezimmer auf dem Boden saß und sich erbrach. Niemand suchte nach ihr, weder Michael noch Nikola. Wahnsinn, hätte Michael gesagt. Bei dem Gedanken musste sie lächeln. Dann aber kam ihr noch ein Gedanke, so plötzlich, so überraschend, erfüllte sie mit Missbehagen, und sie sah sich beklommen um, traf keine Entscheidung, blieb einfach da sitzen – bis sie irgendwann einschlief und sich katzenartig auf den kalten Fliesen zusammenrollte.

18.

Als Julia aufwachte, tobte der verrückte Südwind Jugo unaufhaltsam weiter und hatte Toma entführt. Sie tauchte ihre Nase in sein Kissen, in das Laken, ihre Knie und ihr Bauch, ihre Arme und ihr Mund, alles wurde weich, voller Sehnsucht, Verlangen. Erinnerungen aller Art überrollten sie, eine Welle nach der anderen, sie ließen ihr keine Zeit zum Auftauchen, zum Atmen. Sie rang nach Luft und konnte nur Tomas Geruch einsaugen. Den Duft des Lebens unter dem grauen, trockenen Himmel. Und sie hatte den gleichen Gedanken wie Lisa ein paar Stunden davor, nur dass er sie weder mit Unmut noch mit Beklemmung erfüllte. Ganz im Gegenteil. Sie war glücklich, und aufzustehen war unvorstellbar. Aber machbar: Langsam zog sie sich aus und an, die Haare steckte sie ungebürstet hoch. Auf dem Weg ins Badezimmer hörte sie Stimmen. Toma. Toma war da. Und die anderen auch. Und Toma. Schnell waren die Zähne geputzt, das Gesicht gewaschen und eingecremt. Geliebt und begehrt betrat sie ihre Wohnküche.

Wo Michael auf der Couch schlief, ungestört in seinen Träumen, mit dem Kopf in Katrins Schoß. Katrins Hände lagen auf seinem Kopf, ruhig und entspannt. Sie lächelte, umarmte wahllos jeden im Raum mit diesem Lächeln. Anton saß am Tisch, als hätte er sich die ganze Nacht nicht bewegt. Er fühlte sich nicht wohl, seine Augen lagen tief und dunkel, blutig unterlaufen. Mit einsilbigen Antworten gab er zu erkennen, dass er Toma zuhörte. Als Julia hereinkam, hob er nicht den Kopf, nur den Blick, den alles sagenden Blick. Julia sah ihn. Toma sah ihn. Julia tat so, als hätte sie ihn nicht bemerkt. Toma wunderte sich, zuerst über Anton, dann über seine eigene Ahnungslosigkeit. Er kochte Kaffee und erzählte, er, der Schweigsame. Von Ziegen und Eseln und Weinbergen und Hühnern und Fischen und Netzen und steiniger Erde und ein paar wenigen Obstbäumen und Gemüsebeeten. Und jedes Wort, ausgesprochen oder verschwiegen, trug Julias Namen. Julia kam zu ihm an den Herd, berührte leicht seine

Wange, ließ einen Finger über seinen Mund wandern, und er verstummte, ein Schuljunge, ein gefangen genommener Schmetterling.

»Guten Morgen.«

»Guten Morgen. Der beste Morgen überhaupt.«

Ihre Gesichter, ihre Augen, wo ein Lächeln dem anderen begegnete. So schwiegen sie, bis alles gesagt und klar war, bis die Lippen sich wundküssten, unberührt. Der Kaffee war fertig, es duftete betörend, und Michael öffnete jäh die Augen, stammelte etwas, blieb aber liegen, erschöpft von den wilden Träumen.

»Was geht hier vor? Wo sind die anderen?« Julia nahm die volle Kaffeetasse entgegen, aber verlangsamt, verlängerte so die Begegnung ihrer Finger mit Tomas. Nichts würde je wieder so sein wie früher.

»Nikola ist heute Nacht noch hinausgegangen und nicht zurückgekommen, Lisa ist ins Badezimmer verschwunden und wurde nicht mehr gesehen, Barbara und Stefan sitzen auf der Terrasse, haben den Sonnenaufgang sehen wollen, auch ohne Sonne.« Toma zuckte mit den Schultern und verzog den Mund.

»Und die hier?«, fragte Julia noch leiser. Toma zuckte erneut die Schultern. »Haben sich nicht bewegt, wie verzaubert oder versteinert, wer kann das schon sagen.«

»Einige wahrscheinlich so, die anderen so«, lächelte Julia, strahlte Julia, als gäbe es die Welt nicht.

»Was ist mit Anton?«, fragte Toma seinerseits, sein Blick auf den Kaffeetopf gerichtet.

»Was meinst du?«

»Wieso sieht er dich so an?«

Julia senkte den Kopf, trank einen kleinen Schluck. »Es ist nichts.«

»Nichts sieht anders aus.«

Julia wollte nichts sagen, nichts verraten, Anton nicht verraten, aber sie konnte auch nicht länger ertragen, dass Toma diesen Topf so verbissen ansah. »Er meinte, er mag mich.«

»Wann hat er das gemeint?«

»Vor einigen Tagen.«

»Und?«

»Und nichts. Das war alles.«

Toma sah sie endlich an, forschend zunächst, dann wieder liebevoll. »Armer Junge.« Noch ein Schluck, noch ein Blick.

»Und Lisa ist nicht mehr im Badezimmer.«

»Ich weiß, ich war vor dir drinnen«, schmunzelte Toma.

»Wo ist sie denn?«

Schulterzucken.

»Sollen wir uns Sorgen machen?«

»Ich will nicht, nicht heute.«

»Vor allem nicht heute.« Blicke, die zum Wegsehen zwingen, glücklich machen, unter denen die Mundwinkel zittern.

Michael verließ träge Katrins Schoß, setzte sich aufrecht, abwesend. Katrin legte ihm eine Hand auf den Rücken, er sagte nichts, wich der Berührung nicht aus. »Kaffee wäre gut«, murmelte er, der Mund trocken. »Willst du auch welchen?« Katrin nickte lediglich, strahlte, ihr ganzer Körper strahlte, als hätte sie die Sonne in der Jackentasche versteckt.

»Irgendwas ist mit dir, du siehst anders aus«, sagte Michael, betrachtete Katrin mit müden Augen. Katrin lächelte nur. Mit Mühe stand Michael auf, schlurfte zum Herd, grinste Julia und Toma schief an.

»Wo ist Lisa?«

»Wissen wir nicht.«

»Sollte man nicht nach ihr suchen?«, fragte er und schaute aus dem Fenster, das fast über die ganze Südseite verlief. »Und wo ist dieser Eindringling, dieser Nikola?« Leise, leise, ein unterbrochener Gedanke. Das Meer, eine graugrüne, wogende, hochsteigende, dichte Masse. Der Himmel, hängend, abfallend, dunkelgrau, fast schwarz, aber unbarmherzig, tränenlos.

»Was ist das da draußen? Wie lange geht das noch?« Mürrisch, sehr mürrisch.

»Lange, wenn wir Pech haben«, antwortete Toma trocken, trockener als der Himmel da drüben, über dem Meer.

»Mein Kopf ist so schwer und vernebelt, als hätte ich zu viel getrunken ... Habe ich gestern getrunken?« Michael sah sich um, nach einer Antwort suchend.

»Nein, du hast gar nichts getrunken«, beeilte sich Katrin zu sagen.

»Das ist der Wind, das ist der berüchtigte Jugo«, sagte Julia, ging zum Fenster, schaute sich um nach Barbara und Stefan, sah sie aber nicht.

»Was heißt das?«

Julia schwieg, in Gedanken verloren.

»Das heißt, dass dieser Wind deinen Kopf so verdreht, durcheinanderwürfelt, durchschüttelt, dass du einen Mord begehen könntest und sogar freigesprochen würdest. Das ist Jugo, mein Junge«, sagte Toma beiläufig, schenkte ihm Kaffee ein, zwei Tassen. »Anton, willst du auch einen?«

»Ja, klar, warum nicht«, Antons Stimme rau und verbraucht, schon so früh am Morgen.

»Also wird heute nicht geprobt?«, fragte Michael, setzte sich zu seinem Regisseur, auf dem Tisch jetzt drei Tassen Kaffee. Katrin stand auf, kam auch dazu, nahm ihre.

»Danke, Michael«, sagte sie leise.

»Wieso nicht! Was sollen wir sonst tun?«

Anton sah Michael verwirrt an, ein leichter feindseliger Unterton war nicht zu überhören.

»Ich dachte nur ...«

Alle schwiegen. Diva tappte herum, von einem zum anderen, schnupperte hier und da, dann stellte sie die Vorderpfoten auf Julias Oberschenkel, bellte kurz. Julia sah sie an, kraulte ihr die Ohren. »Ja, wir gehen ja gleich«, sagte sie und trank weiter ihren Kaffee.

»Soll ich mit ihr Gassi gehen?«

»Nein, nein, das mache ich schon. Du könntest mal sehen, ob das Felsenhäuschen noch steht«, sie lachte Toma an.

Michael sprang vom Stuhl. »Ist was passiert? Ist unser Haus weg? Weggespült?«

Julia lachte laut auf, Toma schmunzelte. »Nur ein Scherz, Michael, nur ein Scherz«, sagte Julia, stellte die Tasse ab und nahm ihre Jacke vom Haken an der Eingangstür. »Komm, Diva, wir gehen zum Strand.«

»Zum Strand? Ist das nicht zu gefährlich?«

»Wir passen schon auf, oder, Diva?« Und weg war Julia.

»Dann gehe ich nach dem Haus sehen, kommt ihr mit? Vielleicht sind die anderen auch schon da«, meinte Toma und zog seine Windjacke an, die auf einem Stuhl in der Ecke lag.

19.

Dem Wind ausgeliefert saßen Lisa und Nikola oberhalb des Strandes auf einem Stein, der wie eine Naturbank geformt war. An Sprechen war nicht zu denken, die Augen offen zu halten eigentlich unmöglich. Aber der unzensierte Film, der sich ihnen bot; diese unaufhaltsame Naturgewalt, die sie unweigerlich verzauberte, an sich fesselte; der Himmel im Ansturm und das Meer in Aufruhr, diese Menschenbeschwörer bezwangen ihre Blicke und ließen sie nicht mehr los. Ihre Schultern lehnten aneinander. Die Feuchtigkeit der Luft hielt sie zusammen, wie Gefangene ohne Verurteilung saßen sie da. Lisa hakte sich bei Nikola unter, wollte beschützt werden wie noch nie in ihrem Leben – und gleichzeitig wollte sie aufstehen, die Arme ausbreiten, das Gesicht den dichten, tobenden Wolken anbieten, sich vom wütenden Wind hochheben, verwehen lassen. Sie traute sich aber nicht, die Angst saß immer noch in ihrem Magen, knurrte, bereit, sich jeden Moment ihrer, Lisas, Unaufmerksamkeit zu zeigen. Nikola saß so aufrecht da, wie die Sturmböen es ihm erlaubten. Er beobachtete abwechselnd die zwei Boote am Steg, die sich tapfer schlugen, schlauerweise zu Mitgängern geworden waren, sich treiben ließen. Die Leinen und Seile sahen noch unbeschädigt aus, robust genug für die Wasserlawinen, die über sie herfielen. Und dann eilte sein Blick auch zum offenen Meer, das nicht so offen war, aber dann doch genug, um dem Sturm ausreichend Raum zu lassen. Ein Spektakel, eine süchtig machende, angsteinjagende Faszination, die gleichzeitig in Ekstase versetzte. Nikola wusste jetzt endlich, wovon sein Vater erzählt hatte. Er vergaß alle. Lisa auch. Ihre Berührung hatte keine Bedeutung, keine Macht in diesem unendlichen Augenblick. Nikola hatte nur einen Wunsch, einen, den er in diesem Wahnsinn nicht verwirklichen konnte. Das Einzige, was Nikola jetzt tun wollte, war malen. Malen und malen und wieder malen und nie aufhören und immer weiter den Stift oder den Pinsel über das Papier oder die Leinwand ziehen und nie damit aufhören, nie, nie, bis die ganze verwilderte

Welt ihren Platz darin fand und zur Ruhe kam. Lisa neigte sich zu ihm, legte den Mund an Nikolas Ohr, schrie: »Die erste Nacht hier habe ich auf der Terrasse verbracht, auf die See geschaut, die wie ein Ölfleck vor mir lag. Und jetzt das. Und von beiden kann ich nicht genug bekommen. Ist das nicht merkwürdig?«

Nikola sagte zuerst nichts, den Kopf voller Meer. Dann drückte Lisa seinen Oberarm, ließ ihn nicht los, bis er sie ansah. Sie lächelte entschuldigend.

»Hast du Angst?«

Lisa nickte.

»Extreme ziehen sich an, sagt man«, schrie Nikola und zwinkerte ihr zu. »Hast du so was schon mal erlebt?« Worte kamen nicht leicht heraus, sie wollten die tröstende Wärme des Mundes nicht verlassen, sie weigerten sich, es war ein richtiger Kampf, und einige wurden gleich vom Wind entführt, entführt und verschluckt auf Nimmerwiedersehen.

»Ich glaube nicht, jedenfalls nicht so im Freien, fast auf dem Wasser, nein ...«

Der Wind war hungrig, freute sich über jedes Leckerli, das sie ihm zuwarfen, dankbar rauschte er noch ein paar Runden um sie. Lisa senkte, versteckte den Kopf im eigenen Schoß, stöhnte kurz.

»Wieso bist du rausgekommen? Wenn du Angst hast ...«

Lisa sagte nichts, ihre Haare flogen herum wie wilde Tänzer, jeder für sich und doch in einer gemeinsamen Choreografie. Nikola umarmte sie und zog sie an sich, die Tänzer entspannten sich und kamen zur Ruhe zwischen seinem Bauch und den Oberschenkeln. Er streichelte ihren gewölbten Rücken. »Ich kann Löwen in deinem Bauch spüren«, flüsterte Lisa und schloss die Augen.

So fand Julia sie vor, auf ihrem Spaziergang mit Diva. Es war zu spät zum Umkehren, Nikola hatte sie schon gesehen, sie angelächelt statt des Guten-Morgen-Grußes. Sie machte eine anerkennende Kopfbewegung, wollte an ihnen vorbeigehen, aber Nikola ergriff ihre Hand, und sie blieb stehen. »Alles in Ordnung im Haus?«, schrie er, die Worte flogen herum. Julia nickte lediglich, wollte weiter, er ließ es aber nicht zu. »Gehen Sie besser zurück, es ist zu gefährlich, das Meer hat Teile des Weges mitgerissen.« Julia sah ihn unbewegt an, ärgerte sich über den gönnerhaften Ton des jungen Mannes. Sie lebte länger hier, als er auf der Welt war. »Danke«, sagte sie aber und befreite sich aus seinem Griff, ging weiter. Diva folgte ihr, doch bald blieb sie stehen und bellte sie an. Julia ging in die Hocke, sie sahen sich in die Augen, dann streichelte Julia ihr über den Kopf. »Du Angsthase!«

Nikola beobachtete neugierig die Szene, während Lisa dalag, in seinem Schoß, und sich nicht rührte, als glaubte sie an ihre eigene Unsichtbarkeit. Auf dem Rückweg hielt Julia bei ihnen an: »Sagen Sie mir nie mehr, was ich zu tun habe.« Sie zwinkerte dabei, alles hätte auch ein Scherz sein können, niemand wollte Stress und zusätzliche Anspannung haben. Der Sturm genügte vollkommen, darüber waren sie sich stillschweigend einig.

»Ist sie weg?«, fragte Lisa ein wenig später, hob den Kopf aber nicht.

»Ja.«

»Ich wäre gerne ihre Tochter. Meine Mutter ...«

Nikola sagte nichts. Er kannte sich mit Müttern aus.

Der Wind, der Wind.

»Wie lange wird das dauern?« Sie sah nicht, spürte nicht, wie er mit den Achseln zuckte. »Nikola? Sag mal?«

»Das kann niemand sagen, aber das ist schon ein Riesending, der könnte uns Tage beschäftigen ...«

»Tage? Habe ich richtig gehört?«

Nikola antwortete nicht.

»Aber mein Kopf fühlt sich jetzt schon matschig an, als wollte mein Hirn den Schädel sprengen«, Lisa richtete sich auf. »Ich glaube, ich brauche etwas gegen Kopfschmerzen.«

»Das ist der Wind, Jugo, und dann noch trocken, schwer zu ertragen«, meinte Nikola. »Die Zeit des Verbrechens, oft sogar des ungestraften«, fügte er mit einem Grinsen hinzu. Seine Locken verdeckten immer wieder sein Gesicht, Lisa gefiel es nicht, seine Augen nicht zu sehen. Seine wunderschönen grünen Augen. Aber etwas an Michael zog sie stark, stärker an, sie hätte nicht sagen können, was das war, er benahm sich meistens daneben. Und jedes Mal, wenn er *Wahnsinn* sagte, verdrehte Lisa die Augen, wenigstens innerlich.

»Was findest du an Michael?« kam von Nikola, der sie offensichtlich, von ihr unbemerkt, beobachtet hatte.

Lisa verzog den Mund, schüttelte den Kopf, setzte an, sagte nichts, stöhnte.

»Mir kommt er so, so unreif, so blöd vor.«

»Also blöd ist er nicht, unreif vielleicht, ein guter Schauspieler auf jeden Fall, ein sehr guter sogar, das fasziniert mich, seine Verwandlungsfähigkeit.«

»Meine Mutter ist Schauspielerin.«

»Wirklich? Kenne ich sie?«

»Glaube ich kaum, sie ist Theaterschauspielerin, in Frankreich.«

»Ach so, verstehe. Schade.«

»Wenn sie hier wäre, könnte ich sie holen, sie könnte euch sicher helfen ... ist aber in Paris, bereitet auch ein Stück vor.«

»Welches?«

»Ionescos *Die kahle Sängerin*.«

»Kenne ich nicht.«

»Ich gehe immer zu ihren Premieren, habe noch keine einzige verpasst.« Nikola in Erinnerungen. »Meine Mutter ist gut, wirklich gut.«

»Du meinst, besser als Michael?« Lisa lächelte, zog ihn auf.

»Welcher Michael?«

Beide lachten. Eine exaltierte, extravagante Welle, dunkel und schaumgekrönt, leckte am Stein, auf den sie ihre Füße gestellt hatten. Sie sprangen auf und zurück. »Wahnsinn!« Und sie lachten wieder, aber eher tonlos, die Aufregung lauerte ihnen in der Kehle, wo es plötzlich eng wurde. Lisa postierte sich hinter Nikola, lugte hinter seinem Rücken hervor, unfähig, der entschwindenden Meereszunge nicht nachzuschauen.

»Das ist wie mit einem Abgrund, man hat das Gefühl, man muss springen, dem Ruf folgen, findest du nicht?«

Nikola war schon gesprungen, dem Ruf gefolgt, sein Blick vollkommen abwesend, durchsichtig. Lisa zog ihn am Ärmel, fest, fester.

»Hey, Nikola, Niki, komm zurück, was ist in dich gefahren? Du machst mir Angst!«

Langsam, in Zeitlupe drehte Nikola sich zu ihr um, bewegte die Lippen, aber der nimmersatte Wind stahl ihm die Wörter schon im Mund, nichts konnte Lisa hören.

»Lass uns ins Haus gehen, ich habe Hunger.« Immer noch zog Lisa an Nikolas Ärmel, als wäre er eine Glocke, Notrufglocke, ließ nicht los. Bald spürte sie, wie er sich entspannte, wie er weich wurde. Sie nutzte sie aus, diese momentane Schwäche, und führte ihn weg von der Steinbank, von der Riesenwelle, die vielleicht die perfekte Riesenwelle war, das wusste Lisa nicht, sie kannte sich damit nicht aus. Sie nahm seine Hand, und sie gingen zurück. Erst jetzt wurde Lisa klar, wie weit entfernt sie vom Haus am Felsen waren, dem Haus, das immer noch unverändert und unbeschädigt und abenteuerversprechend vor ihnen aufragte, mit dem Kamin die sinkenden Wolken berührte, sie aufschlitzte, auseinander-, aber nicht zum Weinen brachte.

20.

Alle waren schon im Haus, eine seltsame Stille herrschte, jeder schien mit sich selbst beschäftigt zu sein. Barbara und Stefan saßen dicht beieinander auf der Bank, ihre Gesichter strahlten von innen, immer wieder trafen ihre Lippen aufeinander.

»Wo warst du so lange? Wir warten alle auf dich!« Das war Anton, der hochfuhr, als Lisa und Nikola hereinkamen. »Der Vormittag ist schon fast um, und wir haben nichts geschafft, wir haben keinen Tag zu verlieren.«

»Reg dich ab, Mann!« Michael ließ die beiden nicht aus den Augen, er betrachtete sie so eingehend, als stünden sie unter einer Lupe.

»Wenn wir gleich anfangen …« Katrin wurde unterbrochen, es sah aber nicht aus, als würde ihr das etwas ausmachen. Sie saß neben Michael und war zufrieden.

»Ich will erst mal was essen, habe Hunger ohne Ende.« Lisa ging zum Kühlschrank, öffnete ihn und stand lange davor, dachte nach, konnte sich nicht entscheiden.

»Mach die Tür zu!«, meinte Barbara, plötzlich neben ihr.

»Ich weiß aber nicht, was ich will.«

»Dann überleg's dir erst und mach dann die Tür auf.«

»Was ist los mit dir?«

»Nichts. Manchmal wünsche ich mir einfach, dass ihr euer Gehirn benutzt und ich mich nicht um alles kümmern muss.«

»Was soll das jetzt heißen?«

»Hier gibt's keinen öffentlichen Strom, keine Masten, keine Kabel – hier gibt es nur Aggregate, jedes Haus hat sein eigenes. Also.«

Lisa zog sich beleidigt zurück, Barbara verdrehte die Augen, aber zur Wand, sodass keiner es sah. »Wie wäre es damit: Stefan und ich kochen euch was, und ihr könnt in Ruhe proben? Und du, Lisa, kannst eine Kleinigkeit essen, ein belegtes Brötchen oder Obst, was sagst du?«

Lisa sagte nichts, schüttelte den Kopf und ging in ihr Zimmer.

Anton schlug mit der Faust auf den Tisch, Katrin zuckte zusammen.

»Wahnsinn«, murmelte Michael und stand auf. »Ich plädiere für Schweinebraten mit Bratkartoffeln.«

Stefan lachte herzhaft. Anton sah ihn argwöhnisch an.

»Was?! Ist doch lustig«, meinte Stefan und gesellte sich zu Barbara.

»Holt eure Texte«, war alles, was Anton dazu zu sagen hatte. Und sie taten es, sogar ohne zu jammern. Lisa war als Erste am Tisch, mit Text. Nikola unterhielt sich mit Barbara und Stefan, bot seine Hilfe an, wollte sich einbringen. Barbara lächelte ihn freundlich an, Stefan sogar ebenfalls – in der vergangenen Nacht musste etwas Außergewöhnliches passiert sein. Nikola traute ihm aber noch nicht ganz, blieb achtsam. Stefan folgte Barbara auf Schritt und Tritt, sie lachte nur, küsste ihn immer wieder, flüsterte in sein Ohr, und ihm gefiel alles, einfach alles. Als das Nötige getan und vorbereitet war, gingen sie auf die Terrasse, machten die Tür hinter sich zu. Die vier probten am Tisch, lasen, Anton, unzufrieden, ließ sie noch einmal lesen, mehrere Male. Nikola legte sich auf die Bank und schloss die Augen – wie schön es wäre, jetzt einzuschlafen. Er ließ sich von dem Stimmenwirrwarr berieseln, verführen.

»Michael, du musst hier aggressiver sein, du musst dich durchsetzen, deiner Frau glaubwürdig deine Gefühle vormachen, sie muss dir glauben!«

»Ich glaube ihm doch!«

»Klar, ich aber nicht, ich bin auch seine Frau!« Anton zuckte nicht mit der Wimper, Michael sah ihn verwundert an.

»Habe ich was nicht mitbekommen?« Michael sah auch Lisa und Katrin an, beide hoben ratlos die Schultern.

»Ich meine, ich als Regisseur muss dir ja auch glauben, oder?« Anton blätterte im Manuskript, suchte nach einem Punkt, nach dem Schlüsselsatz. »Noch einmal, lest noch einmal, und diesmal so, wie wir es besprochen haben, bitte.« Und er suchte weiter. Da war ein Satz, er wusste es, er wusste es ganz genau. Einer, der alles erklärte und auf den Punkt brachte, und den konnte er jetzt nicht finden, obwohl das jetzt sein musste, und vielleicht konnte ihm Stefan helfen, er sollte es wissen, aber fragen wollte er ihn nicht. Michael las. Katrin las. Große Worte, großartige Zeilen. Sie waren gut, Anton hörte es.

»Katrin, nicht so weich«, rief er dazwischen und suchte weiter.

Dann kam die Szene mit Lisa, eine Liebesszene. »Sanfter, verführerischer musst du sein«, unterbrach Anton Lisa, und sie fingen von vorne an. Die Chemie stimmte, Anton hörte auf zu suchen und sah sie an. Er konnte sie sehen, er konnte sie schon auf der Bühne sehen, jede winzige Bewegung, Berührung, er spürte es.

»Michael, fester, entschlossener!« Immer und immer wieder. Sie arbeiteten hart, auf dem Herd köchelte Unbekanntes, Nikola döste anscheinend lautlos vor sich hin, Barbara und Stefan kümmerten sich um nichts. Dann zischte plötzlich das Wasser aus dem Topf heraus, Nikola schnellte hoch und entfernte den Deckel, rührte gekonnt. Anton sah ihm zu, wurde abgelenkt. Michael auch. Lisa ebenfalls. »Wir könnten eine Pause machen, ich sterbe vor Hunger«, sagte Lisa, klappte ihren Text zu.

»Barbara!«, rief Michael, ohne aufgestanden zu sein, einmal, dann noch einmal, noch lauter. Gegen den tollwütigen Wind und das aufbrausende Meer hatte er aber keine Chance. Katrin ging zur Tür, öffnete sie.

Auf der Terrasse lagen die zwei Verliebten in der Schaukel, in zwei Decken eingewickelt. Immer wieder wurden sie von Meerestropfen getroffen, von Spritzern, die sich verirrt, den Anschluss verloren hatten, leblos an den Stofffasern und kalter Haut kleben blieben.

»Dieses Geheule«, murmelte Katrin, wollte gar nicht gehört werden, starrte fasziniert auf die Gewalt über und unter sich, in mehr Grautönen, als sie je für möglich gehalten hatte. Und das gefiel ihr, sie sah schon ihre Skulpturen mit so viel Stärke und Macht entstehen, dass die Leute sagen würden, die Natur, die reine Natur habe sie geschaffen, keine menschliche Hand sei dazu fähig, zu so viel Ausstrahlung, Ausdruckskraft. Ein Windstoß haute sie fast um, sie hielt sich am Steinpfeiler fest. »Kommt ihr? Wir wollen essen.« Sie wartete nicht auf ihre Antwort. Sie sah nicht, wie Barbara als Erste hochkam, die Decken um sich wehen ließ. Sie hörte nicht, wie Barbara zu Stefan gewandt sagte, laut, damit er sie auch ganz sicher hörte: »Ich vermisse das Schwimmen, ich vermisse das Salz auf der Haut.«

Während um sie herum das Meer schamlos und aufdringlich seine Eingeweide zur Schau stellte.

21.

Als Julia vom Spaziergang zurückkam, dachte sie zuerst, sie wäre allein. Die Wohnküche und das Wohnzimmer waren wohltuend ruhig, nichts störte, nichts durchkreuzte das kakofone Toben des Windes und des Meeres. Diva legte sich gleich in ihr Körbchen, gähnte ausgiebig. Julia lächelte, schüttelte den Kopf. Sie ging ins Bad, wusch sich die Hände, betrachtete eine Weile ihr Gesicht im Spiegel, war sich sicher, einen Hauch von Glück in ihren Zügen entdecken zu können. Eine Zärtlichkeit, eine Weichheit, die nichts mit der in ihrem Kopf zu tun hatte. Das sei der Wind, dachte sie und fasste sich an den Schädel, massierte die Haut mit ihren Fingerspitzen, auch wenn sie aus Erfahrung wusste, dass da nichts half, auch keine Tabletten, das musste man einfach aushalten, auch wenn es nicht einfach war. »Das ist der Wind«, sagte sie leise, bevor sie die Badezimmertür hinter sich zumachte.

Die Überraschung, die keine war, keine richtige, erwartete sie im Schlafzimmer. Toma lag, in seiner ganzen Größe und Stämmigkeit, auf dem Bett, das Gesicht in ihrem Kissen vergraben, auf der Suche, auf der ewigen Suche, so wie sie selbst am frühen Morgen. Sie setzte sich zu ihm, legte die Hand auf seinen Rücken. Er rührte sich nicht.

»Ich bin es«, flüsterte Julia.

»Das will ich hoffen«, kam es aus der Sanftheit des Kissens.

»Was ist? Ist was passiert?«

Nichts, kein Wort, keine Bewegung. Julia legte sich zu ihm, brachte ihr Gesicht an das seine, ihre Nasen berührten sich, es wurde eng, die Luft reichte nicht für beide. Langsam drehten sie sich um, sahen sich an. »Mein Kopf«, sagte Toma lediglich, und Julia antwortete: »Das ist der Wind.«

»Es ist alles da und schmerzt höllisch, ich werde es nicht los.« Julia setzte an, Toma war schneller: »Und sag mir nicht, das sei der Wind. Es ist mir egal.«

Julia sah ihn unverändert an, strich mit ihrem Blick über das verzerrte Gesicht, litt mit und lächelte. »Komm zu mir, lass dich umarmen«, sagte dieses Lächeln. Toma zögerte, hatte Angst vor der Bewegung, vor dem zusätzlichen Schmerz, der damit einhergehen konnte.

»Lass dich halten, ich halte dich, nichts anderes, nur halten.« Julia schob den Arm unter ihn durch, er robbte näher an sie heran, ganz nahe, sodass er den Kopf auf ihre Schulter legen konnte, sie zog ihn an sich. So ruhten sie. Julia bettete ihre Lippen in sein Haar, ohne sichtbare Spuren zu hinterlassen, Streichelküsse. Sie konnte nicht sehen, wie Tomas Mund sich bewegte, sie spürte lediglich eine Regung in seinem Kiefer.

»Willst du mir was sagen? Sag es ruhig, ich höre dir zu, mir kannst du es sagen, mir kannst du alles sagen, ich passe auf dich auf, ich beschütze dich, lass es los, sag es mir, lass die Bilder und Gefühle, all die Erinnerungen weiterziehen, leere deinen Kopf, sodass nur der Wind drinnenbleibt«, redete sie auf ihn ein, und als sie den Wind erwähnte, musste er lächeln, breit und spürbar, auch für sie, für ihre Brust spürbar.

»Ich liebe dich«, sagte Toma. Nichts passierte. Der Wind verstummte nicht, das Meer erfror nicht, Julia versteinerte nicht. Toma legte den Kopf nach hinten, um Julia sehen zu können. Ihre Augen waren geschlossen. Ihr Gesichtsausdruck ruhig, entspannt, als würde sie schlafen. Falls sie seinen Blick spürte, zeigte sie es nicht. Im Zimmer war es so still wie auf einem Bild. Aber draußen, draußen empörte sich die Natur. Toma machte es sich wieder bequem. Er hatte nichts mehr zu sagen.

Die Zeit verlor jegliche Bedeutung zwischen der immer tiefer reichenden inneren Ruhe und der wachsenden, immer wilder werdenden äußeren Diktatur der Naturkräfte. Die Köpfe wurden klarer, die Gedanken stiller, die Bilder verabschiedeten sich großzügig – wohl wissend, dass sie bald zurückkehren würden, vielleicht stärker, oder auch nicht, aber sie würden wieder die Gedanken erobern, mit dem Blut vereint herumrasen, siegen – schließlich.

»Ich habe dich gehört«, sagte Julia irgendwann in dieser Zeitlosigkeit. Toma ließ seine Hand über ihren Körper gleiten, wandern, einfach so, zärtlich, ohne Hintergedanken, ziellos. Sie liebten sich lange, langsam. Und der Himmel küsste die Erde.

»Ich habe Hunger«, murmelte Julia danach schläfrig, in seinen Armen, ihr Lächeln ließ sie erstrahlen wie im Licht eines Scheinwerfers.

»Soll ich aufstehen, uns was kochen?«

»Könntest du es nicht machen, ohne aufzustehen?«

Es gibt Sinnlosigkeiten, über die man nicht lachen kann. Toma blieb noch eine Weile bei Julia im Bett, hielt sie fest, war einfach glücklich. Dann knurrten ihre Mägen, zuerst Julias, dann seiner, und er erhob sich, langsam, ein opulenter Abschied. Er zog sich nur halb an, ging in die Küche. Allein im Bett fühlte Julia sich wie ein Riesenloch, ein schwarzes Loch womöglich, und sie stand schnell auf, schlüpfte in ihren Morgenmantel und folgte Toma. Und sofort war alles da, das Licht und die Luft, das Leben halt. Sie schlich um ihn herum, als hätte sie kein Ziel, beobachtete ihn beim Kochen, als hätte sie ihn noch nie gesehen, nicht beim Kochen, und überhaupt nie. Toma pfiff vor sich hin. Diva saß erwartungsvoll zu seinen Füßen. Julia blieb irgendwann am Fenster stehen, für einen Augenblick fasziniert von dieser Gewalt, und plötzlich musste sie sie auf der Haut spüren. Sie ging auf die Terrasse, Toma pfiff weiter.

Und da sah Julia sie, zwei gebeugte Gestalten auf dem Makadam am Anfang der Bucht. Sie kamen schleppend voran, der Wind spielte unsanft mit ihnen, das Meer brüllte sie seitlich an. Die eine hatte eine große Sporttasche über der Schulter, die andere Person zog einen Rollkoffer hinter sich her, blieb immer wieder stehen, um ihn anzuheben, bis sie irgendwann aufgab und ihn in die Hand nahm. Viel zügiger kamen sie trotzdem nicht voran. Julia ließ sie nicht aus den Augen. Zwei Männer, dem Anschein nach. Nichts an ihnen kam ihr bekannt vor. Eines war sicher, das waren keine Einheimischen, keine Insulaner. Sich bei dem Unwetter auf den Weg zu machen, käme nur einem ahnungslosen Fremden in den Sinn. Und dann noch mit einem Rollkoffer. Julia war sich jetzt absolut sicher, dass beide Männer waren.

»Das wird noch dauern«, sagte Toma plötzlich an ihrer Seite, reichte ihr eine Tasse Kaffee.

»Wer ist das?«

Toma machte eine Geste, die sein Desinteresse bezeugen sollte. Er legte seinen Arm um Julia. Sie trank ihren Kaffee in winzigen Schlucken und beobachtete.

»Soll ich dir das Fernglas bringen?«

»Ja«, kam ihre begeisterte Antwort, seine Ironie hatte sie nicht bemerkt, oder sie störte sie nicht. Diva drehte unzufrieden ihre Runden um Julias Beine. Dann wurde sie von ihrem Jagdinstinkt gepackt und fing an zu bellen. Aber lauter als der Sturm von oben und von unten konnte sie nicht sein.

»Das Essen ist fast fertig.«

»Sollten wir ihnen entgegengehen? Helfen? Fragen, was sie hier suchen? Zu wem sie überhaupt wollen? Da ist niemand außer uns ...« Julia steigerte sich sichtlich hinein. »Lass uns essen, sie werden uns schon finden«, meinte Toma und nahm ihre Hand, aber sie war widerspenstig, weigerte sich, ihm zu folgen. »Julia, was willst du machen? Hier warten? Sollen wir hier essen?«

Toma scherzte, Julia nicht: »Ja, lass uns das machen!«

»Julia!«

»Was denn?«

Toma sah sie eindringlich an. Julia verdrehte die Augen, ging aber schließlich doch ins Haus, Toma und Diva folgten ihr.

Sie aßen, und es schmeckte köstlich, Julia sah den Koch verliebt an, ob nur wegen der Nudeln mit Meeresfrüchten, war fraglich. Der jaulende Wind übertönte das erste Klopfen, aber Diva hob den Kopf, horchte, bellte. Julia ging schnell zur Tür und machte sie auf. Vor ihr standen zwei Männer, im Gesicht eine Mischung aus Angst und Ungläubigkeit und Erschöpfung, und sahen sie erwartungsvoll an. Julia schwieg, musterte die beiden, als hätte sie alle Zeit der Welt und als würde das Leben um sie herum nicht von einem Orkanwind bestimmt, wenn auch nicht bedroht.

»Guten Tag«, sagte der Ältere.

Der Jüngere nickte zustimmend.

»Ich heiße Jens Schell, Lisas Vater, ich bin gekommen, sie zu besuchen, Lisa, meine ich.«

Vor ihm großäugige Verwunderung.

»Sie hat mir jeden Tag von der Schönheit der Insel, des Meeres erzählt, wir haben jeden Tag telefoniert, jeden Abend, das müsstest du sehen, sagte sie immer wieder, also bin ich gekommen, ich habe ihr nichts gesagt, ich will sie überraschen, mein Mädchen, aber dieser Wind, dieser Sturm, alles sieht anders aus, als ich es mir vorgestellt habe, ganz anders, da ist keine Straße, da ist nichts, das ist Wildnis pur, hier könnte man tolle Reality-Soaps drehen, lebensgefährlich, mein Mädchen, geht es ihr gut?« Jens Schell war nicht zu stoppen, sein Gesicht wie eine Kinoleinwand.

Julia betrachtete es atemlos. Bis Toma sich zu ihnen an die Tür gesellte, seine Hand um ihre Taille legte.

»Ich bin Fernsehproduzent, das könnte tatsächlich klappen, eine einsame Insel, ein einsames Haus, man würfelt ein paar Menschen zusammen, lässt sie alleine zurechtkommen, lässt sie aufeinander los wie wilde Tiere, wer weiß, vielleicht wird Wasser knapp, oder ein Hai bedroht sie, alles ist möglich, Sponsoren zu finden sollte nicht schwierig sein, das ist im Nu erledigt, das wird ein Hit, sicher fünf Staffeln, das kann ich mir jetzt schon vorstellen ...«

Und während all dieser Zeit wilderte der Sturm, und Diva beschnupperte sie, und der andere Mann schien zuzuhören, es machte ihm anscheinend nichts aus, so unhöflich vergessen und übergangen zu werden. Er wischte sich den Schweiß aus dem Gesicht, vom Nacken unter den langen, dicken Haaren. Toma beobachtete ihn, reichte ihm dann die Hand, stellte sich vor.

»Simon, Simon Brahm«, sagte der Langhaarige, lächelte aber nicht, als wäre das alles Tomas oder Julias Schuld. »Ich besuche meinen Freund«, fügte er hinzu, und alle sahen ihn jetzt an, sogar Jens, so als wüsste er nicht, wovon Simon sprach. »Michael, Michael Weichmann.«

»Ach, Michael«, sagte Julia erleichtert – warum sie erleichtert war, das verstand sie selbst nicht. Das war sicher wieder der Wind. »Unser Schauspieler und Casanova.« Julia lächelte gutmütig, Simon sah sie fassungslos an. »Ich wusste es, ich wusste es!«, schrie er, fing an, hin und her zu laufen, als wären die niedrigen Terrassenmauern ein geschlossener Käfig.

Die anderen standen immer noch an der Tür, ihre Haare, lang oder kurz, walzten um ihre Gesichter, die Schwerkraft ignorierend. »Deswegen wollte er auch nicht, dass ich mitkomme, dieses Arschloch!« Simon wurde immer wütender, ungehaltener. Toma und Julia wechselten besorgte Blicke. Jens sah alle der Reihe nach an.

»Aber mein Mädchen, Lisa geht's doch gut, oder?« In dem Augenblick hatte er tatsächlich die Show und die Quoten und die Sponsoren vergessen und war wieder zum Vater geworden.

»Ja, Lisa geht es gut.«

»Wo ist sie?« Jens schaute sich um, als müsste Lisa jeden Augenblick ums Haus kommen, oder auf den Wellen erscheinen.

»Sie hat sich nicht in eine Meerjungfrau verwandelt«, lächelte Toma.

Julia aber war seltsam gerührt, und plötzlich dachte sie, dass es nichts Ergreifenderes gab als einen Vater, der sich um seine schon erwachsene Tochter sorgte. Zärtlich lächelte sie ihn an. »Sie sind alle unten in der Villa, da wohnen sie alle, keine Sorge, es geht ihr gut.«

»Wollen Sie reinkommen?«, fragte Toma, sein Blick auf Julias Lächeln.

»Danke, aber kann ich sofort zu ihr? Und gibt es hier ein Hotel? Wo können wir übernachten?«

Toma lachte laut, Julia sagte betont freundlich: »Hier gibt es keine Hotels, die nächsten sind in Bol, aber das ist zu weit weg ...«

»Bol kennen wir, so sind wir gekommen.«

»Zu Fuß?! Die ganze Strecke?«

»Na ja, wir ...«

»Sie können bei mir wohnen. Ich habe zwei kleine Zimmer.«

Julia sah Toma überrascht an: Nie hatte er Besuch gehabt, nie hatte er Gäste eingeladen, nie hatte jemand bei ihm übernachtet. »Ach, wissen Sie was, Sie können das ganze Haus haben, ich wohne hier bei Julia.« Alles passierte so schnell, Toma redete so geschwind, machte dem Wind Konkurrenz, hatte entschieden, Julias fragende, ungläubige Blicke zu ignorieren.

»Wirklich? Ist das Ihr Ernst? Das ist ja großartig!« Jens strahlte und rief Simon zu: »Hast du gehört? Wir haben eine Bleibe, ist das nicht großartig?« Simon tigerte immer noch herum, ließ nicht erkennen, ob er ihn gehört und verstanden hatte, ob er es auch großartig fand, ob er sich darüber freute, nicht zurück nach Bol stapfen zu müssen.

»Ich will jetzt Lisa sehen«, sagte Jens und sah Julia an.

»Aber natürlich, ich bringe Sie zu ihr.« Dann mit einem spöttischen Blick zu Toma: »Kommst du auch mit?«

Toma zuckte mit den Schultern, ging ins Haus, schloss die Tür hinter sich, als wollte er nicht, dass jemand sah, wie er den Tisch aufräumte, Geschirr in die Spülmaschine stellte. Oder wie er ganz nachdenklich wurde, besorgt sogar.

Diva ging voraus, hüpfte gekonnt über Steine und niedrige Büsche. Julia folgte ihr mit gesenktem Kopf, dann Jens mit seinem Rollkoffer und zuletzt Simon, verstimmt, wütend. Vor der Nordseite der Villa angekommen, sahen sie sich erleichtert an, der bescheidene Windschatten gab ihnen Hoffnung, nahm die Angst weg. Julia klopfte entschlossen. Als niemand öffnete, machte sie die Tür auf, rief: »Jemand zu Hause? Ich bin's. Bringe eine Überraschung mit. Zwei sogar.«

Die drei Schauspieler und ihr Regisseur drehten sich um wie ein Körper, als hätten sie es den ganzen Tag geübt. Und als alle alles begriffen, kam es zu einem großen Durcheinander: Worte, Blicke, Berührungen, Umarmungen, Begrüßungen. Diva flüchtete aus dem Haus. Simon wollte Michael auf den Mund küssen, dieser aber wich zurück, entsetzter Blick. Da Lisa mit ihrem Vater beschäftigt war, sah lediglich Katrin diese vielsagende Peinlichkeit, und ihre Hände gingen eilig auf die Suche nach einer Brille, irgendeiner. Julia betrachtete die Begegnung zwischen dem Vater und der Tochter, ihr war zum Weinen zumute. Nikola blieb die ganze Zeit auf der Couch liegen, das Buch legte er auf dem Bauch ab. Verschlafen verfolgte er die Ereignisse, glückliche, aber vor allem die nicht so glücklichen. Barbara und Stefan waren nicht zu sehen. In ihrem Zimmer waren sie auch nicht. Julia verspürte plötzlich ein Unbehagen, ihr Kopf wurde wieder merkwürdig neblig, alles verschwommen, völlig verschleiert. Sogar der leichte Schmerz kehrte zurück. Hätte sie Zeit gehabt, hätte sie gedacht, dass das wieder der Wind wäre – aber Simon fing an zu schreien, und Michael begann, um sich zu schlagen. Katrin kam angerannt, stellte sich zwischen die beiden, schrie Simon an. Jens fasste Simons Arme, drehte ihn zu sich, sah ihm in die Augen. Julia flüchtete auf die Terrasse, wo der Sturm, dieser verbissene, trockene Jugo, sie von allen Seiten und allen Richtungen empfing wie eine verloren geglaubte Tochter.

22.

»Ist dieses Haus auch wirklich sicher? Es hört sich so an, als würde jemand mit den Zähnen knirschen, vielleicht bewegt sich der Boden, kratzt am Felsen, vielleicht rutscht das Haus gleich ins Wasser, was sagen Sie? Kann das passieren? Hören Sie es auch? Ich kriege eine Gänsehaut! Sehen Sie nur! Es knackt und knarrt wie die Tür in einem Horrorfilm. Manchmal haben wir Mühe, diese Geräusche glaubwürdig herzustellen, und hier liegt alles vor uns, natürlich und furchterregender als alles, was wir uns je ausdenken könnten! Unglaublich. Und das Meer, als würde es das Haus buchstäblich an sich ziehen wollen, sehen Sie sich das mal an, diese Wellen, finden Sie nicht? Das wäre überhaupt eine Idee, *die* Idee, die Menschen dem hier auszusetzen, Menschen, die damit keine Erfahrung haben, nicht so wie Ihr Mann ...«, hier unterbrach Jens sich plötzlich und sah Julia fragend an, so, als hätte er tatsächlich eine Frage gestellt.

Julia ließ sich nicht auf das Spielchen ein, betrachtete weiterhin eben diese Wellen, von denen Jens so überschwänglich sprach, als wäre nicht sie diejenige, die hier bei diesen Wellen, auf diesen Felsen ihr Zuhause hatte.

»Anyway, das wäre ein Hit! Besser als alle Dschungelcamps und ähnlicher Mist, nichts Gestelltes, alles echt und wahr, zur Abwechslung. Wie auf einer einsamen Insel, auch wenn die hier keine ist, aber die Kandidaten wüssten es nicht, man ließe sie glauben, da wäre niemand außer ihnen. Aber wir müssten uns noch was ausdenken, denn das mit der Insel gibt es schon. Oder etwas Ähnliches.«

Endlich musste er einatmen, und Julia ergriff ihre Chance: »Was sagt Lisa? Freut sie sich?«

Jens schien überrascht zu sein, als wüsste er nicht, wovon sie redete. Dann verzog er das Gesicht, grinste verlegen. »Das wird noch kommen, ich habe sie sozusagen überfallen.« Sein Lächeln hatte etwas Junges, Spitzbübisches sogar. Danach sagten sie nichts mehr, und Julia konnte sich ein wenig entspannen – die Tatsache, dass er auch gut schweigen konnte, gefiel ihr.

Die Wellen schlugen unermüdlich, die Felsen schrien hemmungslos. Der Wind wollte dazwischengehen, wurde aber augenblicklich verschluckt und gleich wieder ausgespuckt.

»Tag, Tantchen!« Barbara umarmte Julia, verbarg ihr Gesicht in Julias Haaren. Julia erschrak, drehte sich rasch um, begegnete dem strahlenden Gesicht ihrer Nichte. »Was hast du? Du siehst mich an, als wäre ich ein Gespenst.« Barbara lächelte, auch ihr Lächeln strahlte.

»Das ist der Wind«, murmelte Julia.

»Was sagst du?«

Das war tatsächlich der Wind, und nicht nur er, das tobende Meer auch, nichts konnte man hören, und ständig musste man brüllen, wenn man gehört werden wollte. Julia schüttelte lediglich den Kopf, wichtig war es nicht.

Barbara sah Jens an, neugierig, erwartungsvoll.

»Ach ja, das ist Lisas Vater, Jens. Meine Nichte Barbara.« Julia sah sich um. »Und wo ist Stefan?«

»Er ist unten am Meer geblieben, ich will nur eine Decke holen, es wird kühler.«

»Das ist nicht dein Ernst! Es ist doch zu gefährlich am Strand, das könnt ihr nicht machen!«

»Beruhige dich, wir sind nicht am Strand, sondern oberhalb, wir haben uns zwischen den Felsen versteckt«, Barbara schmunzelte, immer noch strahlend. Sie sah von Julia zu Jens, der lediglich unverbindlich lächelte, abwesend. Julia zuckte die Achseln, als wäre alles nicht der Rede wert, fuhr immer wieder mit den Fingern durch die Haare, als hätte sie vergessen, dass hier nichts helfen konnte. Barbara gab Julia einen Kuss auf die Wange und lief ins Haus.

»Soll ich Ihnen Tomas Haus zeigen? Wollen Sie sich ein wenig ausruhen?«

»Ja, vielleicht. Es war ein langer Tag, und das Ende ist noch nicht in Sicht, oder?« Jens war ernst, Julia verstand es nicht. Sie warf noch einen Blick auf die offene See, als würde sie sich verabschieden.

»Kommen Sie, wir holen Simon ab«, sagte sie, und sie gingen ins Haus.

Wo die Hölle los war. Eine, die man nicht so gut verstehen, aber umso deutlicher sehen konnte. Es sah so aus, als würde sich jeder mit jedem streiten. Sogar Nikola war ein Teil der wogenden feindseligen Masse geworden. Er war zu den anderen gekommen, in den Kreis hineingetreten, ein außer Kontrolle geratenes Karussell, abzuspringen war undenkbar, darauf zu bleiben unvorstellbar. Die einzige Sicherheit lag, nicht einmal versteckt, in der allgemeinen Zuversicht, dass die Ketten reißen würden, eher früher als später, dass sie alle schön der Reihe nach hinauskatapultiert würden, gegen die Wand geschlagen, zerschmettert, vom Wind in alle Richtungen zerstreut. Simon und Michael gingen aufeinander los, wie nur wütende Liebende es tun. Sie schrien sich an, beschuldigten sich dieser und jener Untaten. Katrin versuchte immer wieder dazwischenzugehen, die beiden zu beruhigen und zu einem Gespräch zu überreden, wobei sie ständig Michael berührte, ihn anfasste, mehr oder weniger zärtlich, und es klar war, auf wessen Seite sie stand. Lisa hielt sich zuerst zurück, war noch von der Überraschung, die ihr Vater ihr bereitet hatte, benommen, in Gedanken versunken, setzte sich zu Nikola auf die Couch, ließ ihn seine Hand auf ihren Oberschenkel legen, eher freundschaftlich als leidenschaftlich. Irgendwann erreichte das Geschrei auch sie beide, und sie versuchten zu schlichten. Überhaupt zu verstehen, worum es ging, wer dieser Mensch eigentlich war und was er mit Michael zu tun hatte. Ein Liebespaar, das waren sie. Daran bestand kein Zweifel. Lisa war sprachlos, eine Überraschung zu viel an dem Tag. Katrin ignorierte es. Nikola amüsierte sich. Anton schlich um sie herum wie der Schiedsrichter im Boxring. Er war hungrig und wünschte sich eine Flasche Wein. Er mischte sich nicht ein, nicht so richtig, das Gefühl, das würde, das könnte für seine Schauspieler gut sein, wurde mit jedem vollzogenen Kreis stärker. Eine Klärung war in Sicht, und darüber freute Anton sich. Er liebte Klärungen.

Dann kam Julia herein, gefolgt von Jens, sie blieben an der Tür stehen, wie von einem Salzwasserstrahl getroffen. Julia sah Blut aus Michaels Nase laufen, eine seiner fast schon verheilten Wunden war wieder offen. Jens bewegte sich schnell, ungewöhnlich flink für einen Mann seiner Größe, mit Nikolas Hilfe gelang es ihm bald, die beiden zu trennen. Er zog Simon aus dem Haus. Julia bat Nikola, ihr mit dem Gepäck der beiden Gäste zu helfen. Barbara war nirgendwo zu sehen.

Vor der Eingangstür, wo der Wind leiser tobte und das Meer nur als Echo zu hören war, weinte Simon. Er lehnte mit einer Hand an der Hausmauer und weinte, redete auch, aber unverständlich und durcheinander. Jens klopfte ihm auf die Schulter, sah Julia an und schnitt eine Grimasse, die wahrscheinlich sagen sollte: Was kann man sonst schon tun? Nikola wurde zappelig, Julia schickte ihn zurück ins Haus, wohin er sich auch kopfschüttelnd zurückzog.

»Lass uns unser Quartier aufsuchen, duschen, zu uns kommen, aufatmen. Das war ein Wahnsinnstag, das muss man sagen ...«

»Michael sagt auch immer *Wahnsinn*.«

»Siehst du, alles wird gut, lass uns einfach mal ankommen, unsere Sachen auspacken, etwas essen ...« Dabei sah er Julia an, und Julia nickte zuversichtlich. Sie ging davon aus, dass Tomas Kühlschrank voll war, wenn nicht, würde sie für die zwei etwas kochen. Oder Lisa würde es tun. Bis dahin würde sie sich wahrscheinlich, hoffentlich, über den Besuch des Vaters freuen können.

Auf Julias Terrasse lag Toma auf dem Liegestuhl, Diva in seinem Schoß. Als die drei von unten kamen, hob sie die Schnauze, prüfte, entspannte sich wieder. Nicht so Toma. Er war unruhig, etwas war falsch, passte ihm nicht, aber benennen konnte er es noch nicht. Er würde abwarten, abwarten war immer gut. Er betrachtete Julia, die sich vor dem Wind in sich versteckte. Er wollte aufstehen, zu ihr gehen, sie umarmen, beschützen, jetzt und für alle Zeiten, und blieb liegen. Das Kopfteil war so eingestellt, dass er fast aufrecht saß, die Beine hatte er ausgestreckt. Die Gedanken nicht, die hatte er verbannt, die Gefühle aber ließen es nicht zu, beharrten darauf zu bleiben.

Julia kam zu ihm, sah ihn fragend an.

»Es war mir danach«, sagte er ihr ins Ohr, sie küsste ihn, und dann war klar, was vorhin falsch gewesen war, denn jetzt, nach Julias Kuss, passte Toma wieder alles. »Hast du das mit deinem Haus tatsächlich so gemeint?«

»Natürlich, wo sollen sie denn sonst wohnen? In der Villa unten ist kein Platz.« Julias Augen lächelten liebevoll, versicherten, nichts zu verraten, so zu tun, als würden sie ihm glauben. »Dann bringe ich sie hin, in Ordnung?«

Toma sprang hoch, Diva erschrak. »Das werde ich machen, ich bin doch der Gastgeber, das mache ich schon.« Er beeilte sich, stolperte fast, drehte sich um, sah Julia an, sah nichts anderes als ihren blauen Blick hinter den herumfliegenden blonden Strähnen. Das musste genügen. Jens und Simon warteten, mehr oder weniger neugierig, das Gepäck schon in der Hand.

»Wollen wir?«

»Das ist wirklich nett von Ihnen, wir machen Ihnen so viele Umstände, alles ist anders, als ich es mir vorgestellt habe, wissen Sie, die Insel, die Verbindungen, diese ... dieses Dorf, nicht mal eine Kirche gibt es hier, spannend, das finde ich spannend, daraus könnte man wirklich etwas machen ...«

Toma verlängerte den Schritt, war dankbar, dass der Wind und das Meer stärker geworden waren, sobald sie die Häuser verließen. »Wir müssen zum anderen Ende der Bucht«, sagte er, bezweifelte aber, dass man ihn hören konnte, was auch unwichtig war, Hauptsache, er würde sie schnell los und konnte zu Julia zurück.

Julia beobachtete das mühsame Vorankommen der drei Männer auf dem Buchtpfad. Die Kopfschmerzen kehrten zurück, das einzig Vernünftige war, den Kopf in Sicherheit zu bringen, weg von diesem Wind.

»Julia.«

Anton, wie eine Erscheinung, eine Fata Morgana mit eindringlichem Blick.

»Bitte nicht, ich habe Kopfschmerzen, ich kann jetzt nicht ...«

Anton blieb auf dem Weg unter der Terrasse stehen, die Hände in den Hosentaschen.

»Was machen wir mit Michael und seinem Freund?«

»Nichts, das ist nicht unsere Sache ...«

»Aber es ist unser Problem, Michael will abreisen.«

»Dann sollte er es tun.«

Anton sah Julia an, als hätte er es vorher nie getan, als wäre sie soeben aus dem Meer aufgetaucht. »Und mein Stück? Mein Leben?«

Julia seufzte, fasste sich an den Kopf, an die Stirn. »Sollte aus diesem Stück nichts werden, kommt was anderes, so ist das Leben.« Anton und seine Verständnislosigkeit zogen sie immer tiefer. »Vielleicht ist dein Briefkasten schon voller Zusagen«, versuchte sie mit einem schwachen Lächeln. Sie starrten sie an, Anton und seine Verständnislosigkeit. »Es tut mir leid, ich muss jetzt reingehen, ein paar Dinge erledigen ...« Und sie ging tatsächlich, ließ die beiden da stehen wie bestellt, abgeholt und wieder zurückgeschickt.

Irgendwann setzten Antons Beine sich in Bewegung, und er erreichte die Villa am Felsen genau rechtzeitig, um Barbara aus dem Haus eilen zu sehen, in den Armen eine Decke, eine Wasserflasche, belegte Brote und etwas, das er nicht erkennen konnte. Sie würden heimlich essen, obwohl sie ausgemacht hatten, an dem Abend groß zu kochen, alle zusammen.

»Barbara!«, rief Anton, aber der Wind war lauter, der Wind war lauter als alles, was Anton je in seinem Leben gehört hatte. Außer vielleicht das Meer, dieses Meer in dieser einen Nacht und an diesem einen Tag. Dennoch versuchte er es noch einmal, erfolglos und nicht enttäuscht deswegen. Über die Haupttür gelangte er ins Haus und fand den Wohnraum leer.

23.

Barbara fand Stefan genau da, wo, und genau so, wie sie ihn verlassen hatte. Auf einem glatten, breiten Stein lag er völlig ausgestreckt, die Augen offen, der Blick der Spiegel des Himmels. Er atmete ruhig, während sein ganzer Körper im Wind zitterte, sich immer wieder zusammenzog. Barbara setzte sich neben ihn.

»Es regnet.«

»Nein, leider nicht, es ist das Meer, die Wellen schlagen gegen die Felsen unten, und Salztropfen fliegen herum.«

»Warum wünschst du dir den Regen?«

»Weil dann alles schneller und schmerzloser vorbei wäre. Der Jugo soll nass sein, trocken macht er einen verrückt.«

»So, wie ich es bin«, sagte Stefan ernst.

»So, wie Michael und Co. drüben, du hast keine Ahnung, verglichen mit denen bist du ein Engel.« Sie legte sich zu ihm, die mitgebrachten Sachen auf den Stein nebenan. Die Decke breitete sie über ihnen aus.

»Ich will es nicht wissen, nicht jetzt.«

Barbara schwieg.

»Jetzt will ich einfach neben dir liegen, den Himmel betrachten, hoffen, er bleibt da oben hängen, dem Meer zuhören, hoffen, es kann nicht so hoch springen.«

Barbara hörte ihm zu, verstand auch jedes Wort, da ihr Ohr neben seinem Mund ruhte, genoss diesen Sturm-Stefan, der so ruhig geworden war, so still und wortkarg plötzlich. Verweht, ertrunken war sein Bedürfnis, sich über alles zu mokieren und mit seinen Kenntnissen unwichtiger Tatsachen zu prahlen. Barbara gefiel das, und Stefan vermisste es nicht, er tat so, als wäre er schon immer so gewesen.

»Und vielleicht doch etwas essen.«

Barbara streckte den Arm aus, erwischte ein Brötchen und reichte es ihm.

»Aber denk dran, wir wollen heute alle zusammen kochen, nicht dass du dann keinen Hunger mehr hast.«

»Na und!«

»Stefan, wir haben genug Stress.«

Stefan aß entspannt, den Blick auf das Meer gerichtet. Sein Atem passte sich den Meereswogen an, seine Augen wurden feucht.

»Was hast du, Schatz?«

Kopfschütteln, entschlossen, ohne eine Spur von Verlegenheit. Stefan konnte sich nicht erinnern, seit seiner Kindheit je vor anderen Menschen geweint zu haben, überhaupt geweint zu haben. Er empfand es in diesem Augenblick als befreiend, erleichternd. Während Barbaras Unbehagen wuchs.

»Gib mir das Heft und den Stift bitte.«

Barbara reichte ihm beides, unsicher. Stefan öffnete das leere Heft und fing an zu schreiben. Die Blätter wölbten sich im Wind, flatterten, fingen Tropfen auf, während er schrieb, kritzelte und kratzelte, immer wieder den Blick hob, das Graue um sich herum einsaugte, notierte, aufzeichnete und reimte. Oder auch nicht, Barbara wusste es nicht, Stefan schon, wollte aber nichts sagen, nichts zeigen, geschweige denn vorlesen. Barbara lehnte den Kopf an seinen Rücken, spürte ihn atmen, hörte sein Herz pochen, als wäre sie in ihm, ein Teil von ihm. Und während die Welt unterzugehen schien, verliebte Barbara sich aufs Neue in Stefan. Verschwunden waren all die Streitereien und Uneinigkeiten und Missverständnisse; vergessen seine selbstgefälligen, verletzenden Scherze, sein Schnarchen. Die Aufregung war wieder da, jenes sinnlose Lächeln, das leicht ins Grinsen umkippen konnte, der schnelle Atem, die nimmersatten Lippen, die seidene Haut, die jede auch nur gedachte Berührung durchließ, damit sie ohne Umwege den richtigen, den schnellsten Weg finden konnte. Barbara wuchs. Ihre Gedanken wuchsen, ihr Herz, ihre Arme, damit sie Stefan noch fester umarmen konnte. Ihre Haare wuchsen wie filigrane Lianen, flochten ein Liebesnest, richteten ein Liebeszelt ein, wie lichtvolle Daunenflügel, sanft und weich und schützend.

Während Stefan schrieb und schrieb und immer wieder das Meer und den Himmel anschaute, seine Finger flink, der Stift lebendig und alles grau, grau in allen Tönen, grau in allen Höhen und Tiefen, grau, mal blau, mal schwarz, mal grün und immer und vor allem grau, grau schreit das Meer und grau wütet der Wind und grau grölen die Wolken, schwarz und weiß tobt die Welt, Grau verschlingt Opal- und Minz- und Smaragdgrün, und Grau zerfetzt Silber- und Moos- und Olivenblau, nichts ist mehr sichtbar, und Grafit- und Umbra- und Quarzgrau zermalmen die Leichtigkeit und Durchsichtigkeit und Sorglosigkeit des Wassers, blau ist nicht mehr blau, nichts ist, wie es war, Orkane sind schwarz, die Erregung des Himmels ist schwarz, gib mir ein Grün, gib mir ein Gelb, ein Goldgelb, ein Sonnengelb, ein Melonengelb, lass mich wieder einatmen, gib mir Orange, ein Tieforange, ein Reinorange, ein Pastellorange, und ich werde die Erde wieder in Bewegung bringen, aus dem Grafitgrau herausholen, aus dem Tiefschwarz und Sepiabraun beleben, immer wieder aufs Neue, dieses Grau, Grau in Grau überall, Grau in den Augen, Grau in der Kehle, Grau in der Lunge, Grau, Hilfe, Hilfe rufe ich, grau sind die Hände, die sich mir entgegenstrecken, soll das Grau wirklich siegen? Grau wie ich, grau überall, grau grau wurden die Flecken im Heft, ein Grau aus Salz und Tinte. Stefans Hand verharrte, verkrampfte, versagte. Barbara hatte Mühe, sie ihm wegzunehmen, das Heft und den Stift, wie in Trance schaute Stefan vor sich hin, der Blick in den Wellen verschollen, aber nicht vergessen, Barbara suchte nach ihm. Barbara, die Bibliothekarin, wollte finden, sortieren, aufbewahren, aneinanderreihen, ordnen, Worte und Gedanken und Gefühle. Es wurde dunkel. Es wurde dunkel –, als hätte die Welt aufgehört zu sein.

24.

Michael hatte sich in seinem und Antons Zimmer eingesperrt, antwortete nicht auf Rufe, nicht auf Klopfen. Schließlich ließ ihn sogar Katrin in Ruhe. Sie setzte sich zu Lisa und Anton an den Tisch. »Du siehst anders aus«, sagte Anton beiläufig, Katrin zuckte mit den Schultern. Nikola lag wieder auf der Couch, aber das Buch blieb zu. Lange schwiegen sie. Lisa schien völlig außer sich, so sehr und so weit außer sich, dass sie nur noch mit gesenktem Kopf dahocken konnte, eine Puppe, die man versäumt hatte, zum Leben zu erwecken. Nikola beobachtete sie. Er entwickelte ihr gegenüber einen Beschützerinstinkt, der ihn überraschte, denn Lisa hatte nichts, aber auch gar nichts mit seiner Mutter gemeinsam. Ihre kurzen Haarsträhnen verdeckten teilweise ihr Gesicht, in dem soeben die erste Falte entstand. Nikola konnte es sehen, senkrecht zwischen den Augenbrauen, winzig klein, sie wuchs mit jedem Gedanken, jeder unbeantworteten Frage. Er dachte auch an die blauen Schmetterlingsflügel, fragte sich, ob auch sie wuchsen.

Anton bemerkte nichts davon. Er beschäftigte sich mit seinem Weinglas, überlegte, ob es noch zu früh wäre für die zweite Runde. Das Glas schlug immer wieder auf den Holztisch, bald konnte man eine Melodie heraushören. Dann rief die Zigarette, und Anton stand langsam auf, zögernd, nicht wissend, was ihn da draußen erwartete, fragte sich, wo Barbara und Stefan geblieben waren und ob sich überhaupt einer um das Essen kümmern würde. Fragen stellte er keine, verließ schlurfend den Wohnraum. Er hatte Schwierigkeiten, die Terrassentür zu öffnen, der Wind spielte mit ihm, zog ihn auf, wartete, bis Anton sich mit dem ganzen Gewicht dagegenlehnte, dann ließ er los, und Anton fiel fast um, als die Tür unerwartet nachgab. Der Wind brüllte und bog sich vor Lachen. Anton schimpfte, hatte plötzlich das ganz klare Gefühl, er sollte von hier verschwinden, bevor es zu spät wäre. Aber dann wurde das Gefühl von einer Windböe erwischt und spiralförmig weggeweht, so schnell geschah das, dass Anton es nicht einmal bemerkte, er verlor jegliche Erinnerung daran. Vielleicht weil es gleichzeitig auch ganz klar war, dass er nicht verschwinden konnte, nicht unter diesen Umständen, nicht zu diesem Zeitpunkt. Der Versuch, die Zigarette anzuzünden, war verlorene Liebesmüh. Er gab auf und ließ sie zwischen den Lippen hängen. Das Meer vor ihm ein gesichtsloses wütendes Ungeheuer. Bei jedem Schrei erzitterte das kleine Haus, die Steinplatten kreischten. Der Schaum flog herum, immer höher immer weiter, als wäre es ein Wettbewerb. Anton ließ sich das gefallen, spürte salzige Flecken auf dem Gesicht, auf dem Mund, fuhr mit der Zunge darüber und verlor dabei die Zigarette. Noch bevor sie den Boden erreichen konnte, wurde sie weggetragen, sehr flach, dem Boden nahe, wirbelte und wirbelte herum, unaufhaltsam. Anton wandte den Blick ab, als hätte er Angst vor einem Schwindelanfall. Zurück zum Meer. Je länger er es anstarrte, desto stärker wurde sein Gefühl, auf einem Schiff zu sein.

»Was machst du hier in der Dunkelheit?« Barbara legte Anton eine Hand auf die Schulter, er fuhr herum, überrascht, erschrocken, konnte nicht einmal lächeln, sah sie an wie ein Besessener. Hinter Barbara stand Stefan, noch abwesender als er selbst. »Lass uns reingehen, was kochen, essen«, sagte Barbara mit einer Zuversicht und Entschlossenheit, die nicht weit reichte.

Im Haus herrschte Ruhe. Außer Nikola, der am Herd stand und in einem Topf rührte, war niemand im Wohnraum. Es duftete angenehm nach angebratenen Zwiebeln und Tomaten. »Ich war so frei ...«, Nikola grinste entschuldigend.

»Gott sei Dank! Ich bin am Verhungern«, sagte Barbara und eilte zu ihm, lugte in die Töpfe und gab zufriedene Laute von sich.

»Pasta mit Gemüse, ein Rezept meiner Mutter.«

»Riecht himmlisch!«

Anton und Stefan waren an der Tür stehen geblieben, Barbara sah sie an wie zwei Fremde, bezweifelte plötzlich, dass Pasta mit Gemüse behilflich sein würde. Oder mit Fleisch. Oder mit Fisch. Und sie selbst fühlte sich zu jung, zu unerfahren und auch ein wenig unwillig und plötzlich auch so müde. »Wo sind die anderen?«, fragte sie, ihr Blick wanderte langsam von den zwei Türstehern weg, vollzog einen Halbkreis und blieb an Nikola haften, auf seiner flinken rührenden Hand. Wie hypnotisiert folgte sie seinen Bewegungen, fand etwas Ruhe dabei. Sogar ihr Atem ging langsamer, entspannter.

Anton und Stefan verließen die Tür und setzten sich, einer an den Tisch, der andere aufs Sofa. Und als hätten sie es bei den Proben abgesprochen und festgelegt, erschien auch Lisa, hinter ihr Katrin, auf der Schwelle ihres Zimmers. Wie in einem Stummfilm. Nur der Sturm war zu hören. Minutenlang. Bis Michael seine Tür mit Schwung aufmachte, sodass alle hochschreckten, und verkündete: »Das geht so nicht – er oder ich, aber einer muss weg hier!« Dass das kein Satz aus dem Stück war, wussten alle sofort. Sogar Nikola, der es als Einziger nicht gelesen hatte. Ein wenig länger brauchten sie aber, um zu verstehen, was und wen er meinte. Sie wechselten unsichere Blicke, während Michael zum Fenster ging, eine Pose einnahm, auch wenn seine Unzufriedenheit, seine Verzweiflung und Entschlossenheit echt zu sein schienen. »Ich sehe nichts, es ist so verdammt dunkel, als wäre es schon tiefste Nacht!« Niemand schloss sich ihm an. »Wahnsinn.« Katrin schmunzelte hinter ihrem dichten Haarvorhang. Michael fing an, hin und her zu laufen, zu stöhnen und im Vorbeitigern auf Möbel zu hauen.

»Das Essen ist fertig!« Nikola sah strahlend in die Runde.

»Und was machst du noch da? Hast dich hier eingeschlichen, als ...«

»Schluss, Michael«, sagte Barbara. »Wer deckt den Tisch?« Lisa hob die Hand, ging in die Küche, holte Teller und Besteck, Katrin breitete eine Tischdecke aus. Allmählich kamen alle in Bewegung, wie in Zeitlupe, als wäre der Drahtzieher eben aufgewacht, noch unsicher und unpräzise. Alle setzten sich, seltsam ruhig, nur Michael stand beleidigt mitten im Raum, wie ein Aschenputtel, das keine Einladung zum Ball bekommen hatte.

»Komm, Michael«, sagte Katrin, tätschelte den Stuhl neben sich. Michael schnaubte laut, setzte sich aber doch hin, nahm sogar den vollen Teller entgegen, den Katrin ihm reichte. Barbara warf einen Blick in die Runde, bevor sie sagte, so als hätte sie tatsächlich keine Hintergedanken: »Das war ein Tag, was?«

»Ich kann nicht glauben, dass er gekommen ist, wie konnte er mir das antun!« Lisas Stimme fröstelte, die Nudeln dienten ihr mehr zum Spielen als zum Essen.

»Ich dachte, du hättest ihn eingeladen.«

»Bist du völlig übergeschnappt?« Lisa fauchte Katrin an. »Würdest du deinen Vater hier haben wollen?«

Katrin starrte sie an. »Nein, aber ich telefoniere auch nicht jeden Tag und jeden Abend mit ihm.«

Lisa erwiderte ihren Blick. »Du bist gemein.«

Katrin zuckte mit den Schultern, aß ruhig weiter. »Und außerdem habe ich keinen. Mein Vater ist tot. Schon seit Jahren. Ich habe niemanden.« Keiner blickte auf, betretenes Hinunterschlucken.

»Das schmeckt hervorragend«, beeilte sich Barbara, Nikola zu loben, was nur dazu führte, dass Michaels Aufmerksamkeit wieder auf ihn gezogen wurde: »Ich will, dass du gehst, du bist ein Eindringling, niemand will dich hier haben ...«

Anton schlug mit der Faust auf den Tisch, Gläser und Besteck und volle Teller tanzten kurz und geräuschvoll. »Was ist mit dir los, du Idiot?!«

Barbara dachte nur, das Letzte, was Michael jetzt gebrauchen konnte, war noch ein Schlag ins Gesicht, er sah so schon zum Fürchten aus. Dann fiel ihr auf, wie still und in sich versunken Stefan dasaß, und sie erschrak, ihr erster Gedanke war, sie wolle ihn nicht verlieren, nicht jetzt, nicht nachdem sie sich wieder in ihn verliebt hatte. Ihre Augen wurden feucht, und Anton schlug noch einmal auf die Tischplatte.

Michael stand mit Schwung und Wut auf, sein Stuhl kippte um. »Ihr könnt mich mal, alle zusammen!« Und stürmte hinaus auf die Terrasse.

»Lieber nacheinander«, sagte Anton ruhig.

»Das alles hat keinen Sinn, Leute!«, sagte Barbara schluchzend. Alle sahen Stefan an, er starrte auf seinen Teller.

»Es wird alles gut«, Nikola fiel nichts Besseres ein. »Morgen werde ich zurückfahren.«

Lisa sah ihn entgeistert an. »Das geht doch nicht bei dem Wetter, nichts geht bei dem Wetter, wir werden für immer hierbleiben müssen, bis jemand ...«

»Ich kann bis nach Bol fahren, das schaffe ich«, meinte Nikola und lächelte zuversichtlicher, als er sich fühlte, denn schon das Einsteigen ins Boot würde so gut wie unmöglich sein.

»Wenn jemand gehen sollte, dann ist das dieser Mistkerl«, sagte Barbara leise, wischte sich die unsichtbaren Tränen ab.

»Aber was wird dann aus meinem Stück?!« Anton sah sie an, als wäre sie ein schwerbehindertes Kind, er lächelte sogar wohlwollend und gönnerhaft.

»Das Stück ist mir völlig egal, es wird ja sowieso nichts draus«, Barbara schnäuzte sich laut, legte die Gabel ab.

»Wie kannst du so was sagen? Es ist doch das Stück von Stefan!«

»Na und?«

»Ich will nicht, dass er geht«, mischte sich schließlich auch Katrin ein, ihre Stimme entschlossen und fest.

»Das ist aber eine Überraschung!«, sagte Lisa leise, als wollte sie nicht richtig gehört werden. Aber sie wurde es, und alle sahen sie an, verwundert über so viel Boshaftigkeit, die so wenig mit Lisa zu tun hatte, einfach nicht zu ihr passte.

»Wenn Michael nicht spielt, spiele ich auch nicht.«

»Wo sind wir denn? Im Kindergarten?« Anton stand auf, verzweifelt wedelte er mit den Armen. Und immer noch blieb Stefan ruhig. Kein bissiger oder ironischer Kommentar war von ihm zu hören, das machte plötzlich auch andere argwöhnisch, sie sahen ihn von der Seite an. »Was sagst du, Stefan? Würdest du auf dein Stück verzichten, darauf, es aufgeführt zu sehen? Nach allem hier?«

Und während alle auf Stefans Antwort warteten, stand Michael auf der Terrasse, ganz nahe an der Brüstung, ließ sich die Ohren vom Meer vollreden und vom Wind durchpusten und ließ sich fallen. Verabschiedete sich von allem, was nicht ihm gehörte, was er sich ausgedacht oder von anderen geliehen oder gestohlen hatte. Allmählich fühlte er sich so leicht und unbeschwert, er hätte abheben können, wegfliegen, ohne Gefahr abzustürzen, der Wind hätte ihn tragen können, so luftig war er. Verschwunden waren all die Frauen, all die Katrins und Lisas, all die Männer, wie immer sie heißen mochten. Nicht einmal die Erinnerung an sie blieb ihm, so fühlte er sich, so dachte er und freute sich darüber, machte die Augen zu, breitete die Arme aus, bezauberte mit seinem Lächeln die Dunkelheit um sich herum, kam immer näher an die Brüstung, immer lauter wurde das

Meer unter ihm, immer wilder der Wind, und schon verließen seine Füße den steinigen Boden, und schon schwebte er über allem und jedem und …

»Michael, was machst du da?« Simon kämpfte mit der umhertollenden Wirbelluft, erreichte Michael voller Angst und Panik, umarmte ihn, dachte, es wäre nur Michaels Schatten, so körperlos fühlte er sich an in seinen Armen. »Wage es ja nicht!« Simon suchte nach Michaels Blick, wollte ihn fangen, auf sich lenken, ihn erden. Denn Michael lächelte weiterhin abwesend, als wäre er schon fortgesegelt, unberührt von der Wildnis der See, schön in seiner Abwesenheit. »Rede mit mir! Du kannst immer mit mir reden, ich höre dir zu, ich höre dir doch immer zu, mein Freund, mein Lieber, mein Liebster, egal, was du getan hast, es ist alles vergeben und vergessen, Michael, hörst du? Alles vergeben und vergessen!« Simon weinte. Die Haare hatte er zusammengebunden, sein Gesicht sah verloren aus, so ohne den dunklen Rahmen.

»Simon«, sagte plötzlich Michael, sah ihn sogar an, erkannte ihn, kam langsam zurück. Alles vergeben und vergessen. Keine Wut im Bauch oder in den Worten. »Du bist gekommen.«

»Ich weiß, sorry, ich weiß, du hast mich nicht eingeladen, aber ich wollte dich sehen, ich musste dich sehen, so stark war meine Sehnsucht, ich hatte keine Wahl, Michael, glaub mir. Und dann hast du meine Nachrichten ignoriert, ich hatte plötzlich Panik, ich musste doch etwas tun, ich konnte dich nicht einfach so gehen lassen, oder? Das verstehst du, oder?«

Michael sah Simon an, seinen Mund, der sich schneller als der Wind bewegte, und dachte, das sei Simon, sein Simon, und er sei hier, bei ihm, und er küsste ihn, beantwortete auf einen Schlag all die Fragen und beseitigte all die Zweifel. Zwei Körper, vom Wind zusammengefügt.

So sah Katrin sie, aus dem Fenster schauend, und bedeckte den Mund mit beiden Händen, um nur nicht zu schreien, um sie und sich selbst nicht zu verraten.

25.

Jens hatte noch nie eine solche Dunkelheit erlebt. Lediglich ein Blitz und blendend weißer Wellenschaum erleuchteten ihm den Weg zu Julias Haus. Sollte er von einer Windböe erfasst und ins brodelnde Meer geworfen werden, würde niemand seine Schreie hören, niemand. Er entfernte sich vom offenen, steil abfallenden Rand des Pfades auf der linken Seite, so weit es ging, berührte mit der rechten Hand ununterbrochen Büsche und Sträucher, als wollte er sich daran festhalten. Bei Julia angekommen, klopfte er entschlossen, obwohl er kein Licht drinnen sah, nicht einmal eine Kerze.

Julia machte auf, ihr Gesicht blass in der Schattenlosigkeit des Abends. »Jens! Kommen Sie doch rein«, sagte sie überrascht, ließ Jens durch. Am Tisch in der Wohnküche saß Toma, sie waren beim Essen. »Setzen Sie sich zu uns, essen Sie etwas, es gibt genug für alle.« Toma stand auf, holte noch einen Teller, auch wenn Jens protestierte, meinte, er habe schon gegessen. »Aber das riecht köstlich, ich kann nicht Nein sagen, ich setze mich zu Ihnen, obwohl ich eigentlich zu Lisa wollte, sie hat es nicht gut aufgenommen, dass ihr alter Herr einfach so aufgetaucht ist, das hätte ich nicht tun dürfen, sie so zu überraschen, wie konnte ich mich so irren, das verstehe ich nicht, am Telefon war sie doch so lieb, meinte, sie würde mich vermissen und die Leute wären schwierig und manche sogar gemein ... ich musste doch kommen, oder?« Das war keine rhetorische Frage, Jens sah Julia und Toma mit großen Augen an, sodass es Julia warm ums Herz wurde und Toma den Blick abwenden musste. »Man muss tun, was man tun muss«, murmelte er in den Teller hinein, gabelte dann ein größeres Stück Fleisch auf und kaute ausgiebig daran.

»Sie wird sich beruhigen, sie war nur überrascht, und es war ihr vielleicht ein wenig unangenehm vor den anderen, sie ist die Jüngste, das ist immer schwierig«, tröstete Julia den unglücklichen Vater und dachte daran, dass weder Toma noch sie Eltern waren. Plötzlich fand sie das sehr traurig. Die Fensterläden erzitterten unter einem besonders lauten und kräftigen Windschlag, Jens fuhr hoch, sah sich unsicher um.

»Es passiert nichts, keine Bange«, sagte Toma, sein Blick wanderte vom ungeladenen Gast zu Julia, von der pfeifenden Tür zu den klopfenden Fensterscheiben. Schon lange hatte es so einen Sturm nicht mehr gegeben. Die Boote machten ihm ein wenig Sorge. Dann sah er wieder zu Julia, und alles andere wurde nebensächlich. Diva stupste ihn am Bein an, wollte auch etwas von seinem Teller haben.

»Gib ihr nichts, sie hatte genug und raus will sie nicht ... ja, von dir rede ich, du Lump du, ein Angsthase bist du, ein richtiger Angsthase, meine Süße.« Julia beugte sich zu Diva, streichelte und kraulte sie hinter den Ohren, Diva freute sich, bellte kurz, drehte dann ein paar Kreise um sich selbst und hielt wieder bei Tomas Beinen. »Du hast gehört, es gibt nichts mehr.«

Diva ließ die Zunge hängen, dann gähnte sie und zog sich in ihr Körbchen zurück. Julia verfolgte das mit großem Vergnügen.

»Ein gut erzogener Hund«, sagte Jens, von seinem Kummer abgelenkt.

»Es gibt nur uns hier«, erwiderte Julia, als wäre die Abgeschiedenheit eine Antwort auf alles.

»Und ich dachte, es sei der Wind«, zog Toma sie auf. Julia lächelte ihn lediglich an, hob die Schultern, als wollte sie sagen, darüber streite ich nicht mit dir, ich weiß, was ich weiß, und du solltest es eigentlich auch wissen. Toma legte seine Hand auf ihre. Jens beobachtete das alles und wurde neidisch.

»Wieso ist Ihre Frau nicht mitgekommen?« Diese Frage kam so unerwartet, dass Jens' Mund offen blieb. Toma und Julia schauten ihn erwartungsvoll an, vor allem Tomas Blick war intensiv, sogar herausfordernd.

»Meine Frau? Wie kommen Sie denn darauf?« Jens stammelte und stotterte, und mit jeder Sekunde fühlte er sich seltsamer, lächerlicher.

»Na, weil Sie eine Tochter haben, dachte ich, sie hat sicher eine Mutter, oder nicht?«

Jens ertrug Julias Blick nicht mehr länger und senkte den Kopf, in dem alles durcheinandergeraten war, die sinnvollen Gedanken die Flucht ergriffen hatten und die sinnlosen einen wilden Tanz vollführten. Sturm draußen, Sturm drinnen. Nur der Grund dafür war Jens unerklärlich. »Ja, ich bin verheiratet, natürlich, meine Frau ist zu Hause geblieben, in Köln, natürlich, Anne heißt sie, meine Frau, sie ist Ärztin, wir sind, ja, natürlich hat Lisa eine Mutter, wir sind verheiratet, Anne und ich natürlich ...«

Jens tat Toma allmählich leid.

»Das ist doch schön.« Toma hätte nicht sagen können, ob Julia tatsächlich nicht verstanden hatte oder ob sie nur so tat als ob. »Und sie konnte nicht kommen?«, bohrte Julia weiter, was nicht ihre Art war, Toma wunderte sich, fragte sich, ob das auch der Wind sei.

»Sie ist Ärztin und sehr beschäftigt, sie ist nicht so flexibel wie ein Fernsehproduzent, nicht wahr? Nicht so leicht entbehrlich, oder?« Jens sah Julia und Toma an, seine Augen, sein Lächeln, sogar seine Hände hungrig nach einem heftigen Einspruch, mit oder ohne Euer Ehren.

»Sie stehen sich sehr nah, Sie und Ihre Tochter, das ist doch schön.«

»Ja, das ist wunderbar, wir waren schon immer ein Team, ich habe sie immer mitgenommen, ins Studio oder in die Redaktion, sie war immer dabei, wir ... wir verstehen uns ohne viele Worte.« Jetzt strahlte sein Gesicht, und es war Julias Augenblick, neidisch zu sein. »Und deswegen musste ich ja kommen, ich habe gespürt, dass etwas nicht stimmt, dieser Junge, dieser Michael, wie ist der so?«

Julia und Toma wechselten Blicke, und keiner wollte die schlechte Nachricht überbringen.

»So schlimm?« Jens stand auf, sah sie aus der Vogelperspektive an, als wäre es ihre Schuld gewesen. Als hätte er ihnen persönlich das Wertvollste anvertraut, und sie hätten gnadenlos versagt.

»Ach, das ist Kinderkram! Da sind zwei Mädchen in denselben Jungen verliebt, und schon gibt es Tränen, das ist nichts.« Julia versuchte zu schlichten, wo nichts zu schlichten war.

»Mein Mädchen weint, und Sie nennen das Kinderkram, für Sie ist das nichts?« Jens wurde sehr laut, was nichts mit dem ohrenbetäubenden Sturm zu tun hatte.

»Wo haben Sie Ihren neuen Freund gelassen?« Toma versuchte abzulenken. Jens sah ihn fassungslos an. »Simon. Wo ist Simon?«

Jens winkte ab. »Bei seinem Freund, glaube ich, er wollte sich versöhnen, er war so unglücklich, ich habe schon gedacht, ich würde ihn die ganze Nacht trösten müssen ... natürlich nicht so, Sie verstehen ...« Plötzlich war die Luft aus Jens heraus, er setzte sich wieder und betrachtete seine Hände. Julia dachte, da musste sich doch ein Geheimnis verbergen, da zwischen seinen langen Fingern. Als wäre *er* Chirurg und nicht seine Frau. Und plötzlich war die Erkenntnis da, dass alles möglich und wie selbstverständlich war, dass sie Jens geküsst hätte, irgendwann in den kommenden Tagen, seine langen Finger wahrscheinlich auch, wäre er nicht verheiratet, gäbe es Toma nicht. Endlich. Würde sie Toma nicht lieben.

Der Wind. Der Wind schlug rücksichtslos um sich, und niemand blieb verschont.

26.

»Was ist mit Stefan los?«, fragte Anton, während er mit seinem Blick verfolgte, wie Stefan im Schlafzimmer verschwand. Die Tür ging zu, ohne Knall. Und dennoch fuhr Anton zusammen.

»Der Sturm nimmt ihn mit, ich weiß nicht, er sagt nicht viel, schreibt aber wie verrückt.« Barbara starrte auf die geschlossene Tür ihres Zimmers und fühlte sich nicht wohl.

»Ein neues Stück?« Langsam drehte Anton sich zu ihr, die Augen voller freudiger Erwartungen.

»Ich weiß nicht, ich glaube nicht, sieht nicht so aus, eher Beschreibungen, Eindrücke. Ich weiß es nicht.«

Enttäuscht langte Anton nach seinem Glas und trank es leer. Dann schwiegen sie, ohne sich anzusehen. Katrin stand am Fenster, Lisa verabschiedete sich. »Aber es ist noch zu früh zum Schlafen«, protestierte Nikola, sprang vom Sofa auf und eilte zu ihr, nahm ihre Hand, flüsterte ihr etwas ins Ohr, worauf Lisa lediglich den Kopf schüttelte und sich die Augen abwischte. Dann ging sie in ihr Zimmer. Nikola folgte ihr. Katrin stöhnte, widmete sich aber gleich wieder dem Fenster und der undurchschaubaren Schwärze da draußen, auf der Terrasse.

»Was machst du, Katrin? Man kann doch nichts sehen«, sagte Barbara irritiert, sich dessen bewusst, dass sie lediglich nach einer Ablenkung suchte. Katrin antwortete nicht, blieb dem Fenster treu. Ihre langen, langen Haare.

Anton zuckte die Achseln und schenkte sich Wein nach. »Willst du auch?«

»Nein, mir ist schon so schwindlig, ein wenig übel sogar.«

Anton sah Barbara an. »Du bist doch nicht schwanger, oder?«

»Natürlich nicht, wo denkst du hin!«

»Du willst gar nicht wissen, wo ich hindenke, also frag nicht«, meinte Anton geheimnisvoll und spielte mit seinem vollen Glas.

Barbaras Blick wanderte wieder zu Katrin, aber sie sagte nichts.

»Lass sie, sie hat es nicht leicht«, Anton nahm einen großen Schluck.

»Ach ja, und was soll mit ihr sein, wenn ich fragen darf?«

Anton sah sie ruhig an. »Warum gehst du nicht zu Stefan, redest mit ihm? Irgendwas ist mit unserem Dichter ...«

»Ich bin nicht seine Mutter.«

»Und ich nicht dein Vater! Was ist in dich gefahren?« Anton stand auf und ging zur Couch, setzte sich hin und schloss die Augen. Barbara saß noch eine Weile da, allein, dann verschwand sie wie ihr eigener Schatten in ihrem Zimmer.

In Stefans Zimmer. Er lag auf dem Bett, betrachtete eingehend und sehr konzentriert die Decke. Kein Anzeichen, dass er Barbaras Anwesenheit wahrgenommen hatte. Sie zögerte einen Augenblick, dann legte sie sich zu ihm aufs Bett, angezogen, nur die Turnschuhe hatte sie abgestreift und unordentlich neben dem Bett liegen lassen. Nach einiger Zeit nahm Barbara Stefans Hand, schob ihre Finger zwischen seine, dachte, jetzt müsste er etwas sagen, jetzt könnte er sie nicht mehr ignorieren. Aber nichts geschah. Und Barbara, die nie weinte, spürte, wie ihre Wangen feucht wurden. »Ich weine, Stefan, schau mal, ich weine tatsächlich«, leise, leise sprach sie zu ihm, als würde sie ein Gute-Nacht-Lied singen. »Und es ist nicht das Meer«, fügte sie hinzu, als wollte sie sich über sich selbst lustig machen. Alles, alles, um Stefan aus dieser Starre herauszuholen. Sie richtete sich leicht auf, stützte sich auf einen Ellenbogen und sah Stefan direkt an, in die Augen, die sie nicht wahrnahmen. Barbara hatte schon von Menschen gehört, die mit offenen Augen schlafen konnten. Stefan war keiner von ihnen, bis jetzt nicht gewesen. Manchmal genügte ein Sturm, genügten eine entfesselte Windböe und ein paar schaumige Salztropfen, und schon weinte man und schlief mit offenen Augen. Barbara war erschüttert. »Stefan, Liebling, komm zu mir, sieh mich an, ich bin's, Barbara, deine Barbara, was ist los mit dir? Stefan«, leise, leise sprach sie zu ihm, auch die Erschütterung kann leise sein. Ihre Finger streichelten Stefans Wangen, seine Nase, seine Stirn, verweilten kurz auf den Lippen, bevor sie zum Kinn weiterglitten. »Stefan, Stefan, Stefan«, flüsterten ihre wandernden Fingerspitzen.

»Hast du den Block dabei?«, kam plötzlich die Frage, und Stefan richtete sich auf, sah Barbara erwartungsvoll an, endlich sah er sie richtig an, wusste wieder, wer sie war, und Barbara weinte wieder, weinte weiter, auch wenn sie sich andere Worte von ihm wünschte, zärtliche Worte, kritische Worte voller Ironie, von einem Lächeln begleitet, das wärmte und sich gleichzeitig lustig machte.

»Was willst du denn schreiben? Willst du nicht mit mir reden? Lass uns reden, lass uns küssen«, erwiderte Barbara und legte den Kopf auf seine Brust, den Mund.

»Warte, erst muss ich was aufschreiben ... Barbara, lass das jetzt«, er schob sie sanft von sich weg.

»Was ist los mit dir? Was ist passiert?«

»Nichts, was hast du denn? Ich will etwas aufschreiben, bevor ich es vergesse ...«

»So, wie du in den letzten Stunden mich vergessen hast.«

»Wovon redest du?«

Barbara schluchzte.

Stefan stand auf, begann, im Zimmer herumzulaufen, sein Blick suchend, blieb am Fenster stehen. Dunkelheit in der Dunkelheit.

»Stefan?«

Nichts.

Nebenan, in Lisas Zimmer, flossen Worte und Berührungen wie Regentropfen, die lange auf sich hatten warten lassen, der Raum wurde mehrfach vermessen, und eine Frage war immer wieder zu hören, wahrscheinlich, weil die Antwort jedes Mal unbefriedigend ausfiel. »Nein, ich liebe ihn nicht«, behauptete Lisa unsicher, ihre Stimme bebte.

»Aber was ist es dann, wenn nicht Liebe?«

»Ich kenne ihn ja kaum.«

»Das tut nichts zur Sache.«

»Und Katrin ist in ihn verliebt.«

»Das ist keine Bestätigung, kein Grund, das macht es doch nur noch seltsamer.«

Drei Schritte bis zum Schrank, dann nach rechts Richtung Fenster, am Fenster stehen bleiben, in die Finsternis starren, Fingerknöchel knacken lassen. Nikola saß auf dem Boden zwischen den Betten und sah jünger als jung aus, unausgeschlafen, besorgt, als müsste er die Welt retten, wieder einmal. Er beobachtete Lisas weiße Söckchen in Bewegung, als gäbe es die Zeit nicht mehr. Die schien es schon lange nicht mehr zu geben, ihre Beziehung zum Bewusstsein war völlig ver-rückt, alles in der Schwebe.

»Und was ist jetzt mit deinem Vater?«

»Was ist mit ihm?«

»Warum ist er gekommen? Hast du ihn eingeladen?«

»Er ist mein Vater.«

Nikola verstand das, Väter und Töchter, Väter und Söhne, das verstand er alles. Vielleicht war sein Vater auch auf der Suche nach ihm. »Ist er wegen Michael gekommen?« Da sah Lisa ihn an, von oben, von ihrem Platz am Fenster. »Hast du ihm von Michael erzählt?«

Lisa schüttelte den Kopf, um dann sofort zu nicken. Sie wandte den Blick von ihm ab, den ganzen Körper. Schnell öffnete sie die Fensterflügel, die krachten gegen die Wand, und sie platzten hinein, der Wind und das Meer, überschäumten den Holzrahmen und schleuderten Lisa herum, entrissen ihr die Luft, sie fiel auf den Boden unweit von Nikolas Füßen, der Brustkorb tat ihr weh. Gebannt und betört rührte Nikola sich nicht vom Fleck, wie von einer Druckwelle festgenagelt. Das Heulen und das Brüllen erfüllten das Zimmer, als wäre es der Anfang der Zeit, aller Zeit. Dann schrie Lisa, und Nikola schrie auch, warf sich auf Lisa und bedeckte sie vollends mit seinem Körper. Gab ihr einen Kuss auf die Schulter, den Hals, die Hand, das Ohr, auf alles, was sich eben unter seinen Lippen befand. Lisa kämpfte unter Nikolas leichtem Gewicht, drehte und wand sich, bis sein Mund auf ihrem lag und ihre Zunge seinen Zähnen begegnete. Die ewige Lichtlosigkeit. Die Urzeit.

»Seid ihr völlig wahnsinnig geworden?«, schrie Jens in die plötzliche Stille. Er stand neben dem jetzt wieder geschlossenen Fenster – entrüstet, wild im Herzen, eigentlich sprachlos, und beobachtete, wie die beiden auf dem Boden innehielten, auseinanderkamen und aufstanden. Lisa sah ihn unvermittelt an und erwachsen aus. Nikola legte ihr den Arm um die Taille.

»Das ist doch nicht Michael, oder?«

»Nein, das ist Nikola.«

»Geht es hier nicht um Michael?«

»Nicht bei mir.« Dieser Blick zwischen Vater und Tochter, er hatte nichts mit Nikola zu tun, das wusste der junge Mann, wünschte sich für einen kurzen, unvorstellbar kurzen Augenblick, sein Name wäre Michael.

Bald stand auch Katrin an der Tür, sammelte Beweise für und gegen die Liebe. Hinter ihr lugte Anton hervor, ein volles Glas in der Hand, und schmunzelte, als wäre das Ganze eine seiner gelungenen Inszenierungen.

27.

»Ein großes Abendessen! Das ist es!« Julia öffnete schlagartig die Augen, sodass Toma, der sie beim Schlafen beobachtet hatte, erschrak und sich wieder hinlegte. »So viele Menschen und, wie du schon gesagt hast, so viele Konflikte! Man muss sie lediglich an einen Tisch bringen – es gibt nichts, was gute Gesellschaft, gutes Essen und guter Wein nicht lösen können, oder?«

Toma schwieg.

»Wir machen ein Fest für alle, ich koche eine Suppe, du kannst was mit dem Fisch zaubern, ich habe noch Meeresfrüchte in der Tiefkühltruhe, dazu einen Salat mit Feta und Zwiebelringen, ach, das wird einfach köstlich, meinst du nicht? Und als Nachtisch könnte ich Rožata machen, muss aber nachschauen, ob ich genug Eier habe, wenn nicht, dann Pfannkuchen, das hilft immer, das müsste man bei Friedensverhandlungen servieren, da würden die Wichtigtuer, diese Egomanen, bald alles vergessen und den Nutellalöffel schwingen anstatt des Schwertes, was sagst du?«

Toma kannte diese Julia, entschlossen, begeistert, zuversichtlich, also sagte er nichts, aber zustimmend lächeln wollte er auch nicht, denn einverstanden war er nicht.

Julia kannte diesen Toma, zurückhaltend, verschlossen, skeptisch, also gab sie ihm einen Kuss und lächelte stellvertretend. Dann liebten sie sich: Julia dachte nicht an Jens und Toma nicht an Kriegsgeister. Ein Ausbruch der Leidenschaft.

Wie auf der anderen Seite des Fensters. Lautes Stöhnen und wildes Herumwirbeln. Der Sturm war immer noch hungrig, immer noch kraftvoll und entschlossen, alles und alle durcheinanderzubringen, zu entwurzeln, die Innenseite nach außen zu drehen. Wütete und zog sich ständig um, ein Grau in Grau, ein Grau in Schwarz, ein Schwarz in Schwarz. Eine Trostlosigkeit in Aussichtslosigkeit. Sogar die Baumkronen hatten sich verkleidet, und die Blüten wurden entführt oder entfärbt, der Ginster schrie nicht mehr gelb, er hauchte nur noch ab und zu, ungehört, missverstanden. Und Wellen, Wellen, überall Wellen, alles bedeckende, alles verschlingende Wellen.

Michael wachte in Simons Armen auf, in der großen Bucht im Windschatten eines hohen Felsens. Simon schnarchte, aber das machte nichts bei dem Geheule des Meeres und dem Gebrülle des Windes. Michael blieb ruhig liegen, zog lediglich die Decke enger um sich. Die farbliche Eintönigkeit tat ihm gut. Zum ersten Mal seit der Ankunft auf der Insel fühlte er sich entspannt, völlig unbeobachtet und frei. Kein Bedarf für Schauspielerei oder Worte. Als wäre dieser verdammte Wind durch ihn durchgewirbelt und hätte ausgemistet, ihn gereinigt, Ordnung geschaffen. Als hätte ihn in dieser Undurchsichtigkeit und dem dichten Grau die Klarheit erwischt. Als hätte er sich selbst entdeckt, endlich gefunden. Simon bewegte sich, murmelte etwas, drehte sich auf die Seite und schlief weiter. Michael wunderte sich über so viel Beständigkeit. So, als wüsste Simon sogar im Schlaf, was er wollte, wer er und was wichtig im Leben war. Vielleicht lag es am Alter. Vielleicht würde Michael mit Mitte dreißig auch so entschlossen und selbstsicher sein, so bestimmt. Vielleicht würde er auch ungestört mitten im Sturm auf einem Felsen schlafen können, mit fünfunddreißig. Dann fiel ihm Katrin ein. Und Lisa. Und Nikola. Und Anton und Stefans Stück. Und die bevorstehenden Prüfungen. Und so wurde er plötzlich wieder ein ganz normaler Junge, ein Student, ein Schauspieler, ein Mädchenschwarm und ein Männerschwarm, ein verirrter Irrer. Michael setzte sich auf, ließ die Decke hinuntergleiten, den Blick über die Tiefen und Höhen des Meeres wandern, dachte, der flüchtige Augenblick der Durchleuchtung sei schon vorbei, eine Einbildung, lediglich ein Wunsch. Als Simons Hand ihn berührte, hätte er nicht sagen können, wie lange er so gesessen und das Wasser beobachtet hatte. »Du bist noch da«, Simons Stimme ging fast verloren. Michael drehte sich zu ihm um, sah ihn ernst an, sein zerknittertes Gesicht, die vielen feinen Fältchen um die Augen und den Mund. Er spürte etwas, etwas regte sich in ihm, aber ob das Liebe war, die Liebe, die Simon sich wünschte, das wusste er nicht. Eine weitere aufdringliche Windböe durchwehte seinen Kopf, er musste die Augen schließen.

»Michael?«

Michael nickte.

»Ist jetzt wieder alles in Ordnung, alles klar mit uns?«

Michael nickte, und Simon verstand, dass dieses Nicken nichts bedeutete. Es hätte auch der Wind sein können, so ein Nicken war das. Er setzte sich auf, ihre Schultern ruhten kraftlos aneinander wie zwei müde Kinder nach einem verspielten Tag.

»Bleibst du jetzt hier?«, schrie Michael in die herumtollende Luft.

Simon starrte vor sich hin, konnte sich nicht mehr daran erinnern, wann er angekommen war, wie lange er schon hier weilte, eine Ewigkeit, so kam es ihm vor. Und es kam ihm so vor, als hätte er im Leben nie etwas anderes gesehen und gehört als dieses Meer und diesen Sturm. Er fühlte sich schlapp. Plötzlich störte ihn die Enge seines Pullovers an den Handgelenken, er fing an, daran zu ziehen und zu dehnen, bald würde der Stoff reißen, aber nicht früh genug, er bekam keine Luft, keine Luft mehr.

»Was hast du?«

Simon zog an seinen Ärmeln, seine Augen tränten, es hätte aber auch der Wind sein können. »Nur ein Gott ist allgegenwärtig. Ich bin keiner. Nur ein Gott sieht und hört alles. Ich kann das nicht. Nur ein Gott kann deine Gedanken und Gefühle lesen wie in einem Buch in Großdruck. Nur ein Gott ... Ich bin keiner«, schrie er außer Atem.

Michael umarmte ihn, küsste seine Wange, aber Simon fuchtelte weiter herum, erst als Michael seine zitternden Lippen berührte, hörte er auf, beruhigte sich augenblicklich, erstarrte und ließ sich küssen, Mund zu Mund beatmen.

»Ich bleibe, so lange du willst«, und dann kreischte eine Möwe, der Schrei ging ihnen beiden durch Mark und Bein und Arm und Kopf, und auch andere Organe wurden getroffen.

»Als wir ankamen, fiel ein toter Vogel auf unsere Haube.«

Katrin, die oben am Weg stand, der Möwe mit dem Blick folgte, sahen Michael und Simon nicht. Katrin rief, Worte, verschluckt vom Toben des Sturmes. Sie hielt sich an dem Busch vor ihr fest, ging sogar ein wenig in die Hocke. Aber es blieb ihr nichts anderes übrig, als weiterzugehen, so weit zu gehen, bis Michael sie sah. Während sie sehr vorsichtig und äußerst zaghaft vorankam, dachte sie an das leere Zimmer im Haus, das Zimmer, in dem Michael hätte schlafen sollen, das war sein Platz. In ihrer Nähe, ihr Bett stand an der trennenden Wand, die sie zusammenbringen würde. Leer. Wo Anton die Nacht verbracht hatte, wusste sie nicht, es war ihr auch egal. Völlig leer. Aber sich auf die Suche nach ihm zu machen, hätte sie sich nicht getraut, hätte Anton sie nicht geschickt, er wollte proben, er konnte keine Zeit mehr verlieren, sie alle durften keine Zeit mehr vergeuden. Michael hörte sie nicht, Katrin schien es, als weigerte er sich, sie wahrzunehmen. Er klebte am Gesicht dieses Mannes, Katrin tat es weh, hinzuschauen, sie freute sich plötzlich über den Wind, der ihr die Haare über die Augen legte. Sie stolperte, schrie leicht auf, stolperte noch einmal. Und immer noch küsste Michael diesen Mann, und Katrin ging es nicht gut, ihr wurde übel, noch ein Blick, und sie würde sich übergeben müssen. Noch eine Berührung und ... Eine starke Windböe erwischte sie seitlich, und Katrin taumelte, fiel auf die Knie, aber statt gleich aufzustehen, legte sie sich hin, auf die erdigen Steine, die sich stumm und schmerzhaft in ihre Haut bohrten. Sie weinte. Sie heulte laut und weltbewegend, und niemand hörte es. Der Staub saugte durstig ihre Tränen ein, konnte nicht genug davon haben. Eine zweite Möwe kreischte über dem Meer, ganz nahe, vielleicht war es auch dieselbe. Katrin schloss die Augen. Wäre die trockene Erde nicht so fordernd gewesen, hätte sie sich entspannen und einschlafen können. Wären die kleinen und die großen Steine nicht so gierig nach ihrer Haut, nach einer Vereinigung mit ihr gewesen, hätte sie für immer dort bleiben können, so merkwürdig verrenkt, so nutzlos vor sich hin wimmernd.

»Katrin?«

Katrin sah nicht hoch. Sie blieb der Erde, dem Staub, den Steinen treu.

»Anton sucht dich, wir wollen proben.«

Zu zweit gingen sie zum Haus, nachdem Katrin die Hilfe der beiden Männer abgelehnt, sich allein erhoben und Simon sich mit den Worten »Ich werde duschen und mich umziehen« verabschiedet hatte. Katrin klopfte sich nicht einmal ab, sie vertraute auf den Wind und seine reinigende Kraft.

Verwirrt und verletzlich gingen Katrin und Michael zum Haus. Den ersten kleinen Windschatten nutzte Katrin aus: »Was ist zwischen euch passiert? Wer ist er eigentlich? Bleibt er jetzt auch hier?« Und Michael wartete, bis sie den Windschatten verließen, um weiter zu schweigen. Er stieg vor Katrin den schmalen Weg hinauf, sie zupfte an seinem Hemdsaum, der ihm aus der Jeans heraushing. »Rede mit mir!« Katrin schrie. Wegen des Windes, des Meeres, der Verzweiflung, der Ohnmacht, der Aussichtslosigkeit. Michael ließ sich nicht anhalten, nicht einwickeln in die Liebesvorstellungen einer Frau, die um Zuneigung bettelte, die etwas von ihm wünschte, das er nicht geben konnte, das ihn nur daran erinnerte, immer wieder erinnerte, was ihm fehlte, wie groß sein Loch war. Er sah ihre Tränen nicht, und hätte er sie auch gesehen, hätte er gedacht, das sei das Meer gewesen. Michael war der Meinung, man sollte sich das Leben immer so einfach wie möglich machen. Katrin rannte beinahe, Michaels Schritte waren entschlossen und lang, sie hatten keine Angst vor dem Sturm, vor der Beharrlichkeit des Windes. Katrin rief Michael hinterher. Sie langte nach ihm und stolperte. Wie weich und warm und fürsorglich fühlte sich die dunkelbraune Erde an. Katrin blieb liegen. Blind, hörte die Wellen schäumen vor Wut oder Leidenschaft, Katrin war es egal. Dann berührte eine sanfte Hand ihre Schulter, ihre Haare, sie musste an einen Engel denken.

»Katrin, was machst du für Sachen«, sagte Michael, aber ganz leise, kaum hörbar, und zärtlich, ohne Irritation, ohne Vorwürfe. Und dennoch antwortete Katrin nicht, nicht einmal den Kopf hob sie, genoss seine Berührung, entschlossen, alles zu tun, um ihn zu bekommen. Und diese Hand, diese Stimme. »Du musst dich zusammenreißen, Katrin, hörst du mich, zusammenreißen, so geht das nicht mehr weiter.« Seine Finger streichelten jetzt über ihre Wange, sie schoben ihre Haare zur Seite, weg von ihrer Stirn, ihrem Mund, sie fassten sie am Kinn und hoben ihren Kopf, Katrin musste ihn ansehen. Wie lange, das hätte nur eine tickende Uhr sagen können. »Irgendwas ist mit dir, etwas ist anders ...« Es geschah dann, was nicht geschehen musste, und nicht nur das Meer war Zeuge. Katrin und Michael küssten einander, leicht, zaghaft und duftig. Als dann das Atmen schwerfiel, wurden die Lippen forscher, gewagter, fordernder, sodass sie bald beide auf dem Boden lagen, in der trockenen Erde ihre Körperabdrücke hinterließen.

»Michael.«

»Sag nichts.«

Also.

28.

Währenddessen hinterließ der Wind salzige Spuren in den Räumen, runde Flecken und weiße Fäden. Und das nach nur anderthalb Tagen. Barbara tat ihr Bestes, alles abzuwischen, sie konnte das sanfte Knackgeräusch, das die Füße beim Gehen machten, nicht ertragen. Als sie eben fertig war, erschien Anton an der Terrassentür, und mit ihm ein neuer weißer Schleier, üppig und bodenlang.

»Mach doch die Tür zu!«, schrie Barbara ihn an.

Anton schaute sie aus kleinen, geröteten Augen an, die schon bessere Nächte gekannt hatten. Ohne sich aus der phlegmatischen Ruhe bringen zu lassen, betrat er den Raum und schloss die Tür, versperrte dem Salz und dem Wind und dem Geheule nur scheinbar den Weg. Er ging ohne Umschweife zum Küchenschrank und holte die angebrochene Flasche Wein heraus. Barbara beobachtete ihn beim Einschenken.

»Das ist doch nicht dein Ernst, oder?«

Anton stellte das Glas zwischen ihnen auf den Tisch und ließ die Worte daran abprallen. Barbara schüttelte den Kopf.

»Ich dachte, ihr wollt proben ... Hast du nicht Katrin auf die Suche nach Michael geschickt?«

Anton zuckte mit den Achseln, sehr langsam, achtsam, als würde er Dehnübungen machen. Er setzte sich an den Tisch, auf den Stuhl, den man schon als Antons Stuhl bezeichnete. Den Kopf zum Glas geneigt, liebevoll und Treue versprechend.

»Ich wusste ja gar nicht, dass du trinkst«, sagte Barbara leise, als würde sie mit sich selbst reden, sie klang ehrlich überrascht. Anton sagte nichts, unnahbar wie eh und je. Lange sagte niemand etwas, bis eine der Zimmertüren aufging und Stefan sein schlafwandlerisches Gesicht zeigte.

»Stefan.« Ein Ausruf, der keiner war, ein Ausruf zwischen Frage und Freude und Ungläubigkeit und Selbstverständlichkeit. Anton hob nur kurz den Kopf, nickte einmal, zweimal, ließ es dann sein. Stefan machte unsichere Schritte, wie ein Einjähriges, wie ein Betrunkener, wie ein Bettlägeriger, kam zum Tisch, stützte sich ab, sah blind um sich. Barbara war mit einem Schritt bei ihm, legte ihm den Arm um die Taille. Stefan drehte den Kopf zu ihr, lächelte nicht, setzte sich auf den Stuhl, den Barbara ihm anbot.

»Wie geht es dir? Konntest du doch ein wenig schlafen?« Barbara ging in die Hocke, legte die Arme auf seine Oberschenkel, ihr Blick flehend. Und dann wieder dieses Schweigen, das Nichts versprach, im Unterschied zum Wind und dem Meer da draußen. Die drei wie ein Tableau.

So erwischte Nikola sie, der aus Antons und Michaels Zimmer kam, sich am Kopf kratzte, seine grünen Augen fast durchsichtig, wässrig, als hätte er die Nacht unter den Wellen verbracht. »Was ist mit euch los?«

Anton ignorierte ihn, Stefan sowieso, Barbara schenkte ihm ein bemühtes Lächeln, abwesend. Nikola ging in die Küche, holte Saft aus dem Kühlschrank und trank direkt aus der Flasche. Barbara sah es, sagte aber nichts, als wäre ihr klar geworden, dass sie mit ihren Kräften besser haushalten sollte, wer wusste schon, wie lange dieser Jugo herumtoben wollte, und zwar ohne einen einzigen Tropfen Regen, ohne Rettung, ohne Erleichterung, ohne Erlösung. Julia hätte es wissen können, Toma hätte es wissen können, Nikola womöglich auch, taten sie aber nicht.

Barbara richtete sich auf und ging zu Nikola, fing an, Gläser und Tassen und Schalen umzuräumen, sinnlos und übertrieben. Nikola sah ihr dabei zu, stellte aber keine Fragen, lehnte sich an die Spüle, verschränkte die Arme auf der Brust.

»Anton trinkt«, flüsterte Barbara irgendwann, mitten in einer Wischbewegung. »Und er schläft nicht, ich mach mir große Sorgen«, sie rückte noch ein paar Untertassen hin und her. »Das ist so wichtig für ihn, er muss das hier schaffen, wir müssen ihm helfen, alleine ... das wird nichts, sonst«, wischwisch rückrück. »Bist du dabei, wirst du mir helfen?« Keine Antwort. »Bitte, wir müssen alle zusammenhalten, sonst«, plötzlich blieb sie stehen, in jeder Hand ein Glas. »Das habe ich mir nicht so vorgestellt.«

Nikola nahm sie in den Arm, fühlte die Entspannung, die ihren Körper plötzlich durchströmte, sie legte den Kopf an seine Schulter, die Gläser in den Händen. »Was soll ich machen?« Nikola flüsterte auch, das gefiel ihm, das kannte er gut, Verschwiegenheit, Geheimnisse waren sein zweites Zuhause.

»Du könntest auf sie aufpassen, wenn ich nicht da bin, zwei Paar Augen sehen mehr als ...«

»Sie? Auf sie? Wer ist ›sie‹?«

Barbara sagte nichts, vergrub das Gesicht noch tiefer in Nikolas T-Shirt, das nach Schlaf und unerfülltem Verlangen roch.

»Was ist los mit Stefan? Ist er krank oder was?«

An der Stelle, wo Barbaras geschlossene Augen Nikolas T-Shirt berührten, entstand ein feuchter Fleck, der immer nasser und breiter wurde.

»Ist in Ordnung, du musst nichts sagen, ich helfe dir schon, ich bin für dich da, mach dir keinen Kopf, das wird schon alles, du kannst mir glauben, mir kannst du vertrauen, ich lasse dich nicht im Stich ...«

Lisa erschien an ihrer Zimmertür, das Gesicht zerknittert, Hand- und Haarsträhnenspuren, da, wo im Schlaf die eine oder die andere Hand oder Haarsträhne zwischen das Kissen und das Gesicht geraten war. Ihr getrübter Blick blieb an der Umarmung hängen, an Nikolas Mund ganz nahe an Barbaras Haaren, an Nikolas Händen auf Barbaras Rücken, und wurde noch verwischter. Lisa blieb an der Tür stehen.

»Na endlich!«, rief plötzlich Anton, stand mit einem Ruck auf, schmiss den Stuhl um und musste sich an der Tischplatte festhalten. »Du lässt aber auch auf dich warten! Was denkst du dir denn, dass du ein Star bist, Marilyn Monroe oder was meinst du? Hol deinen Text und komm her, wir haben keine Zeit zu verlieren, wie stellst du dir das vor?!« Anton wedelte mit dem Arm, mit dem er sich nicht abgestützt hatte, der Kopf wackelte, aber die Worte waren klar und deutlich gesprochen, auch wenn sie keinen Sinn ergaben. Alle wurden wach, Antons Worte wie eine kalte Dusche. Stefan richtete sich auf in seinem Stuhl, seine Körperspannung verriet, dass er wusste, wer und wo er war. Barbara löste sich aus Nikolas Umarmung, stellte die Gläser ab, fuhr sich durch die Haare. Nikola, verlassen, ging auf Lisa zu, die ihn nicht mehr ansah, die niemanden ansah, die an der Türschwelle lautlos weinte. Anton trennte sich vom Tisch, es war nicht einfach, aber er tat es dennoch, er stellte sich in die Mitte des Raumes und holte tief Luft. Gleichzeitig ging die Eingangstür auf, Katrin und Michael lachten herein, brachten alles durcheinander, das Bild und die Absichten.

»Was ist hier los? Ist jemand gestorben?« Aber nur Katrin fand das lustig. Michael betrat den Wohnraum, ließ Katrin die Tür schließen. »Was habt ihr? Was steht ihr da wie vom Salz getroffen?« Michael sah Katrin an, zwinkerte ihr zu, sie senkte den Blick, wurde rot. »Da lasse ich euch eine Nacht allein, und schon bricht alles zusammen.« Michaels selbstgefällige gute Laune brachte niemanden zum Reden, ganz im Gegenteil. »Ich hab gehört, ihr wollt ein Stück auf die Beine bringen und braucht mich, also, da bin ich, Leute, carpe diem, oder noch besser: carpe Michael!«

Niemand lachte, nicht einmal Katrin. Sie erfasste in der Zwischenzeit die Lage, sie wurde sich der Menschen um sich herum plötzlich sehr bewusst. Katrin spürte ganz deutlich die Abwesenheit des Regens. »Michael, hör auf«, sagte sie leise, ohne Vorwurf. Er drehte sich zu ihr, betrachtete sie kurz eingehend, dann schüttelte er gelangweilt den Kopf. »Vor fünfzehn Minuten hast du mir viel besser gefallen, vor einer halben Stunde sogar noch mehr«, er grinste. Katrin errötete wieder, ließ seinen Blick allein im Raum stehen und ging auf die anderen zu.

Auf Anton, die leere Weinflasche. Als Anton sie sah, sie wahrnahm, platzte etwas in ihm, als wäre Katrin der sprichwörtliche Tropfen, er fing wieder an zu toben: »Na endlich, was glaubst du, wer du bist, dass du uns so warten lässt, Marilyn Monroe, oder was? Wir haben zu tun, und wenn du dich nicht benehmen kannst, dann kannst du deine Koffer packen, ich werde dich im Nu ersetzen, das ist kein Problem, denk nur nicht, du kannst so mit mir umgehen, deine Spielchen spielen, dafür hast du doch deine Männer, kannst dich wohl nicht entscheiden, dein Privatleben ist dein Privatleben und darf meine Arbeit nicht stören, hast du verstanden, du verzogenes Kind?«

Katrin sah sich hilfesuchend um, verständnisloses Schulterzucken war die einzige Antwort. Sie setzte sich auf die Bank an den Tisch, blickte demonstrativ zum Fenster. Michael ging in die Küche, vorbei an Nikola und Lisa, grinste sie an, zwinkerte ihnen sogar zu, seine langen dichten Wimpern, seine Augenbrauen, sein ganzes Gesicht weißlich vom Salz.

»Alle hierher! Jetzt wird geprobt!« Anton nahm wieder Platz, wunderte sich über das leere Glas vor ihm, die leere Flasche. »Stefan, du bleibst, du wirst gebraucht«, sagte er laut, als wäre Stefan in einem anderen Raum oder als hätte er aufstehen wollen. Als die Schauspieler schließlich alle am Tisch saßen und Barbara und Nikola auf der Couch, konnte die Probe endlich anfangen. »Ich will, dass wir uns dem Ende widmen, so werdet ihr leichter alles davor verstehen, die Entwicklung nachvollziehen können, diesen Übergang von der Leichtigkeit und der Aufregung des Unbekannten zur Sehnsucht nach der Normalität, dem Alltag, der Sicherheit und Geborgenheit via Tragödie«, sagte Anton, viel ruhiger, viel mehr Anton, völlig in seinem Element, plötzlich groß, noch größer, klug und beeindruckend. Wer versuchte zu verstehen, scheiterte mit Auszeichnung.

Aber kaum hatte Anton den Satz zu Ende gesprochen, klopfte es an der Tür, und Julia kam herein. »Störe ich?«, fragte sie jovial und umfasste alle mit ihrem Blick. Stimmen murmelten »Guten Morgen« und »Nein, natürlich nicht« durcheinander. Julia nickte zufrieden. »Ich komme nur, um euch für heute Abend zum Essen bei mir einzuladen, ich wünsche mir, dass wir uns alle zusammen an den Tisch setzen, das brauchen wir, wir müssen dem verrückten Jugo die Stirn bieten.« Sie lächelte entschlossen. »Toma und ich werden kochen, seid bitte pünktlich um sechs da.« Sie nickte noch einmal, und schon war sie aus der Tür.

Stille herrschte. Dann stürmte Anton Julia hinterher, nahm den Übergang und die auf dem Weg dahin liegende Tragödie mit, hinterließ Verständnislosigkeit. Nichts ergab einen Sinn, und nichts passte zusammen. Alles vergeblich.

29.

Anton sah Julias Silhouette vor sich im dunkelgrauen Himmelblei. Sie ging nicht zu ihrem Haus, sie war auf dem Weg zur großen Bucht, so schien es Anton. Er eilte ihr nach, rief laut und ungeduldig: »Julia! Warte auf mich!« Julia blieb nicht stehen, sie hörte ihn nicht, der Wind raste zwischen ihnen, als wäre seine einzige Daseinsberechtigung, sie zu trennen. »Julia!« Anton rannte jetzt, streckte die Arme nach vorne, als wollte er sie fangen. Er berührte ihren Oberarm, und Julia schrie auf, erschrocken, wortlos. »Julia!« Anton fasste sie an beiden Schultern, drehte sie ganz zu sich, ließ den Kopf hängen und atmete schwer. Julia rührte sich nicht, streifte seine Hände nicht ab. Sie beobachtete ihn beim Zu-sich-Kommen. »Julia«, sagte Anton noch einmal, entspannter, sodass es sogar erwachsen klang, nicht mehr wie ein Kinderschrei. »Ich muss dir etwas sagen.« Er sah sie immer noch nicht an, konnte nicht sehen, wie Julia neckisch die Augenbrauen hob. »Ich muss dich etwas fragen.« Und dann nichts mehr.

»Ja was nun, fragen oder sagen?« Julia schaute sich um, sie standen am tiefsten und dadurch relativ gut geschützten Punkt der Bucht, an jedem Ende ein Haus, Tomas Haus und ihr Gästehaus. Sogar in diesem Wahnsinn vom Sturm fand sie den Anblick wunderschön. Sie lächelte.

Anton beobachtete sie jetzt. »Lachst du mich aus?«

Julia lachte aus vollem Hals, dann hörte sie jäh auf. »Nein, natürlich nicht, warum sollte ich? Ich habe die Natur bewundert. Schau mal!« Sie machte eine ausladende Geste, Anton folgte ihr. »Siehst du sie?«

»Was denn?«

»Diese überwältigende Schönheit.«

»Wild und gefährlich ist das, das ist alles«, sagte Anton schroff, ein wenig beleidigt.

»Es ist einmalig, größer als alles, was der Mensch kennt.«

Unüberlegt und unerwartet presste Anton Julia an sich, fasste ihr ins Haar und zog daran, sodass er ihr direkt ins Gesicht sehen konnte, in ihre ängstlichen Augen. Er küsste sie. Er tat es mit der Vehemenz eines Mannes, der seit Tagen darauf wartet, davon träumt, das Bild und das Gefühl mit sich herumschleppt, wirklicher als die Wirklichkeit. Ein Lippenbiss weckte ihn auf. Eine Ohrfeige als Zugabe. Er schrie auf vor Schmerz und wich einige Schritte zurück.

»Deine Lippe blutet«, sagte Julia, streckte die Hand nach ihm aus, nach seinem Mund. Anton ergriff sie, bevor sie ihn erreichte, zog Julia wieder an sich, verschmierte ihren Mund mit seinem Blut. Als er aber spürte, wie ihr Körper haltlos wurde, kraftlos und schwer, ließ er sie plötzlich los, stieß sie sogar von sich weg, sagte nicht »Entschuldige«, sagte gar nichts, sah sie lediglich an, als hätte sie ihn betrogen, ihm irreführende Versprechungen gegeben.

Julia fühlte wieder den Wind um sich herum, in den Haaren, zwischen den Fingern. Ihre Lippen taten weh, sie legte die Hand darauf. Julia und Anton hörten dem Wind zu, dem Meer, den Wellen, den Felsen unter sich, die abwechselnd heulten und sangen. Der erdige Staub flog herum, traf auf das feuchte Salz und blieb auf der Haut, auf der Kleidung kleben.

»Ich muss weiter«, sagte Julia und rührte sich nicht. Anton traute sich endlich, sie wieder anzusehen, nickte nichtssagend, und als sie den ersten Schritt weg von ihm machte, folgte er ihr. »Wo willst du denn hin?« Anton hob die Schultern und ließ sie abrupt wieder fallen. »Geh zurück, mach dein Ding und lass uns das vergessen. Du weißt ja noch, wozu du hier bist?« Julia ging weiter, sie schritt entschlossen gegen den Wind. Anton auch. Sie drehte sich nur noch einmal um, schüttelte verzweifelt den Kopf, ging weiter.

Auf der Terrasse vor Tomas Haus stand Jens, die Hände in den Jeanstaschen zu Fäusten geballt, lehnte an der Steinsäule, als hätte er nichts gesehen, als wäre nichts. Julia winkte ihm zu, versuchte ein Lächeln und blieb auf der untersten Treppe stehen. Jens kam ihr entgegen, sein Blick auf Anton gerichtet. Anton kümmerte sich nicht darum, hatte nicht das Gefühl, er wäre in Gefahr, also stellte er sich neben Julia, als wären sie ein Paar, als wären sie zusammen gekommen. Und so traf Jens' Schlag ihn unvorbereitet. Er fiel zu Boden, tonlos. Julia betrachtete das wie in einem Traum. Jens jammerte und wedelte mit seiner verletzten Hand, Anton lag auf den Steinplatten und bewegte sich nicht.

»Was ist denn hier los?«, fragte Simon. Geduscht und umgezogen stand er an der Haustür. Er bekam keine Antwort. Nach einer Weile, in der sich am Bild nichts geändert hatte, ging er auf Anton zu, hockte sich neben ihn, sah in seine weit aufgerissenen Augen, spürte seinen Atem, atmete auf. »Was ist in dich gefahren?!« Simon drehte sich zu Jens um. »Seit wann schlägst du die Leute?«

»Seit heute«, antwortete Jens, unterbrach sein Tänzeln, hob die verletzte Hand und pustete auf die Knöchel, die rot wurden und leicht bluteten. Fasziniert starrte er sie an.

»Ich hätte nie gedacht, dass du ein Schlägertyp bist«, Simon schüttelte leicht den Kopf, schaute wieder auf Antons Gesicht, sah sich um, der Wind, das Meer, der Himmel, dachte an Michael und seine Wunden. »So viel Gewalt hier«, murmelte er und versuchte, Anton auf die Beine zu helfen. Was sich als schwierig erwies. Anton machte nicht mit. Anton stellte sich tot, als hätte er endlich seinen Platz unter der Sonne gefunden, sein Körper leblos, schwer. »Jens, komm, hilf mir«, rief Simon, Jens überhörte es, ließ das stürmische Geheule zwischen ihnen weilen. Simon warf einen kurzen Blick auf Julia. Julia atmete vor sich hin, starr und abwesend.

»Julia, geht es Ihnen gut?«

Nichts. Nur der Wind.

»Julia, Julia, schauen Sie mich an!«

Nichts. Nur das Meer. Verzweifelt schenkte Simon Anton eine Ohrfeige, dann noch eine. Sie wirkten befreiend auf ihn, vor allem die zweite. Anton fing an zu weinen und setzte sich auf, schlug mit der Faust nach Simon, verfehlte ihn, wackelte im Wind, schmeckte Salz auf seinen Wunden.

Dann kreischte eine Möwe ganz dicht über ihren Köpfen, einmal, zweimal, ein Schrei wie ein Knopfdruck, und alle erwachten zum Leben.

Julia rief: »Seid ihr alle wahnsinnig geworden?!«

»Wahnsinn, hätte auch Michael gesagt«, erwiderte Simon schmunzelnd.

»So viel Blut, überall Blut, ich kann das nicht«, jammerte Anton und stand auf, strauchelte im Wind, so groß und dünn. »Ich brauche Klarheit.«

Julia sah von einem zum anderen zum dritten, Simon stand neben Anton, bereit, einzuschreiten. Anton suchte seine Taschen nach Zigaretten ab, fand nichts, erinnerte sich an seinen Abgang, dachte, er müsse sich glücklich schätzen, überhaupt eine Hose anzuhaben. »Hat jemand eine Zigarette?« Julia reichte ihm ihre Schachtel, in der auch ein Feuerzeug steckte. Ihre Finger berührten sich, aber sie spürten es kaum, so gewaltig war der Luftwirbel um sie herum. Jens saß auf den Steinplatten der Terrasse. Julia dachte, dass Tomas Haus noch nie so viel Gewalt erlebt hatte. Dann dachte sie weiter und dann nicht mehr, erschrocken, Bilder im Kopf, die sie nie gesehen hatte. »Lasst uns reingehen«, sagte sie und machte es den Männern vor. Und sie folgten ihr tatsächlich. Hinter der geschlossenen Tür konnte man den eigenen Herzschlag wieder spüren. Anton zündete sich die Zigarette an, die er schon draußen in den Mund gesteckt hatte.

»Ich bin gekommen, um Sie zum Essen einzuladen heute Abend«, sie sah die drei streng an, als wäre sie ihre Mutter. »Glauben Sie, Sie schaffen das? Ruhig zu bleiben? Friedlich? Denn wenn Sie mir das nicht versprechen können, will ich Sie nicht dabeihaben.«

Die Blicke der Männer auf der Suche nach einem Versteck.

»Habe ich Ihr Versprechen?«

»Erst muss der da sein Wort geben. Es war doch alles seine Schuld.« Jens machte keinen Hehl daraus, dass er sich ungerecht behandelt fühlte, wo er sie, Julia, nur hatte retten wollen, ihre Ehre verteidigen.

»Ich heiße Anton«, sagte Anton und zog an seiner Zigarette, die Schachtel hielt er noch in der Hand.

»Es ist mir egal, wie du heißt, man tut den Frauen keine Gewalt an, wenn sie nicht wollen, dann wollen sie nicht, man muss es mit Würde hinnehmen, vielleicht bedauernd lächeln, galant bleiben, sie, wenn möglich, dazu bringen, ihre Meinung zu ändern, sie wie eine Königin behandeln, umwerben muss man sie, nicht umarmen gegen ihren Willen, nein, das auf keinen Fall, dann verdient man so einen Schlag auf die Nase, damit man wach wird, sich wieder fokussieren kann, mit Frauen muss man ...«

»Aufhören, sonst muss ich kotzen«, unterbrach Julia und legte schützend die Hände auf die Ohren. Anton und Simon sahen sich an und prusteten los. Jens drehte allen den Rücken zu und schaute aus dem Fenster. Wieder kehrte Ruhe ein in den vier Wänden. »Also, habe ich Ihr Versprechen? Simon? Jens? Anton?«

»Aber klar doch«, meinte Simon, band sein Haar zu einem Pferdeschwanz. Jens schwieg. Julia sah Anton an, er stieß laut die Luft aus, bockig, wie ein Kindergartenkind, das sich seines Fehlverhaltens vielleicht sogar bewusst ist, es aber auf keinen Fall zugeben würde. »Ich gehe dann, habe zu tun«, sagte er und war schon weg, doch vorher hatte er Julia noch einmal angeschaut, so vieldeutig und nichtssagend, wie ein Blick eben sein konnte, ein Blick, der alles beinhaltet, alles spürt und kennt, alles umfasst und doch nichts sieht, vor allem nicht das, was vor ihm steht, was er sich nicht wünscht, was er nicht versteht. Ein Blick.

Julia ging langsam zu Jens, stellte sich neben ihn, schaute ebenfalls aus dem Fenster, sah alles, was sie hörte. Dann ergriff Jens Julias Hand, drückte fest ihre Finger: »Mich hast du nicht geküsst.« Julia dachte, Michael hatte recht, das war Wahnsinn, und sie wusste nicht, wie sie da hineingeraten war, gerade jetzt, wo Toma endlich seinen Platz bei ihr gefunden hatte, in ihr, überall in ihr. Wo sie neben Toma einschlafen und aufwachen konnte, wollte. Und jetzt hielt ein anderer ihre Hand in seinem Haus, dem sie sich ebenfalls verbunden fühlte, auch wenn es keine besonderen Erinnerungen für sie barg, nicht an Toma, nicht an das, was jetzt zwischen ihnen geschah, in ihrem Bett, in ihrem Körper, in ihrer Küche, an ihrem Tisch, zwischen ihren Armen, in ihrem Brustkorb. »Warum nicht?«

Julia dachte, dass Jens sich also auch kurz fassen konnte, dachte an den gestrigen Augenblick, wo ein Kuss nur einen Lippenschlag entfernt gewesen war. Unvorstellbar, wie ein Traum. Sie stellte sich auf die Zehenspitzen und gab ihm einen Kuss auf die Wange, er drehte schnell den Kopf, und sein Mund berührte sacht den ihren. Er lächelte. Sie auch, sie war müde. Wie ein Traum. »Also kommst du heute Abend und benimmst dich? Auch wegen Lisa.«

Jens nickte, ließ ihre Hand los. Julia schaute sich um, sie waren allein im Raum. Als sie die Tür aufmachte, sagte Jens: »Unsere Namen fangen beide mit J an.«

Julia ließ Jens am Fenster stehen, wo er liebevoll Löcher in ihren Rücken bohrte. Das sei der Wind, dachte sie und schmunzelte, bedauerte, dass sie es Toma nicht würde erzählen können.

30.

Anton ging zur Bucht, er stieg so weit den Hang hinunter, wie die Wellen es ihm erlaubten. Er wollte nicht nass, nicht aufs offene Meer hinausgetragen werden, sich nicht zwischen zwei Felsen den Kopf zu Brei schlagen lassen. Er wollte Klarheit, er hatte nicht gelogen, als er das sagte, er brauchte eindeutige Verhältnisse. Er vermisste das feste Land unter den Füßen und die Vorhersehbarkeit des Lebens – alles, was unmöglich und unerreichbar war. Das Stück. Er wollte das Stück auf eine Bühne bringen, er hatte die Chance, es hing von ihm ab. Er konnte gewinnen. Ablenken, er durfte sich nicht ablenken lassen, was war bloß in ihn gefahren! Die Wellen, die fast schwarze Masse vor ihm, nur die Schaumspitzen trennten sie vom Himmel, der nicht mehr da oben war, seit Tagen, seit einer Ewigkeit nicht mehr, der sich einfach auf diese nasse Endlosigkeit gelegt hatte, nicht vorhatte, je wieder aufzustehen, in die Höhe zu wandern, wieder zu schweben. Anton glaubte nicht mehr an eine Sonne, an deren Macht, sich durchzusetzen. Windböen bedeckten ihn mit Feuchtigkeit und Salz, mit Erde und winzigen Steinchen, er streckte sich auf einem glatten Felsen aus, unter dem die Wellen unwillig Selbstmord begingen. Im Sekundentakt, schreiend und heulend und tosend, unzählige andere hinter sich ins Verderben ziehend. Anton spürte den Himmel auf seiner Brust, schwarzgrau und schwer. An Aufstehen war nicht zu denken.

Simon sah Anton unten auf dem Felsen, unweit von der Stelle, wo er die Nacht mit Michael verbracht hatte. Er fand das Bild unheimlich, Anton, so seltsam verrenkt und voller Blutflecken auf diesem Stein, die Arme leblos vom Körper hängend, der Kopf verdreht wie bei einer Puppe. Er hatte etwas Sanftes an sich, dieser Körper, er spürte ihn zwischen seinen Händen, wie seine Gitarre, die so gefügig war, sogar, wenn sie sich sträubte, er kriegte sie immer rum, seine Gitarre. Simons Finger fingen an zu jucken, sehnsüchtig oder vielleicht einfach nur süchtig. Zwei Tage Abstinenz, und schon ging das los. Er rief nicht nach Anton, ging weiter, drehte sich nach einigen Metern noch einmal um, begegnete dem gleichen Bild, nur aus einer anderen Perspektive, und schon sah die Welt anders aus. Ein kleiner Schritt, ein kleiner Schritt genügte manchmal. Der Wind drückte auf seine Lider, er schimpfte mit ihm. Anton bewegte sich keinen Millimeter, Simon konnte nicht klar denken, aber das Jucken wurde stärker, und so beeilte Simon sich, Michael wartete am Ende des Weges. Die Reise hörte auf, wenn zwei Liebende sich trafen, oder so ähnlich, hatte angeblich Shakespeare geschrieben, und genau das, diese Worte und keine anderen, würde Simon Michael ins Ohr flüstern, oder auch laut sagen, sollten alle es hören und wissen. Er verlängerte den Schritt, vergaß vollkommen Anton und den Felsen und die Gefahren des Meeres.

Dass Anton in Gefahr sein könnte, war das Erste, was Julia dachte, als sie ihn so ausgestreckt auf dem Felsen liegen sah. Von oben, aus den stürmischen Höhen, wo sie den Pfad entlangeilte, erinnerte er sie an Prometheus, das Meer war der Adler, der an ihm zerrte. Schon wollte Julia nach Anton sehen, als der sich wie eine Krabbe reckte, mehrere Versuche startete, aufzustehen, immer wieder auf dem Rücken landete, als würde eine enorme Last auf ihm liegen. Julia entschied, weiterzugehen, sie konnte noch seinen Mund auf ihrem spüren. Sie würde Toma herschicken, nach dem jungen Mann zu sehen, vielleicht mit ihm zu reden, ihm zuzuhören. Manchmal war das alles, was man brauchte. Sie ließ Anton auf dem Felsen ruhen und ging weiter, dorthin, wo viel Arbeit auf sie wartete.

Anton gab auf und entspannte sich wieder. Sein Kopf hing über dem Steinrand. Meerestropfen trafen ihn wie höhnisches Gelächter. Seine Gedanken klebten. Seine Gedanken waren feucht und klebten an den Haarwurzeln. In trockenen Worten sprach der Himmel zu ihm. Anton schloss die Augen.

Während Jens ihn von der Terrasse aus beobachtete. Jens war müde, seltsam erschöpft, alles drehte sich, und er wusste nicht, wohin mit sich selbst, mit Lisa, mit Anne, mit Julia. Julia. Er hatte Julia geküsst. Zuerst wollte er sie nur küssen, dann küsste er sie tatsächlich. Kaum hatte er ihren Mund berührt, wahrscheinlich zählte das gar nicht als ein Kuss, wahrscheinlich würde Anne ihn auslachen – wenn sie es wüsste. Anne liebte ihn nicht mehr. Jens sah Anton sich völlig ergeben, dem Wind und dem Meer, wie ein Toter lag er da, und Jens beneidete ihn um diesen Augenblick. Das Meer. Jens kannte das Meer nicht, hatte keine Beziehung zu ihm, hatte auch nie eine Begeisterung dafür aufbringen können, anders als so viele Menschen um ihn herum. Jens sah in die breite Weite und verstand nichts. Spürte es lediglich. Das Meer. Aber vielleicht war es auch nur der Wind. Er holte die Jacke und ging los.

Anton sah Jens nicht vorbeigehen. Anton lag auf dem Felsen und dachte an das Ende. Er war nicht melodramatisch, das hasste er. Anton sah Julia hinter seinen geschlossenen Lidern, sah, wie er sie küsste, sah, wie sie ihn ohrfeigte, sah, wie er sie liebte. Das war das Ende, an das Anton dachte. Er dachte auch an Stefan, seinen Freund Stefan und dessen Schweigen, vollgekritzelte Blätter. Er dachte noch ein wenig länger nach, noch ein Gedanke, nur noch ein Gedanke. Dann stand er auf und kehrte zurück ins Gästehaus.

31.

Dort, auf der Terrasse, starrte Stefan den Himmel an, und Barbara saß neben ihm, sprachlos und ausgelaugt. In der Hand hielt sie einen Schreibblock mit angehängtem Kugelschreiber, für alle Fälle. Stunden vergingen, vielleicht auch Tage, auf Gefühl war kein Verlass mehr. Auf Gedanken genauso wenig.

Anton kam auf leisen Sohlen. Er blieb neben Barbaras Stuhl stehen, legte eine Hand auf ihre Schulter. Sie sah ihn an, die Augen trocken wie der Himmel. Sie schüttelte den Kopf, Anton nickte. Dann wieder alles zurück auf Position eins, als wäre alles gesagt und entschieden. Man hörte Stimmen aus dem Haus dringen, laut und undeutlich. Barbara und Anton sahen sich an, bekamen keine Antwort.

»Was ist jetzt mit dir und meiner Tante?« Barbara schaute zur Tür, die geschlossen blieb.

Anton. Was konnte er ihr schon sagen – nicht die Wahrheit.

»Hast du mit ihr geredet? Was hat sie gesagt? Hat sie Toma erwähnt?« Und als Anton immer noch nichts erwiderte: »Rede doch mit mir, lass dir doch nicht alles aus der Nase ziehen! Ich will nur das Beste für dich, verstehst du das nicht, rede mit mir, schließ mich nicht aus, wo soll denn das hinführen, ich verstehe die Welt nicht mehr, Stefan, rede mit mir ...«

Anton verstand die Welt nicht mehr.

»Tut mir leid«, flüsterte Barbara verlegen, fast gingen ihre Worte im tosenden Wind unter.

Stefan sagte: »Das ist das Meer.« Nicht mehr und nicht weniger, schaute weiterhin zum Himmel, und Anton fragte sich, wieso er keine Nackenschmerzen bekam.

Für Anton war das alles zu viel, er war nicht gut darin, es konnte sogar sein, dass er in nichts gut war, das würde sich noch früh genug zeigen, arbeitslos, geldlos, leblos, so weit konnte es kommen. Seine Hand ruhte immer noch auf Barbaras Schulter.

»Anton«, sagte Barbara und sah Stefan an, starrte seinen Adamsapfel an, der wie ein träumender Hund unter einem Laken herumsprang, kleine, winzige Sprünge, die nicht viel zu bedeuten hatten, die lediglich bezeugten, dass Stefan noch atmete und gelegentlich schluckte.

Michael erschien an der Tür. Er sah zuerst abwesend um sich, dann nahm er Barbara, Stefan und Anton wahr, öffnete den Mund, schloss ihn wieder. Und weil es so lustig aussah, gleich noch einmal. »Was macht ihr denn hier?« Schließlich gelang es ihm, die Worte zu formen, ob tatsächlich die, die er sagen wollte – eher nicht. »Lauscht ihr?« Michael konnte nicht einmal sich selbst überzeugen.

Anton schnaubte verächtlich, gelangweilt.

Barbara schüttelte ungläubig den Kopf: »Nach all dem Theater mit dir in diesen Tagen ...« Sie sah vor sich hin, fügte noch hinzu: »Wahnsinn.«

Zuerst lachte Anton auf. »Ja, Wahnsinn.«

Dann lachte auch Barbara, senkte den Kopf, als könnte sie dieses Lachen dem Meer nicht zumuten.

»Wahnsinn«, sagte plötzlich auch Stefan, lachte auf, kreischend und verstört, aber immerhin, sodass Barbara und Anton augenblicklich verstummten.

Michael sah von einem zum anderen, und eben, als er etwas sagen wollte, trat Simon neben ihn, legte den Arm um seine Schulter: »Was ist hier los? Was ist so lustig?« Unsicher lächelte er.

»Du tust mir weh«, sagte Michael und löste sich von ihm, machte ein paar Schritte hin zum Geländer. Unter ihm verspottete das Meer lauthals und halsbrecherisch die ganze Welt. Plötzlich waren sie dann alle da, Lisa und Katrin und Nikola, und wollten wissen, was da vor sich ging. »Nichts«, sagte Michael, drehte der Verachtung, die aus der Tiefe kam, den Rücken zu.

»Wer hat eine Zigarette für mich?«, fragte Anton.

»Ich dachte, wir wollten heute den ganzen Tag proben«, sagte Katrin, bemühte sich um einen neutralen Ton, den auch Lisa oder Barbara oder irgendjemand sonst hätte annehmen können, der nichts über ihre Verzweiflung und Verwirrtheit verriet. Ihre Augen rot, ihre Haut blass, stellenweise sogar grau. Sie wollte die Frau sein, die Ehefrau, betrogen oder nicht, sie wollte die Nummer eins sein, die Siegerin letzten Endes. Sie wollte es wenigstens im Stück sein, auf der Bühne, die es hier nicht gab. Hier schien die ganze Welt die Bühne zu sein, das Leben selbst, so unwirklich, so schmerzlich, so unverlässlich. »Was nun? Proben? Wenigstens bis zu diesem Abendessen.«

Das war nicht sehr freundlich herausgekommen. Barbara sprang auf die Beine, wunderte sich über ihre Leichtfüßigkeit. Anton auch. »Wenn du nicht willst, musst du nicht hingehen, meine Tante will nur höflich und nett sein, und ihr seid nur undankbar und gemein.«

Anton steckte jetzt beide Hände in die Hosentaschen. Diese Augenblicke im Leben, wenn nichts klar war.

»Reg dich ab, wir sind doch alle dankbar und lieb ... was ist denn mit dir los in diesen ...«, fing Michael an, als Stefan sagte: »Das ist das Meer.« Alle sahen ihn, und er sah den Himmel an.

Dann sagte Lisa: »Also, was jetzt? Wollen wir? Wir haben noch ein paar Stunden Zeit bis zum Abendessen.« Sie sah dabei Nikola an, was keinen Sinn ergab. Plötzlich hatte es auch Michael eilig mit der Probe, eifrig klatschte er in die Hände, machte sogar einen kleinen Sprung, so ein Zwischending, das lediglich lächerlich aussah. Er kratzte sich am Kopf, strich über seine Wunden.

»Nichts ist mit mir los«, sagte Barbara leise, setzte sich wieder.

Anton dachte an die Zigarette, die er nicht hatte, aber dringend brauchte. »Holt schon mal eure Texte.«

»Die warten schon den ganzen Morgen auf dich«, Katrin war bereits auf dem Weg ins Haus.

»Ja, genau. Und wo warst du die ganze Zeit? Ich dachte, dieses Stück ist dir so wichtig, ach so wichtig.« Michael legte die rechte Hand aufs Herz und klimperte mit den Wimpern. Simon lachte. Lisa lächelte, und das war es schon.

Antons Gedanken blieben bei der Zigarette, die er nicht hatte und die ihn folgerichtig nicht retten konnte.

»Also?«

»Also was?«

»Wollen wir?«

Anton warf Barbara einen Blick zu, den Barbara nicht verstand, er hätte alles bedeuten können, also warf sie einen fragenden Blick zurück, der keine Antwort bekam. Anton schritt entschlossen, zappelig, aber entschlossen, ins Haus. Michael ihm hinterher. Lisa auch. Simon blieb an der Tür stehen. Wie Nikola. Sie berührten sich nicht, da jeder an einem Pfosten lehnte. Dann ging die Tür von innen mit einem Knall zu, der Wind. Der Wind oder eine zornige Hand, die keinen Grund dazu hatte. Und dennoch. Barbara lächelte Nikola an, machte eine unentschlossene Handbewegung, eine Einladung war das oder auch nicht, Nikola setzte sich ihr gegenüber auf die kleine Mauer – nachdem er seinem Boot einen Blick zugeworfen hatte und es ihm fremd vorgekommen war, dieses Boot, das jetzt so lange zwischen dem Himmel und dem Wasser schwebte, zwei Tage, drei Tage, das Boot, das ihn in diesen Wahnsinn gebracht hatte.

»Du hast mir versprochen ...«, sagte Barbara immer noch schwach lächelnd.

»Ich weiß.«

»Du hast es mir versprochen«, wiederholte sie, senkte den Blick, und Nikola konnte nicht sagen, was in ihr vorging, ob sie sich schämte oder einfach erschöpft war.

Simon verharrte an seinem Platz, es war deutlich zu sehen, dass er sich nicht wohlfühlte, dass er nicht dazugehörte, dass er das jedenfalls dachte.

»Du hast es mir versprochen«, sagte Barbara, und Stefan sagte: »Das ist das Meer.« Daraufhin fing Barbara an zu weinen. »Ich weine nie«, schluchzte sie. »Ich weine nie.«

»Das ist ...«, Nikola lächelte liebevoll, ging neben ihr in die Hocke und umarmte sie, dachte plötzlich, aber in aller Ruhe, dass Barbara seine Sorge war. Und Lisa. Und jetzt auch Stefan. Und Julia auch ein wenig, auch wenn sich das lächerlich anhörte. Alle hier, alle waren seine Verantwortung. Nikola konnte seinen Gedanken nicht trauen, deren Grundlosigkeit, Sinnlosigkeit. Vielleicht lag es an ihrer klebrigen Feuchtigkeit, vielleicht. Vielleicht war er einfach größenwahnsinnig. Barbara weinte in seinen Armen, so weit hatte er es nicht kommen lassen wollen, schaute verstohlen zu Simon, dann zu Stefan, der eine sah alles, der andere nichts. »Ich weine nie, nie«, singsangte Barbara in Nikolas T-Shirt hinein, ihr Gesicht bröckelte in zahlreichen

Grautönen, und alles vermischte sich zu einer untragbaren, unerträglichen Last. Barbara schnäuzte sich, hob den Kopf und sah in Nikolas grüne Augen, die in dieser Abwesenheit des Lichtes nicht mehr so grün waren, aber immer noch schön. Dann sah sie sich um. »Ich hätte mich da in dich verlieben sollen, da auf dem Boot, als wir noch ganz allein waren und du mich gerettet hast, da hätte ich mich in dich verlieben sollen ...«

»Es war vor einer Ewigkeit, es ist so lange her, dass ich mich nicht mehr daran erinnern kann.«

»Es ist wie ein Traum.«

»Nicht mal das. Es ist wie ein vergessener Gedanke.«

»Du bist ein Dichter.«

»Wohl kaum.«

»Doch, du würdest dich eigentlich gut mit Stefan verstehen.«

»Er mag mich nicht.«

»Unsinn. Vielleicht am Anfang, er war eifersüchtig, das muss man verzeihen können.«

»Ich habe nichts zu verzeihen.«

Barbara lehnte wieder den Kopf an seine Schulter, nirgendwo herrschte Stille, nicht einmal in den Fingerspitzen.

Simon räusperte sich. »Was wollt ihr jetzt machen? Hier sitzen bleiben?« Barbara und Nikola sahen ihn an, Stefan hatte Wichtigeres zu tun. »Ich meine, so lange die da proben?« Nur Blicke, nicht besonders freundliche Blicke. »Kann man dabei sein, einfach still dabeisitzen?«

Irgendwann: »Klar, wenn du ruhig bist.«

»Kannst du das überhaupt? Ruhig sein?«

»Denn seitdem du hier bist, gibt es nur noch Stress.«

»Keiner hat sich hier vorher geschlagen.«

»Und Blut ist nur in Worten geflossen.«

»Wenn überhaupt.«

Barbara und Nikola übertrafen sich selbst, wie ein eingespieltes Team handhabten sie den Ball, warfen ihn einander zu, als gäbe es keinen Wind und als hätten sie nie etwas anderes im Leben gemacht. Simons Blick wechselte von einem zum anderen, verriet nichts, flüchtete auch nicht aufs Meer oder zur Wolkendecke. Standhaft, entschlossen. Dann aber: »Ihr seid so lustig. Vielleicht war ich das in eurem Alter auch, ich hab's vergessen.« Er betrachtete seine Finger, spürte eine wachsende Melodie in ihnen und schloss sie zur Faust. »Ich gehe dann rein.«

»Ja, versuch dein Glück.«

»Ja, man soll dem Glück immer eine Chance geben.«

»Ja, genau.« Simon schloss die Tür hinter sich.

»Was war das denn?«

Schulterzucken.

»Das war das Meer.«

Eine kaputte Schallplatte. Barbara und Nikola drehten sich zu Stefan, wussten nicht, ob er abwesend anwesend war oder anwesend abwesend. Barbara legte ihm eine Hand auf den Oberschenkel, strich leicht an der Innennaht entlang, da, wo er es besonders gern hatte. Nikola schluckte, folgte der Bewegung, wünschte sich ..., schämte sich ein wenig und dachte an Lisa in seinem T-Shirt.

»Stefan?«

Abwesend anwesend.

»Was ist los mit ihm?«

Barbara schüttelte den Kopf.

»Ist das wirklich ...?«

Barbara sah Nikola an, wunderte sich ein wenig über so eine Frage von jemandem, der ein Boot hatte und damit allein herumstreifte. »Natürlich nicht, das ist der Wind, das müsstest du doch wissen, wenn du von hier stammst.« Ein kleiner Vorwurf, nicht zu überhören.

»Jugo.«

»Ja genau, Jugo.« Nicken. Nicken, der Kopf dem Wind überlassen.

»Aber was ist passiert? Ich verstehe das nicht.«

Barbara widmete sich wieder Stefan, seinem Oberschenkel. »Wir sind zu lange draußen geblieben, die ganze Nacht. Das muss es gewesen sein.« Nikola widmete sich erneut Barbaras streichelnder Hand auf Stefans Oberschenkel. »Als hätte der Wind ihn durchpustet und ausgeleert, alles mitgenommen, alles weg. Nur noch schreiben will er, aber nicht so wie früher, was er jetzt geschrieben hat, versteht kein Mensch, das ist nicht Stefan, das ist nicht Stefan ...«

Der Wind unterstrich das Schweigen.
»Meinst du, er findet wieder zu sich?«
»Er muss.«

32.

Toma stand neben dem Herd und beobachtete die zwei Töpfe, beide abgedeckt, nichts gab es dort zu sehen. Doch daneben stand Julia und bereitete den Salat zu. Ihre Hüften berührten sich beinahe, sie standen so nahe beieinander, dass die Luft zwischen ihnen warm wurde. Jens saß am Tisch und starrte auf diese Wärme, seine Lippen bewegten sich leicht, als würde er sich davor schützen wollen, sich selbst die schönste Liebesgeschichte erzählen oder von einem Kuss berichten, der kaum stattgefunden hatte, immer und immer wieder. Diva lief unruhig herum, schaute ebenfalls ständig zu der Anrichte, leckte sich ab und machte dabei ein schmatzendes Geräusch. Ab und zu redete Julia auf sie ein, liebevoll, in der Babysprache. Toma dachte, es war schade, dass Julia keine Kinder hatte. Toma hatte nie Kinder haben wollen. Toma hatte nie etwas haben wollen, bis er Julia erblickte, die Frau seines besten Freundes. Julia sah ihn von der Seite an, lächelte nicht. Das konnte Toma nicht ertragen und küsste ihre Wange, wurde gleich dafür belohnt.

»Und was sagt Lisa heute?«, fragte Julia, ohne sich umzudrehen.

»Nichts, ich habe sie noch nicht gesehen, ich habe mir gedacht, ich schaue lieber mal bei euch vorbei, vielleicht kann ich helfen, Lisa wird beschäftigt sein, sie proben sicher, deswegen ist sie doch hier, oder nicht? Da will ich nicht stören, nicht noch mehr stören, soll sie ihre Sache machen, ich bin hier bei euch gut aufgehoben, das macht mir mehr Spaß, als mich mit ihr zu streiten, das ertrage ich nicht, und dann will ich auch diesen Jungen nicht unbedingt sehen, der reizt mich maßlos, ich werde gleich aggressiv, wenn ich ihn sehe, der hat was an sich, ich weiß auch nicht, wie er so grinst und alles durcheinanderbringt. Und diese Glatze, so künstlich, es ist nicht so, dass er Krebs hätte, oder? Wozu diese Theatralik? Nein, hier geht's mir gut, bei euch ... Kann ich was helfen? Ich bin nicht ganz unbrauchbar, weißt du, ich kann schon kochen, ich koche oft für mich, ich bin oft allein, dann koche ich für mich, nichts Großes natürlich, aber so Kleinigkeiten, das kann ich schon ...«

»Nein, danke, alles prima, entspann dich.«

Toma sagte nichts, presste die Lippen aufeinander, als würde er nie mehr etwas sagen wollen, bemerkte lediglich, dass Jens sie plötzlich duzte, und ließ die Luft wärmer werden. Julia zog sich nicht zurück, und Jens beeilte sich zu sagen: »Am besten schmecken mir meine Bratkartoffeln, das kann ich wirklich gut, Lisa sagt das auch immer, sie sagt, mach mal deine Bratkartoffeln, Papa, wenn sie zu Besuch kommt, wenn wir allein sind, obwohl meine Frau sie auch mag, sie isst sie auch gerne, wir essen leider selten alle zusammen, mein Sohn ist schon längst aus dem Haus, natürlich, er ist bei einem Radiosender in Berlin, und Lisa ist in München, also, da gibt es nur noch mich, und Anne, natürlich, und ich arbeite auch viel, das Fernsehen schläft nie, oder? Immer muss man sich etwas anderes ausdenken, denn die Konkurrenz schläft auch nie, aber das macht mir keine Sorgen, ich bin voller Ideen, sie sprudeln nur so aus mir heraus, alles inspiriert mich, wie zum Beispiel jetzt, gleich denke ich an eine Kochsendung, aber eine neuartige, ohne Starköche, an exotischen Plätzen, unter exotischen Umständen, wie jetzt, abgeschottet von der Welt, in Gefahr, so eine Art Überlebenskochstunde, ich koche mich ins Leben zurück oder so könnte ich sie nennen, das kann man später noch sehen, aber das ist doch eine großartige Idee, oder nicht? Ich sage euch, nie hört es auf zu spinnen, da oben«, Jens tippte sich auf den Schädel, lächelte zufrieden und verschmitzt.

Diva bellte, und Toma liebte sie dafür noch mehr. Julia klammerte sich an die Salatblätter, als wäre sie tatsächlich in Lebensgefahr. Sie stellte sich Jens' Mund vor, den sie einmal fast küssen wollte, der sie missverständlicherweise berührt hatte, früher am Tag, am Morgen. Toma stellte sich Julias Mund vor, er küsste ihn weich und warm, als würde sein Leben davon abhängen. Die Deckel klapperten. Toma hob sie hoch und rührte, deckte die Töpfe wieder zu und drehte die Gasflamme herunter.

»Wir haben heute auch Kartoffelsalat«, Julias Stimme hörte sich angestrengt an, als hätte die Kälte ihre Zunge erwischt. Diva bellte erneut. Keiner sagte etwas, also wurde sie wieder still. Julia ließ das Wasser über die Blätter fließen.

»Kartoffelsalat habe ich lange nicht gegessen, ich verbinde ihn immer mit schwierigen Zeiten, ich weiß nicht, warum, das wäre sicher eine interessante Studie, Menschen und ihre emotionale Vorstellung von Gerichten oder Lebensmitteln, oder *Was ist Ihr Trostessen*? Muss es tatsächlich immer Schokolade sein? Ich hab gelesen, dass im Krieg, du warst doch im Krieg, Toma, oder? Lisa hat es erwähnt, wie war das? Ich kann mir alles Mögliche vorstellen, aber gleichzeitig auch nichts, manchmal denke ich mir, das kann sich kein Mensch tatsächlich ausdenken, wie das so ist, was da alles passiert und wie es einem dabei geht, in der Realität, nicht in irgendwelchen Filmen, obwohl es schon Filme gibt, die sehr realistisch sind, manchmal zu realistisch, für meinen Geschmack, wer will das alles schon so ganz genau wissen und sehen?!«

Toma spürte Julias Blick, verstohlen sollte der Blick sein, aber er sah ihn dennoch. Er blieb ruhig, dachte an Julias Mund, das sollte genügen.

»Welchen Salat magst du denn am liebsten?«

Dieses Du tat Toma weh, nur ein wenig, aber immerhin. Er wäre gerne gefragt worden.

»Ich? Ich habe am liebsten so einen richtig gemischten Salat, mit allem drin und allem Drum und Dran, weißt du, was ich meine? Auch Feta und Thunfisch und Eier und Zwiebelringe und alles halt, was du dir denken kannst, aber Caesar Salat mag ich auch, nur ohne Hähnchen, Fleisch im Salat will ich nicht, das esse ich lieber so, separat, auf dem Teller, mit Bratkartoffeln eben, oder mit gebratenem Gemüse, das schmeckt auch gut, darauf würde ich nicht verzichten wollen, im Krieg oder so, obwohl, da hätte ich wahrscheinlich andere Prioritäten …«

»Und was ist mit Fisch? Meeresfrüchten?«

Jens stand auf, kam dem Herd näher, kam Julia näher. Toma beobachtete ihn, nicht so verstohlen.

»Gibt's Fisch? Ja, tatsächlich? Das freut mich, ich esse selten Fisch, was soll ich in Köln mit dem Fisch, da gibt es andere Sachen, aber wenn ich verreise, wenn ich am Meer bin, esse ich gerne Fisch, Krabben auch, ich habe eine Bekannte, die hat sich aber mit Krabben einmal den Magen so verdorben, dass sie fast gestorben wäre, vergiftet, nie mehr hat sie Krabben gegessen, was verständlich ist, das wäre auch eine Möglichkeit: Essen, das uns krank macht, aber so richtig gefährlich, mit Notarzt und allem, weißt du, das wäre auch eine gute Sendung, Extreme sind immer gut, es gibt so viele Freaks auf der Welt, die wollen immer am Limit leben, man könnte es so arrangieren, dass die es bewusst machen, bewusst zu viel oder nicht gut essen, damit sie sehen, wo ihre Grenzen sind, das wollen doch alle, Grenzen sind wichtig, auch Kinder brauchen Grenzen, oder nicht? Jeder braucht Grenzen, alles hat Grenzen, nur das Universum nicht, das wäre auch spannend, das Leben ohne Grenzen, wie ist denn das, kann sich der Mensch so was überhaupt vorstellen, das ist ein wenig wie im Krieg, oder? Die Dämme brechen, das Gefühl für das right and wrong, oder? Toma, was sagst du? Das ist so spannend, ich habe noch mit niemandem reden können, der tatsächlich so was mitgemacht hat, das ist großartig, das wäre mal eine andere Perspektive, das könnte man auch einbauen ...«

»Meinst du nicht, Lisa will dich sehen? Sie wird sich fragen, wo du bleibst.«

Jens richtete sich auf, blieb mitten in der Bewegung stehen, sein Gesicht blank. »Wirklich? Denkst du? Aber gestern Abend, na ja, da habe ich sie mit diesem Jungen überrascht ...«

»Michael?«

»Nein, dem anderen, dem mit dem Boot.«

»Nikola?«

»Ja, genau, Nikola, da hat es großen Krach gegeben, wir haben uns gestritten, ich habe versucht, wie ein verantwortungsbewusster Vater zu handeln, sie fand das weder lustig noch passend, also, wir haben uns gestritten, sie meinte, sie sei schon erwachsen genug, und wer habe mich überhaupt eingeladen und ich hätte ihr nichts zu sagen, absolut gar nichts, das hat schon wehgetan, dieser Junge, Nikola, der war vernünftig und friedlich, wollte schlichten, hat auf Lisa eingeredet, ich bin dann gegangen, ich glaube nicht, dass sie mich vermissen wird, ehrlich gesagt, sie ist froh, mich nicht mehr zu sehen, oder? Was meinst du? Wird sie mich noch sehen wollen?«

»Sicher. So sind die Kinder, protestieren immer und sind immer widersprüchlich, findest du nicht?«

Die Frage zu stellen war ein Fehler, Toma wusste es, noch bevor Jens den Mund aufmachte. Das ärgerte Toma, denn Julias Plan war gut gewesen.

»Ja, jetzt wo du es sagst ... seltsam, dass du keine Kinder hast, wieso eigentlich nicht? Ich würde ohne Kinder nicht sein wollen, diese Leere, das kann kein Partner ausfüllen, das kann nicht gut gehen, obwohl ich schon einige kinderlose Paare kenne, die es geschafft haben, es gibt alles, es gibt nichts, was es nicht gibt, das liebe ich, dass tatsächlich alles möglich ist, aber Kinder, Kinder wollte ich schon immer, das wusste ich, seit ich Teenager war, ich finde Kinder spannend, da passiert immer was, ich kann es mir gar nicht vorstellen, so eine Ruhe, wie hält man das aus, in der Natur, es passiert nichts, keine Überraschungen, alles weiß man im Voraus, immer der gleiche Trott, das ist zum Verrücktwerden, oder nicht?«

Er fragte sie tatsächlich.

»Ich gehe mit Diva spazieren«, sagte Toma, obwohl er eigentlich die beiden nicht allein lassen wollte. Aber Grenzen, ja, Grenzen.

Dann überraschte ihn Jens: »Warte, ich gehe mit, dann kann ich nach Lisa sehen, das trifft sich gut.« Er lächelte, strahlte. Julia wusste nicht, warum. Toma ging, ohne ihr einen Kuss gegeben zu haben.

33.

»Ich habe verstanden, Julia will nicht, dass du vom Krieg erzählst, aber jetzt sind wir unter uns«, sagte Jens und sah Toma erwartungsvoll an. Toma, der den Kopf gesenkt hielt, als hätte er Angst, eine Ameise zu zertreten. Oder über einen Stein zu stolpern. Toma, der in der tiefsten Dunkelheit und blind seinen Weg auf diesem Stück Erde finden würde. »Also, erzähl mal, wie war das so, so von Mann zu Mann, was passiert da?«

»Ich dachte, du wolltest zu deiner Tochter«, versuchte es Toma.

»Ja, sicher, aber das interessiert mich, das ist wichtig, so ein Krieg, ich habe noch nie mit einem Soldaten gesprochen, das ist so spannend, das, was man im Fernsehen sieht oder in den Zeitungen liest, wenn man sich das vorstellt, grausig ...«

Toma zog die Lippen zusammen, er spürte ein Dröhnen in der Magengrube. Ein Hämmern in den Ohren. Ein Stürmen im ganzen Körper, jäh und gewaltig, von den Zehen ausgehend überrollte es auch sein Herz. Die Gedanken, die Gefühle, die mehr oder weniger feste Materie ergaben sich widerstandslos. Toma nannte das Überlebensinstinkt. Sich tot stellen mit offenen Augen, unbemerkt und für die Welt unerreichbar.

»Toma?«

Ein Tosen im Blick, von innen, hinter den Augen, die sich weigerten zu sehen. Der übliche Wahnsinn, geduldet. Geköpfte Worte, erstickt. Erstochen. Erwürgt. Aufgeschlitzt. Der röchelnde Atem, ausgeblieben. Das wertlose Leben, verabschiedet.

Sie waren oberhalb des Strandes angekommen, des kleineren, neben dem Gästehaus. Toma hatte großes Verlangen nach dem Meer, er wollte in seinem Boot sein, hinausfahren, weit weit weg, nach Vis, noch weiter weg, nach Italien, nach unendlichem Endlos. Er wollte die Hände ins Meer tauchen, das Salz spüren, die sanfte Reibung, aufatmen, tief und ausradierend, die dunkle Farbe von den Handinnenflächen abwaschen, immer wieder und noch einmal, um sicherzugehen und nie sicher sein zu können, nie nie.

»Toma? Sag was, du machst mir Angst. Wo willst du denn hin? Das sind große Wellen ...«

Toma lief weiter, rannte beinahe, Diva bellte divinatorisch, Jens folgte, drehte sich ständig um, hoffte auf Gesellschaft, auf jemanden, der die Situation in die Hand nehmen, Toma zur Vernunft bringen würde. Denn das Meer kam immer näher, gefährlich nahe. Da waren sie aber schon in der nächsten Bucht, einer tiefen, ziemlich engen Bucht, wo der Wind genauso stark war wie überall, aber das Wasser viel ruhiger, als läge sie auf einem anderen Erdteil. Oben krachten die Pinienäste, unten plätscherten friedlich die Babywellen. »Wow! Das ist verrückt! Wie ist das möglich? Das gibt's doch nicht? Hast du das die ganze Zeit gewusst, dass es hier so ruhig ist? Ist das immer so?«

»Das heißt, dass der Sturm sich allmählich verabschiedet, auch wenn wir es nicht sagen würden.«

»Krass! Der Mensch und die Natur, die Natur siegt immer, auch wenn es nicht so aussieht, sie macht weiter, immer weiter und holt sich, was ihr gehört, rücksichtslos, wie der Mensch.«

Toma war schon auf dem Weg zum Meer, er ging ganz schnell von einem Stein zum anderen, sprang fast, seine Füße besaßen plötzlich einen jungenhaften Elan, die Leichtigkeit eines Teenagers. Diva bellte und blieb am obersten Felsen stehen, Jens folgte ihrem Beispiel, vertraute auf ihren animalischen Instinkt. Toma war nicht zu stoppen, hielt ab und zu Ausschau nach dem richtigen Stein, was immer das bedeuten sollte.

»Toma, komm zurück, sei vernünftig! Was wird Julia sagen, du liebst sie doch!«

Der Wahnsinn in Tomas Kopf. Der Wirbel der Grausamkeit und der Schuld, die Unfähigkeit zu vergessen, zu verzeihen. Toma fand, wonach er suchte. Es war ein hoher, glatter Felsen, auf dem man unbeirrt stehen konnte, er bot Sicherheit, die es eigentlich nicht gab. Toma zog zuerst die Schuhe aus und dann die Socken, die nasse Oberfläche fühlte sich gut an.

»Toma, was machst du da? Was soll das!«

Dann war die Jacke dran und das Hemd, er knöpfte es ordentlich auf, keine Spur von Hektik. Jens betrachtete Tomas entblößten Oberkörper und wurde ein wenig neidisch. Er setzte sich auf den Stein neben Diva, legte seine Hand auf ihr schwarzes Fell, streichelte sie gedankenverloren. Während Tomas Hose ihren Platz neben dem gefalteten Hemd fand. Oben darauf legte er die Unterhose. Diva bellte, Jens starrte. Toma sah sich um, sein Gesicht ernst, entschlossen und fremd, also bellte Diva noch einmal, wurde unruhig, konnte nicht mehr sitzen, tappte herum und winselte. Jens machte eine nichtssagende Geste: »Toma, das ist doch nicht dein Ernst! Was tust du da? Komm, zieh dich an, lass uns weitergehen, lass uns reden, das wird dir guttun, glaub mir!«

Toma sah ihn unverwandt an, schien noch größer in seiner Nacktheit. Diva bellte und wimmerte, und Toma sagte: »Ich bin seit Jahren nicht geschwommen, seit einer Ewigkeit.«

Jens richtete sich auf, durch Tomas Worte in seinem Unwohlsein bestätigt. »Also ein Grund mehr, an Land zu bleiben, komm, mach keinen Unsinn, wir reden und finden sicher eine Lösung, so schlimm kann es nicht sein!« Jens war sich der Sinnlosigkeit seiner Worte sehr bewusst, schmerzhaft bewusst – er hatte keine Ahnung, worum es hier ging, was in Toma gefahren war, also dachte er, es wäre einfach die Abgeschiedenheit dieser Menschen, deren Neigung zum Wahnsinn, das inzestuöse Vermehren, wer konnte das schon wissen. Er hatte Julia geküsst, so gut wie, er hätte gern noch mehr mit ihr gemacht, er hatte nicht nachgedacht, er war einfach seinem Gefühl gefolgt – er selbst hätte jetzt dieser Verrückte sein können, der im kalten, unruhigen Wasser sein Leben aufs Spiel setzte.

Toma hörte alles und nichts, der Kopf voll von Explosionen und Schreien und Flehen und Gelächter. Die Haut machte Geräusche beim Durchbohren, Aufschlitzen, Öffnen, nichts war lauter als die verletzte Haut, Toma hörte nie auf, ihr zu lauschen, sie wohnte in seinem Kopf, alle Häute in einer vereint, keine Kopfhörer der Welt konnten dabei helfen, sie verstummen zu lassen, sie einfach endgültig zum Schweigen zu bringen. Aber vielleicht das Meer, das größer war als der Mensch, jeder Mensch, auch der grausamste Mensch, sogar der tote Mensch. Er drehte sich zum Wasser, dunkel, dunkel, dunkel bis zur Schmerzgrenze. Es war tief genug, und Toma sprang, ein Kopfsprung in die Taubheit. Jens stand mit Schwung auf und schrie, Diva bellte hysterisch. Toma tauchte. Um ihn herum alles, was er je wollte, der Frieden und die Ruhe, eine Klarheit ohne Begründung und ohne wissenschaftlichen Ansatz. Er tauchte, bis seine Lunge zu platzen drohte. Mit einem Lebensschrei erreichte er die Oberfläche, durchstieß sie, als wäre sie aus Glas, aber kein Blut floss, alles sauber und rein. Er schrie weiter, schnappte nach Luft und schrie und lachte und schrie. Der Wind pfiff ihm durch die Ohren und die Haare und die Nase und die geschlossenen Augenlider. Er streckte die Arme hoch und schrie, er stieß sich aus dem Wasser heraus wie ein Wasserballspieler, er war der kräftigste und stärkste Mann auf Erden, der einzige Mann auf Erden, und er schrie und schrie.

Jens war verschwunden. Diva saß neben Tomas abgelegter Kleidung und folgte Tomas Schreien. Toma hörte eine unsichtbare Stimme sagen: »Das ist der Wind.«

34.

Als Barbara auf die Terrasse zurückkam, war Stefan weg, sein Notizblock auch. Barbara schaute sich um, rief ein paarmal seinen Namen. Der Wind verschluckte ihn, sobald er ihren Mund verließ. Sie lief hinter das Haus zum Haupteingang, zögerte einen Moment, dann rannte sie Richtung große Bucht und Tomas Haus. Immer wieder blieb sie stehen, beobachtete prüfend die Felsen unter sich, die angewehten Augen taten ihr allmählich weh. Nur die gierigen, gewaltigen Wellen waren zu sehen. Und weiter ging sie. Als sie die Bucht erreichte, ließ sie den Blick wandern, von Tomas Haus, das leer aussah, hoch zur Straße, noch höher hinauf, wo der Wind die Ginsterblüten erbarmungslos pflückte. Nichts. Kein Stefan. Barbara drehte sich langsam im Kreis, als wollte sie ein Panoramafoto machen. Das Meer wieder vor den Augen, setzte sie sich auf einen großen Stein und schaute vor sich hin. Jede Welle hätte Stefans blasses Gesicht tragen können. Plötzlich schimmerte etwas Helles da unten zwischen den Felsen, wurde vom Wasser liebevoll geschaukelt. Hin und her wogte Stefans cremefarbener Pullover. Barbara stand auf, schreilos, lief hinunter, sprang unvorsichtig von einem glitschigen Stein zum anderen, rutschte zweimal aus, merkte es gar nicht. Bei der zerfetzten Plastiktüte angekommen, war sie schon durchnässt. Kein Pullover. Mächtig empörten sich die Wellen. Nur eine weiße Plastiktüte. Barbara seufzte einmal, zweimal, das Gesicht, als hätte sie tagelang geweint. Kraftlos setzte sie sich auf den Felsen, hielt die Plastiktüte krampfhaft an die Brust gedrückt, ließ sich vom Meer umarmen, trösten. Die Ohren taten ihr langsam weh von so viel Geflüster. Und immer noch kein Stefan. Als wäre sie hundert Jahre alt und hundert Kilo schwer, stand Barbara auf, zitterte im Wind und erreichte den Weg, ohne zu wissen, wie, über welche Steine sie gesprungen war. Sie ging entschlossen zu Tomas Haus, fand niemanden, vor allem nicht Stefan. Sie rannte aus dem Haus, als wäre es verwünscht und sie besessen.

Als sie wieder vor dem Gästehaus stand, kämpfte sie einen Moment lang mit dem Wind, um die Tür öffnen zu können. »Ist Stefan da? Ist er zurück?«, schrie sie und schaute in erstaunte Gesichter.

»Ist er nicht bei dir?«

Der Luftzug knallte die Tür hinter ihr zu, und Barbara lief wieder los, in Richtung kleine Bucht, dorthin, wo sie mit Stefan die sonnigen Tage verbracht hatte, damals, als Stefan noch viel gegrinst und ironische Bemerkungen von sich gegeben hatte. Immer wieder stolperte sie über Steine auf dem Weg oder ihre eigenen Füße, den Blick unermüdlich auf den Strand, die Felsen, die kleinen Erdflächen geheftet. Kein Stefan, nicht einmal eine Plastiktüte. Die von vorhin presste sie immer noch an sich. Dann hörte sie Diva bellen und blieb stehen, drehte sich herum, versuchte festzustellen, aus welcher Richtung es kam. Kurz darauf verstummte Divas Bellen, und Barbara hatte keine Wahl, sie ging vorwärts, dahin, wo sie noch nicht gesucht hatte.

Bis Toma nackt vor ihr erschien, nackt und unbesorgt, nackt und neugeboren. Barbara konnte es genau sehen, sie blieb stehen und musste es bewundern. Toma stand mit dem Rücken zu ihr, seine Arme ausgestreckt zur Sonne, die es nicht gab, die es anscheinend nie mehr geben würde, den Kopf nach hinten gelegt, ließ sich vom Wind trocknen. Barbara und ihre Tüte rührten sich nicht, konnten es nicht, so waren die Spielregeln – nur dass das hier kein Spiel war. Tomas Körper schien eins mit dem Stein, aus dem er wuchs, standhaft und unberührbar. Es gab keine Möglichkeit, die Augen von dieser Urkraft abzuwenden. Ein Summen, leiser als der Sturm, war zu hören, und es war richtig so, alles passte zusammen.

Als eine Windböe eine kühne Drehung vollzog, nahm sie Barbaras Duft mit, und Diva bellte, rannte auf Barbara zu. Sie streckte ihr den Kopf entgegen, genoss Barbaras Streicheln. Dann gingen sie beide zu Toma, Diva blieb neben seiner abgelegten Kleidung sitzen, Barbara traute sich noch ein Stück weiter, stellte sich neben Toma. Nichts geschah. Kein Muskel bewegte sich in Tomas Körper, als wäre er selbst zu Stein geworden. Auch Barbara hob die Arme, spreizte die Finger, ließ den Kopf nach hinten hängen. Die Luft zitterte zwischen seinen und ihren Armen, Schultern, Hüften, Beinen, die sich fast berührten. Fast, und »fast« bedeutete nichts, musste nicht erwähnt werden, konnte nicht einmal verschwiegen werden, denn »fast« bedeutete nichts. Und Diva konnte so viel reden wie das Meer und der Wind und die Pinienbäume und die Steine.

»Ich wünsche mir, Julia könnte dich jetzt sehen.«

Schweigen.

»Ich wünsche mir, die ganze Welt könnte mich jetzt sehen. Die Lebenden und die Toten.« Und dann war es so weit, dann war es vorbei, und Toma zog sich an.

»Was machst du denn hier?«, fragte er, während er sein Hemd zuknöpfte und Barbara ansah. Seine Augen waren blau geworden. Seine grünen Augen waren blau geworden. Barbara öffnete mehrmals den Mund, die Worte versteckten sich vor dem Wind, als wollten sie nicht vergebens geopfert werden. »Hat Julia dich geschickt, nach mir zu suchen? Hat Jens etwas gesagt?«

Barbara schüttelte den Kopf.

»Was machst du dann hier in diesem Sturm, das ist gefährlich.«

Barbara wollte lachen darüber, über den Widerspruch dieser Worte und seiner Nacktheit, aber der Wind war stärker.

»Hoffentlich bist du nicht runter zum Strand oder zu den Felsen gegangen«, meinte Toma skeptisch, sein Blick beharrlich, er zog die Hose an, blieb barfuß. Diva bellte.

»Ich ...«, schaffte Barbara.

»Du weißt, was deine Tante sagen würde«, erwiderte Toma mit einem Lächeln und streckte Barbara seine freie Hand entgegen, die andere trug Schuhe und Socken. »Lass uns gehen, es ist sicher schon Essenszeit.«

Barbara schüttelte den Kopf, und dann kam es doch: »Ich muss Stefan finden.«

»Seit wann ist er verschwunden? Vielleicht ist er nur spazieren gegangen, so wie dieser Jens vorhin, oder er ist schon wieder im Gästehaus ...«

»Er ist nirgendwo. Ich kann ihn nicht finden, er ist nirgendwo. Ich war überall, und er ist nirgendwo.«

Toma sah sie an, kam näher und legte ihr den Arm um die Schultern, Barbara ließ sich durch diese Andeutung einer Zärtlichkeit plötzlich kraftlos auf seine Brust fallen und schluchzte und schluchzte, ohne zu weinen.

Toma legte seine Sachen auf den Boden, nahm Barbara in die Arme, fest, sodass sie nicht auf den nassen Stein hinunterglitt.

35.

Währenddessen bekam Julia in ihrer Küche, wo alles schon so gut wie fertig für das große Abendessen war, Folgendes zu hören: »Weggetragen, weggeblasen, verblitzt und verdonnert, verschwunden und verschollen, alles zerfällt, alles zerbröckelt, die Welt liegt auf mir, breitet sich auf meine Brust, aus meinem Mund triefen die salzigen Böen, und der Wind lauter als das Meer, und das Meer grollender als die Luft, und mich gibt es nicht und mich gibt es nicht mehr und wen soll ich rufen, wer soll mich an die Oberfläche ziehen, mich retten, retten, meinen Atem am Leben erhalten, atmen, atmen, die Luft voller Gischt, Gischt in meinen Armen, auf meinen Lippen, die Gedanken im Sturm, die Welt geht unter, atmen, atmen, weggetreten, weggetragen, weggetröstet in allen Richtungen, in alle Richtungen, atmen, atmen, gegen den Wind, eintauchen, auftauchen, untertauchen, in den Wind atmen, deine Hand von Tropfen umgeben an meinen Haaren, zärtlich, zärtlich, meine Geliebte, zärtlich, zärtlich wie das Ungewitter, das Brausen und das Krachen und das Dröhnen und das Brummen, atmen, atmen in deinem Mund zwischen deinen Lippen in deiner Lunge, versteck mich, verstell mich, verstör mich, atmen, atmen, bis ich verstumme, die Salzflüsse strömen aus meinen Augen, du verlässt mich durch meine Augen, du verlässt mich, du verlässt mich, die Wolken saugen dich ein, die Wolken saugen mich ein, atmen, atmen, das Wasser einatmen, den Wind ausatmen, meine Geliebte verschollen, verloren, verirrt, meine Geliebte verfächelt, vertrieben, verwoben, meine Augenlider, zitternder Wind hält sie offen, wer wird uns retten, aus diesem Wirbel retten, uns retten, uns die Hand reichen, uns hochziehen, uns die Sonne schenken, das Licht, die Wärme, meine Geliebte, dein Mund, der Springbrunnen, vertrocknet, versiegt, vergessen, atmen, atmen in den nächsten Augenblick, in die höchsten Wellen hineinspringen, eintauchen, eintauchen, endlos tauchen, immer weiter tauchen, tauchen …« Als Stefan zu Ende gelesen hatte, fiel sein Kopf auf die Tischplatte, mit einem dumpfen

Geräusch, und Julia dachte, was sie schon seit zwei Tagen dachte, sagte aber nichts, blieb am Herd stehen, ihr Blick schnellte von dem aufgelösten jungen Mann zu den Töpfen, in denen sie ständig rührte. Irgendwann begegneten ihr Stefans Augen, getrübt, farblos. Verweht, dachte Julia und lächelte ihn aufmunternd an.

»Das ist das Meer«, sagte er, seine Stimme ausgelaugt und rau.

»Nein, das ist der Wind«, widersprach Julia ihm jetzt doch, nickte zuversichtlich. »Das geht vorbei.«

Stefans Stirn schlug wieder auf den Tisch. Julia zuckte zusammen von dem blitzartigen Schmerz, den er verspüren musste.

36.

»Zeit für das Abendessen!«

»Mensch, ich verhungere!«

»Ich will mich noch schnell umziehen, bin gleich wieder da.«

»Ich auch.«

Lisa und Katrin eilten in ihr Zimmer, kramten in ihren Reisetaschen wie zwei Teenager vor dem ersten Discoabend.

»Ich weiß gar nicht, warum ich so aufgeregt bin«, sagte Lisa.

»Das bin ich auch. Es ist, als würden wir ausgehen«, meinte Katrin.

»Genau, als hätten wir ein Date«, ergänzte Lisa. »Ich habe einfach das Gefühl, ich muss mich schick machen, es muss einfach sein.«

»Nur, ich habe nichts wirklich Schickes, und du?«

»Ich habe ein Kleid, das ziehe ich an, das ist besser als diese Schlabberhose …«

»Wirklich? Bei dem Wind?«

Lisa sah sie verunsichert an. Nach kurzer Überlegung landete das Kleid wieder in der Tasche. »Recht hast du.«

»Ich kann mich nicht erinnern, wann ich zuletzt etwas Ordentliches anhatte.«

»Normalerweise laufe ich auch nicht so vernachlässigt herum …«

Ein Buch fiel aus Katrins Tasche, Lisa hob es auf, betrachtete den Umschlag. »Könnte Barbara sein in ihrer Decke, oder?«

»Stimmt, jetzt wo du es sagst.«

»Und der Titel! Geht es da auch so stürmisch zu?«

»Keine Ahnung. Hatte noch keine Zeit zum Lesen. Willst du's haben?«

Lisa überlegte kurz. »Ja, warum nicht, ich habe jetzt schon das Gefühl, ich wäre mittendrin.« Und plötzlich wurde ihnen klar, dass sie seit Tagen, seit dem ersten Tag auf der Insel, als Katrin ins Meer gegangen war und Lisa sie vom Strand aus beobachtet hatte, nicht so miteinander geredet hatten. Wie zwei Freundinnen, die sie zwar nie waren, aber hätten werden können. Wenn es Michael nicht gegeben hätte. Sie sahen sich kurz an, unwillig, es zu gestehen, unfähig, es zu ignorieren.

»Wenn ...«

»Ich weiß.«

Sie sahen sich an.

»Dein Vater, er ist doch nett.«

Lisa verzog den Mund. »Er ist der Beste, und er nervt. So sind wahrscheinlich die Väter«, schließlich lächelte sie doch richtig.

»Das weiß ich nicht. Ich war noch ein Kind, als meiner starb. Der beste Vater überhaupt.« Katrin wühlte in ihren Sachen.

»Und deine Mutter?«

Ein Schulterzucken.

»Sie will nicht ... Wir haben keinen Kontakt.« Katrin wühlte in ihren Gedanken.

»Das tut mir leid.«

»Ich habe niemanden.«

Sie dachten nach, suchten den Ausweg.

»Meine ist nie da, war nie da. Ich kann mich an keine Zeit erinnern, in der ich sie nicht vermisst habe.«

Und manchmal, wenn man keinen Ausweg fand, redete man zu viel.

»Wenn ...«

»Ich weiß.«

Und vielleicht war das alles, was sie brauchten.

Michael und Simon saßen auf der Bank, Jens tigerte an der Haustür auf und ab, blieb immer wieder stehen und horchte, Anton trank sein Glas leer, Nikola lehnte mit abwesendem Blick am Fensterrahmen, alle warteten.

»Hören Sie schon auf, das ist nur der Wind«, sagte Anton ruhig, sah dabei Jens nicht an, die Erinnerung im Gesicht tat immer noch weh.

»Dieser Wind, Wahnsinn! Wie lange kann das noch so weitergehen?« Michael stand auf, schüttelte Simons Hand ab, weigerte sich, ihn anzusehen.

»Es dauert, so lange es dauert.«

Anton vergaß, dass das Glas schon leer war, legte es an die Lippen, nichts. »Dann eben nicht«, murmelte er vor sich hin.

Michael klopfte laut an die Zimmertür der Mädchen. »Kommt, ihr zwei, das ist doch keine Modenschau, wir verhungern hier!«

Nikola schenkte ihm einen angewiderten Blick.

»Junge, Junge, du hast wirklich keine Ahnung von Frauen. Bleib besser bei deinen Jungs«, sagte Jens und drehte sich zu Simon, zuckte mit den Achseln. »Entschuldige, mein Freund, war nicht persönlich gemeint.«

Simon rührte sich nicht, starrte auf seine Hände auf dem Tisch. Überflüssig, ungebraucht, abgewiesen. »Ich werde alt«, flüsterte er, keiner hörte ihn, ihn, der sich plötzlich schmerzhaft nach seiner Gitarre sehnte. Die Saiten unter den Fingern, gespannt und dennoch willig, ergeben, ungeduldig, ihm zu gefallen, etwas für ihn zu tun. Simon beugte die Finger, spielte Akkorde. Der Trost des Alltags.

Währenddessen suchte Michael nach den richtigen Worten, fand nichts, schwieg dennoch nicht. »Was weißt du schon, du alter Mann, ich weiß alles über dich, Lisa hat mir alles erzählt ... Wahnsinn!« Selbstgefällig schüttelte er den Kopf, und der alte Jens war alt genug, um es zu überhören, auch wenn es ihm schwerfiel. Wie gerne hätte er jetzt mit Lisa gesprochen, ihr alles erklärt, reinen Tisch gemacht, sich bei ihr entschuldigt. Vor allem hätte er gerne gehört, was sie zu sagen hatte. Bevor Michael ein zweites Mal klopfen konnte, ging die Tür auf. Katrin sah ihn entschlossen an, begegnete seinem unwiderstehlichsten Lächeln.

»Was ist?«, fragte sie ungerührt.

Michael ließ seinen Blick wandern. »Das Warten hat sich gelohnt. Du siehst wie neu aus, ihr beide seht wie neu aus.«

Sogar Anton verdrehte die Augen. »Wollen wir?«, fragte er und war schon an der Tür, machte einen Bogen um Jens, so wie schon den ganzen Tag seit der morgendlichen Begegnung. Lisa blieb neben Jens stehen, berührte leicht seinen Arm, sodass Jens an jemand anderen denken musste, und dann war sie schon weg, ging in den Wind hinein, als gäbe es nichts anderes auf der Welt. Jens hörte sie lachen. Es hätte aber auch das andere Mädchen sein können, absolut sicher konnte er sich nicht sein.

Als Julia die Stimmen auf der Terrasse hörte, war sie erleichtert, nicht mehr mit Stefan allein sein zu müssen. In dem Augenblick vergaß sie sogar ihre Sorge um Toma, seine zu lange Abwesenheit. Stefan saß ruhig auf dem Stuhl am Tisch, als wäre er eingeschlafen, die Hände auf seinen Notizen auf den Oberschenkeln. Michael stürmte als Erster herein. »Hey hey hey, der Tisch ist noch nicht gedeckt! Sind wir zu früh?«

Simon drängte sich an Michael vorbei. »Wir helfen doch gerne, sagen Sie uns nur, was wir tun müssen.«

»Schau, da ist Stefan doch.«

»Stefan, Alter, Barbara sucht dich überall, wo warst du, Mann?«

Stefan stand auf und schlenderte zur Couch, verschwand in ihr. Keine Antwort, keine Regung, kein Stefan. Die Tische wurden ausgezogen und zusammengestellt, eine orangefarbene Tischdecke wurde gereicht, ausgebreitet wie ein Segel, bedeckte alles, legte sich leicht auf die Gemüter, erhellte den Raum. Teller, Besteck, Gläser, Servietten, Brotkörbe, Wasserkrüge, alles fand seinen Platz. Julia schickte Nikola und Anton Stühle aus dem Gästehaus holen. Anton hob in keinem Moment den Blick, die Erinnerung an ihre Lippen vom Wind verschont. Jens suchte Lisas Nähe und endete immer wieder an Julias Seite. Michael tänzelte zwischen Simon, Katrin und Lisa umher, fleißig wie eine Fliege.

Dann schlug die Tür zu, alle drehten sich um, und alle sahen es: Tomas nasse Haare, auch seine Kleidung klebte an ihm, als wäre sie nass. Und Barbara. Eine Stille, in der jeder gerne irgendwo anders gewesen wäre.

»Da bist du ja endlich. Wo warst du so lange?«, sagte Julia zu Toma, sah aber Barbara an.

»Schwimmen, ich war schwimmen.« Julia fing seinen Blick ein, legte ihm Handschellen an. »Du? Schwimmen?« Ihre Stimme ein Erdbeben.

»Ja, ich war schwimmen. Diva war dabei, du kannst sie fragen, sie war die einzige Zeugin.« Toma grinste, ging auf Julia zu. Sie wich einen Schritt zurück.

»Das stimmt nicht so ganz. Ich war auch dabei, ich habe es auch gesehen. Er ist tatsächlich geschwommen, er hat seine Kleider ausgezogen und ist reingesprungen und getaucht und geschwommen, ich habe ihm gesagt, das ist Wahnsinn, das habe ich ihm gesagt, immer wieder, aber er ließ sich nicht aufhalten, er ist einfach reingesprungen und geschwommen ...«

»Hör auf, Papa, ist ja gut, alle haben verstanden«, sagte Lisa leise und zog Jens am Ärmel zur Seite.

»Entschuldigt mich, ich muss mich umziehen, bin gleich wieder da«, verkündete Toma und verschwand in den dunklen Flur, der zu den Zimmern führte. Als er an Julia vorbeiging, wollte er ihr einen Kuss geben, sie drehte den Kopf von ihm weg, er ging weiter, und ihre Augen wurden feucht. »Deine Augen ...« Aber keiner hörte sie.

Wie auf ein Zeichen setzte der Lärm des Tischdeckens wieder ein, und alle hatten etwas zu sagen, und nichts hatte mit dem zu tun, was sie eben dachten oder bezeugt hatten. Julia widmete sich erneut dem Herd, mit einem Eifer und einer Inbrunst, die durch nichts zu rechtfertigen waren.

Dann kam Barbara zu Julia und legte ihr die Hand auf den Unterarm. Julia fuhr zusammen, als hätte sie Angst, als würde sie ihre Nichte nicht kennen, nicht erkennen – doch es gab keine Spur von Wut oder Hass oder Abscheu oder Vorwurf in dieser ruckartigen Bewegung Julias.

»Was ist mit seinen Augen passiert?«

Wie taub, wie blind hielt Barbara sich am Arm ihrer Tante fest: »Ich kann Stefan nicht finden, und es wird bald dunkel.«

Julia schwieg. Barbara rührte sich nicht.

Also sagte Julia doch: »Er sitzt auf dem Sofa.« Aber kein Blick, nicht einmal seitlich, nicht einmal verstohlen. »Was ist mit der Tüte?«

Barbara ließ Julias Arm los und drehte sich um. Kein Stefan. So klein war er geworden, verschwunden, aufgelöst. Nur seine Notizen waren zu sehen. Barbara eilte zu ihnen, sammelte sie ein und fand das, was von Stefan übrig geblieben war, seine leeren Augen, in denen nur das Meer zu sehen war, sein Blick vom Wind erfüllt. Barbara ging in die Hocke, umfasste seine Taille, zog sich zu ihm hin, konnte nicht aufhören, nach ihm zu rufen, als wäre sie immer noch auf der Suche. Die Plastiktüte raschelte zwischen ihren Körpern, Stefan zuckte zusammen, erwachte für einen Augenblick, während der ganze Raum zu einem mehräugigen, in gleichzeitigen Bewegungen versteinerten Zuschauer wurde. Der Rollentausch. Der Autor und seine Freundin auf der Bühne, ohne Regie, ohne Anweisungen, ohne Text. Anton und Jens dachten, ohne sich abgesprochen zu haben, an Julias Lippen, Katrin und Simon an die von Michael, Lisa an die von Nikola, Nikola an die von Lisa. Michael dachte an das Essen und Julia an Tomas nasse Haare und blaue Augen.

In diesem Augenblick betrat Toma den Wohnraum, sah Julias berückende Schönheit und war glücklich. Er sprach ihren Namen aus, lauter als nötig, sodass alle es hören konnten, diesen neuen Klang, als wäre Julia plötzlich eine andere geworden, so bilderreich, gefühlvoll verließ ihr Name Tomas Mund – und rief den Raum wieder ins Leben, Stimmen erklangen, Gelächter, das Klappern und Scheppern und Klirren.

»Alle hinsetzen, das Essen ist fertig!« Die Worte zitterten nicht in Julias Atem. Einige setzten sich einfach dort, wo sie eben standen, andere fingen an zu suchen, es musste der beste Platz sein, strategisch optimal zu den Töpfen, zu den Brotkörben, zu den Weinflaschen, zu den übervollen Schüsseln, zu den betörenden Gerüchen. Zu den anvisierten Personen. Der Kampf um die Stühle. An einem Kopfende Julia, am anderen Toma, der es schaffte, Sonne und Mond mit einem Lächeln zu ersetzen. Und auch wenn sein Mund voll war, lächelten seine Augen weiter. Wirrwarr der Wörter, Komplimente an die Köchin, kein Gespräch konnte sich entwickeln, solange der Hunger nicht gesättigt war. Aber dann.

»Das glaube ich nicht, habt ihr gemerkt, wir sind zu elft hier, eine richtige Fußballmannschaft, oder, das ist lustig, das bringt mich auf einen Gedanken, eine tolle Sendung wäre das, eine originelle Show, eine richtige Mannschaft hierherzukarren, von der Welt zu isolieren, wie elf Robinsons, das wäre doch was, oder, was meint ihr, wie sie sich verhalten, was sie tun, wie sie klarkommen würden, so ganz auf sich gestellt, ohne die ganze Begleitung, ohne all diese Leute, die sich sonst tagtäglich um sie kümmern, das wäre spannend, das gibt es noch nicht, was meint ihr, die könnten auch nackig herumlaufen, so wie richtige Schiffbrüchige, man gibt ihnen ein paar Palmwedel in die Hand, das ist gut für die Stimmung, die Atmosphäre, und dann noch so ein Sturm, das wäre gut, gefährlich muss es sein, vielleicht steckt man sie alle in ein Boot und ab mit denen aufs Meer, was meint ihr, mal schauen, wie die zurechtkommen, die verwöhnten Lieblinge der Nation, da würden ihnen ihre Millionen nichts helfen, ganz wenig Proviant bekommen die, sie sollen sich selbst darum kümmern, Fische fangen, was weiß ich, Wasser müssten sie haben, sonst wäre das eine kurze Show, aber das Leiden müsste sein, unbedingt, das wollen die Leute sehen, gemütlich und sicher auf dem Sofa sitzen, sich vollstopfen mit Fast Food und mit den Kandidaten zittern, das wäre hundertprozentig ein Hit, wir könnten die Show gut verkaufen, man könnte sie auch mit andern Sportlern veranstalten, in Amerika natürlich mit dem Team, das den Super Bowl gewinnt, das wäre der absolute Hammer, Leute, dann könnte ich ...«

»Mach mal Pause, Mann!«, rief Michael mit vollem Mund, ohne den Kopf vom Teller zu heben.

Jens sah sich um, traf auf Lisas traurigen Blick, versuchte zu lächeln, schief, alles lief schief, und es gab kein Gespräch und keine Aussprache. Die kurze Stille im Sturm.

»Wie weit seid ihr mit dem Stück? Wie geht's voran?«, fragte Julia in die Runde, vermied es, Anton anzuschauen.

Kopfnicken aus allen Richtungen, ein unzufriedenes Schnauben, alle sahen in seine Richtung, Anton winkte ab, aß weiter.

»Ach was, es läuft gut, wir haben viel geschafft, viele Szenen sitzen schon«, meinte Katrin.

»Und es macht Spaß«, fügte Lisa hinzu.

»Es würde noch mehr Spaß machen, wenn einige sich entspannen würden, lockerer wären«, murmelte Michael.

»Ihr seid so anspruchslos, das gibt's nicht! Wenn es um die eigene Leistung geht, seid ihr immer mit sehr wenig zufrieden – aber wehe, jemand nimmt euch eine Scheibe Brot vom Teller oder zieht euer T-Shirt an oder setzt sich auf euren Platz oder küsst ...«

»Was hat denn das eine mit dem anderen zu tun?« Michael legte die Gabel ab, sah Anton herausfordernd an, alle wurden ganz ruhig.

Anton winkte erneut ab, als hätte er aufgegeben, als würde er bereuen, überhaupt etwas gesagt zu haben.

Julia sah Toma an, fragte nicht nach seinen Augen. Toma strahlte weiter, unberührt, sodass Julias Blick länger bei ihm blieb, als sie es vorgehabt hatte – als würde sie das Licht und die Wärme aus ihm einsaugen wollen. Unentwegt leuchtete Tomas Gesicht, leuchteten die Augen, sein Lächeln verriet alles, was Julia wissen musste, und sie spürte, wie sie abhob, allmählich, ganz sachte, unbemerkt, wie die Reinheit seiner Gedanken sie erfüllte, seine Gefühle sie umarmten.

»Nein, das will ich jetzt wissen, Anton, was willst du damit sagen?« Michael sah sich selbstzufrieden um, begegnete jedem Blick, versuchte nicht einmal, diese Blicke an sich heranzulassen, ihre Botschaft zu empfangen, seine Worte zu überdenken. Er strich sich immer wieder über den Kopf.

»Lass das jetzt, Michael«, sagte Katrin entschlossen. »Können wir nicht einfach zusammensitzen, das köstliche Essen dankbar genießen und zufrieden sein?«

»Offensichtlich nicht«, murmelte Lisa, völlig überfordert, an drei Baustellen sitzend, kein Kompass, kein Handbuch, kein Instinkt. Nur ein roter Faden hing von ihrem Pullover, und sie merkte es nicht einmal.

»Toma, was sagen Sie, wie lange kann dieser Sturm noch dauern?«, meldete Nikola sich lauter als nötig.

»Morgen ist er vorbei«, sagte Toma ruhig, strahlend, als wäre er nicht von dieser Welt, als wäre er bloß ein Gast, ein Gesandter mit der Aufgabe zu leuchten und Wahrheiten zu verkünden.

Alle sahen ihn verwundert an und gaben verwunderte Laute von sich, Jens klatschte in die Hände – vielleicht machte er sogar einen winzigen Sprung –, und Julia fragte, was alle wissen wollten, sie beeilte sich, die Frage zu formulieren, bevor jemand anderer es tat mit weniger Rücksicht und Vertrauen: »Wieso weißt du das so genau?« Sie sonnte sich in seinem Licht, und es ging ihr gut. Der Gedanke, dieses Strahlen heute Nacht in sich aufzunehmen und alles zu werden, was sie sein konnte.

»Ja, genau, wie kannst du das wissen?« Michael war nicht zu stoppen, er war nie zu stoppen.

Toma hob die Schultern wie eine Brücke zwischen den Welten. »Ich weiß es. Ihr werdet sehen. Nur noch heute, genießt ihn, den trockenen Wind.«

»Den verrückten Wind«, meldete sich Barbara.

»Den wilden«, ergänzte Nikola, wollte auch eine Brücke bauen, zu Barbara, der er nicht helfen konnte.

»Den wahnsinnigen!«, lachte Michael.

»Den gewaltigen«, lächelte Katrin.

»Den betrunkenen«, rief Lisa und machte ein Spiel daraus, sodass sogar Simon mitmachen wollte und sie nicht mehr zu bremsen waren. Der verspielte, verlassene, leidende, rachsüchtige, befreite, blinde, gedopte, ausgehungerte, obdachlose, kriminelle, göttliche, zornige, allmächtige, gefallene, abgewiesene, verbitterte, frustrierte, nichts ließen sie aus, lachten und riefen durcheinander, die Teller fast leer gegessen, die Gläser immer wieder füllend. Rote Weintropfen flogen herum, landeten auf der Tischdecke, eine blutende Sonne. Julia hielt sich zurück, genoss die momentane Einmütigkeit, den Einklang, der sich so beruhigend anhörte. Stefan aß wenig, trank noch weniger, sprach gar nicht. Barbara berührte ihn immer wieder mit der Schulter, stupste ihn an, es nutzte nichts, Stefan starrte sein Notizheft an. Barbara gab sich Mühe, sah aber die Worte in seinem Kopf nicht entstehen. Also trank sie noch ein Glas Wein und ignorierte Nikolas Blicke, sein Lächeln.

»Lasst uns ein Spiel spielen!«, meldete sich Jens und stand plötzlich auf, unsicher, und hob die Arme. Sein Gesicht hatte sich schon vor einiger Zeit von seiner Blässe verabschiedet. Einige klatschten begeistert, andere protestierten mehr oder weniger vehement. »Flaschendrehen!«, rief Jens, und es wurde laut, noch lauter. »Aber nur mit leeren Flaschen«, schrie Anton dazwischen, leerte sein Glas und schenkte schnell nach, und alle sahen ihn überrascht an, als wunderten sie sich, dass er noch da war, dass er überhaupt da war.

»Ich bin aber noch nicht fertig«, protestierte Michael und füllte sich den Teller noch einmal mit Pasta und Salat.

»Du kannst weiteressen, wir räumen den Tisch schon mal auf«, meinte Katrin geschäftig und stand als Erste auf. Großes Durcheinander, Klappern und Scheppern und eine nervöse Aufregung, als wäre plötzlich alles möglich, als wäre der Augenblick gekommen, in dem Träume wahr werden konnten. Toma legte die Hand auf Julias Nacken, es durchfloss sie wie ein unerwarteter Schmerz, sie beugte sich leicht nach vorne, er ließ sie nicht los. Jens sah es, Anton sah es, und schon ballte er die Faust, als Barbara ihn wegzog, ihm in die Augen schaute, alles sagte, ohne ein Wort ausgesprochen zu haben.

Anton nickte, setzte sich zu Stefan. »Stefan, alter Freund, wie geht's dir?«, fragte er, boxte ihn spielerisch in den Oberarm. Nichts, kein Stefan. Anton suchte Barbaras Blick, nichts, keine Antwort, keine Lösung. Simon war bei Michael sitzen geblieben, ein Sinnbild der Hoffnungslosigkeit, aber mit Musik in den Fingern. Lisa fand Nikola, streifte an ihm vorbei, immer wieder, spürte, was sie eben spürte, wollte es mit niemandem teilen, dieses Gefühl. Nikola nahm es wahr, nahm Lisa wahr, ließ sich leicht finden, großflächig finden, dachte an Barbara, an Michael, dachte an Abschied, und alles änderte sich. Jens redete, lachte, und Katrin warf den Kopf nach hinten, machte den Mund auf, tonlos, ergeben, und Jens genoss es, vergaß Lisa, solange sie außer Sichtweite blieb. Unter Barbaras Stuhl lag die weiße Plastiktüte, daneben ruhte Diva.

Schließlich war der Tisch aufgeräumt, und alle waren bereit. Die Plätze wurden hier und da getauscht. Jens, jetzt neben Katrin sitzend, lehnte eine Kunststoffflasche ab, und Julia zauberte eine leere Sektflasche her, Jens skandierte euphorisch, und Lisa wandte den Blick von ihrem Vater ab. Ein Gefühl der großen Erwartungen lag im Raum, schwebte um die Wimpern, Fingernägel, legte sich auf die Knie, so viele Knie, und lauerte, auf der Suche nach der Endgültigkeit. Jens stand auf, zog seine Weste aus, schmiss sie auf die Couch, verlangte nach Ruhe. »Die Regel ist ...«

»Wir kennen doch das Spiel, Mann!«

»Die Regel ist«, ließ Jens sich nicht beirren, »derjenige, der die Flasche dreht, darf eine Frage an denjenigen stellen, auf den der Flaschenhals zeigt, und der muss die Wahrheit sagen.«

»Das wissen wir doch!«

»Den Ausweg mit einer Tat gibt es hier nicht, alles klar?« Alle sahen sich an, musterten einander, Michael seufzte, Lisa seufzte.

»Gut, dann kann es losgehen, auf los geht's los!«

»Moment! Und wer dreht als Erster?«

»Ich«, erwiderte Jens, und schon lag seine große, feine Hand auf der Flasche, und sie drehte sich, drehte sich und blieb vor Simon stehen. Jens rieb sich die Hände.

»Aber es muss eine kurze Frage sein, man darf keine Reden halten«, sagte Michael.

Jens beachtete ihn nicht. »Warum bist du hergekommen?«

Simon biss sich auf die Lippe. »Um meinen Freund Michael zu besuchen.«

»Aber in welcher Absicht?«

»Man darf nicht nachfragen« und »Das geht nicht« und »Du musst dir die Frage vorher besser überlegen« kam von allen Seiten, und Jens musste sich hinsetzen.

Simon sah ihn an, ganz ruhig, sagte nichts.

»Komm, Simon, mach! Du musst drehen!« Simon tat es im Sitzen, die Flasche blieb bei Anton stehen, Anton beschwerte sich, sein Lallen war nicht zu überhören.

»Warum willst du Regisseur werden?«

Proteste ohne Ende: »langweilig«, »doof« und »billig«.

Anton grinste. »Um jede Nacht mit einer anderen Schauspielerin ins Bett gehen zu können.«

Alle lachten, Michael klatschte unterstützend: »Ein paar kannst du auch zu mir nach Hause schicken.«

Simon ließ den Kopf sinken, Anton hob den Daumen. Dann drehte er die Flasche, Lisa errötete. »Nikola oder Michael, wen würdest du wählen?«

Lisa schwieg, sah Anton an, als würde sie ihn zum ersten Mal sehen, als wollte sie fragen: Wer bist du? Was hast du mit unserem Anton gemacht?

»Also?«

Keine Antwort.

»Du musst antworten, so ist das Spiel, frag deinen Vater«, triumphierte Michael.

»Halt die Klappe!«

»Keinen«, sagte Lisa leise.

»Das geht nicht, du musst einen nehmen!«

Lisa schwieg, schaute kurz zu Julia.

»Komm, sag schon!«

Schweigen, schweigen, schweigen ...

»Nikola«, sagte Lisa und stand auf, lief ins Badezimmer.

Nikola stand auf, setzte sich dann wieder.

»Und was jetzt, wer dreht jetzt die Flasche?«

Michael starrte auf Nikola, verengte seinen Blick.

Jens langte über den Tisch und drehte die Flasche, nur wenige protestierten, als er Toma die Frage stellte: »Was ist das Schlimmste, das du im Krieg gesehen hast?«

Toma zuckte nicht einmal mit der Wimper, Julia aber stand auf: »Das geht zu weit, du solltest dich schämen, Jens.«

Toma sah sie mit seinen neuen, strahlenden Augen an, lächelte immerfort, sagte: »Ich habe es vergessen, es wurde weggespült, alles ist verschwunden.«

»Das geht nicht!«, regte Jens sich auf, Julia setzte sich wieder, legte den Kopf an Tomas Schulter, er küsste ihr Haar.

»Aber wenn es so ist, dann ist es so, und wir müssen es akzeptieren«, meldete sich Barbara, der Blick wässrig. Julia sah sie kurz an, aber Barbara verstand es nicht, ließ die Tränen laufen. Toma ergriff die Flasche und drehte sie mit viel Gefühl, als wollte er sie bei einer bestimmten Person zum Stehen bringen.

»Was ist los mit dir?«, fragte er Stefan, der wider Erwarten blitzschnell antwortete: »Das ist das Meer!«, und alle mussten lachen, alle außer Barbara, die lediglich den Kopf schüttelte, ihre Tränen gerieten aus ihren Bahnen, zeichneten zusätzliche Linien auf ihre Wangen.

»Stefan, du Spasti, wir haben schon gedacht, du bist für immer weg!«

»Du musst jetzt drehen«, sagte Katrin ungeduldig.

Und Stefan tat es, und alle staunten wieder und lachten. »Bist du in Barbara verliebt?«, fragte er Nikola, dessen Blick zwischen der Badezimmertür und Barbara wanderte.

»Nein«, sagte er, aber Stefan wollte es nicht glauben und fragte nach, doch da beschwerten sich die anderen. Nikola setzte dem ein Ende, drehte rasch die Flasche, fragte: »Woher weißt du, dass der Sturm morgen vorbei ist?«

Und Toma sagte, ohne ihn anzusehen: »Der Wind hat es mir zugeflüstert«, und schon wieder protestierten einige, und einige lachten, und alles löste sich im Chaos auf. »Was willst du deiner Tochter sagen?«

Und wie ein Blitz kam die Antwort: »Dass ich sie liebe.«

»Schade, dass sie nicht hier ist.«

Alle schauten sich um, Nikola stand auf und ging zum Badezimmer, klopfte lauter als der Wind, beharrlicher. Lisas Gesicht war blass, müde, sie sahen sich in die Augen, ernst, als wollten sie sich aussprechen. Dann nahm Nikola Lisas Hand und führte sie zurück zum Tisch, alle begrüßten sie laut und überschwänglich, als hätte sie etwas Großartiges geleistet.

»Dass ich sie liebe, dass ich sie liebe, das würde ich ihr sagen, das will ich meiner Tochter sagen, deswegen bin ich hier, ich liebe sie«, schrie Jens, stand auf, der Stuhl kippte um, und niemand kümmerte sich darum, Katrin klatschte in die Hände, ihr Gesicht rot und verschwitzt. Vater und Tochter, wie zwei altgriechische Säulen. »Ich liebe dich, mein Schatz.«

Lisa betrachtete ihre Schuhe, ihre Hosenbeine, den umgefallenen Stuhl, seine verblasste Farbe, Nikolas Arm ganz dicht an ihrem Oberschenkel, Nikolas Schuhe, Jens' Schuhe. Michael bemerkte, wie Nikolas Finger Lisas Schmetterling berührten, ganz leicht, und Michael sah blau und wurde rot.

»Lasst uns weitermachen, es gibt sicher noch mehr Geheimnisse, noch sensationellere zu enthüllen«, sagte Lisa schließlich und setzte sich, Nikola neben sie. Jens blieb stehen, mit leeren Händen.

»Komm, Jens, du bist dran!«

Jens wandte Julia den Kopf zu, suchte ihre Augen, ihr Mitgefühl, ihr Verständnis, fand Tomas sanftes Lächeln und wirbelte die Flasche so wild, dass sie auf dem Boden gelandet wäre, hätte Simon sie nicht reflexartig aufgefangen. Jens sah ihn an, Simon meinte, eine Spur von Schadenfreude erahnen zu können.

»Aber jetzt! Was wolltest du Michael fragen, hier, auf der Insel?« Und sich an die anderen wendend: »Ist das jetzt klar und eindeutig genug?«

»Das werden wir gleich hören«, erwiderte Katrin. Julia zählte all die geleerten Weinflaschen, verschloss davor die Augen.

»Bist du enttäuscht?«, flüsterte Toma.

»Das Essen war gut«, flüsterte sie zurück. »Aber die große Versöhnung bleibt aus.« Julia hatte das Bedürfnis, auch ihre Ohren zu verschließen.

»Also, Simon, was jetzt!« Simon spielte mit seinem Glas, drehte es so lange, bis ihm schwindlig wurde, dann trank er es leer.

»Si-mon, Si-mon, Si-mon«, skandierten raue Stimmen.

Simon stand auf, taumelte, hielt das Glas hoch und sagte, klar und deutlich: »Ich wollte Michael fragen, ob er mich heiraten würde.«

Hätte es den Wind vor der Tür nicht gegeben, hätte man es eine Totenstille nennen können, diese plötzliche Versteinerung aller Anwesenden. Dann ein paar Seufzer, lautes Ausatmen. Simon senkte den Arm, starrte in das leere Glas, sah nur Kreise darin, die sich fast schwarz färbten, und verstand auf einmal, warum Rotwein in Kroatien Schwarzwein hieß.

Allmählich erwachten auch die Stimmbänder aus der Starre.

»Wahnsinn«, sagte jemand, der nicht Michael war, aber keiner lachte.

»Ich liebe dieses Spiel«, sagte ein anderer.

»Jetzt bin ich aber gespannt«, murmelte ein dritter.

Als Stefan ruckartig aufstand und den Mund aufmachte, zwang ihn jemand mit den Worten: »Ja, wir wissen es schon, Stefan, es war das Meer!« zum Schweigen. Nur wenige lachten. Stefan schloss den Mund wieder, blieb aber stehen.

»Also, Michael, was sagst du?«

»Nichts! Was soll ich sagen? Es gab keine Frage, und ich muss hier sowieso nicht antworten«, Michael kratzte sich am Kopf, und unerwartet empfand Julia Mitleid mit ihm.

»Ich auch«, flüsterte Toma in Julias Ohr, und Julia wunderte sich nicht einmal, war lediglich froh, dass sie vorhin nicht auch die Ohren verschlossen hatte.

Stumm und unaufgefordert drehte Simon, immer noch stehend, die Flasche, und die fand Katrin, und die packte sofort Jens am Arm. Ihre Augen verschleiert, aber lebendig.

»Hast du mit Michael geschlafen?«

Neugierige, erwartungsvolle Gesichter.

Katrin wurde ganz rot, sah sich Hilfe suchend um, verzog den Mund, nichts half. »Ich weiß nicht«, stammelte sie leise, war sich sicher, dass nur Jens sie hören konnte. Empörte, herablassende Rufe von allen Seiten. »Ich weiß es nicht«, wiederholte Katrin und machte dadurch nichts besser.

»Wie kann man das nicht wissen?«, fragte Jens ehrlich erstaunt, und Katrin ließ augenblicklich seinen Arm los, senkte den Kopf.

»Das zählt nicht als Antwort, denn du musst es wissen«, sagte Simon unerbittlich, und diese Unerbittlichkeit tat ihm selbst am meisten weh.

»Ich ... ich bin ... ich habe ... ich weiß es eben nicht«, sprach Katrin immer leiser, immer unsicherer, zog mit raschen Bewegungen an ihrem Haar, wickelte es um den Finger, ließ es los, wiederholte das Ganze unendliche Male. Während alle durcheinanderredeten und Michael sie belustigt, aber vor allem überrascht ansah. »Katrin?«, flüsterte er schließlich, über den Tisch zu ihr hinübergebeugt. Katrin schüttelte den Kopf, die Haare flogen ihr ins Gesicht, verdeckten es für einen Augenblick, brachten Erlösung. »Katrin, jetzt sag bloß nicht …«, flüsterte Michael weiter, und Katrin dachte an den Morgen, diesen Morgen, falls es nun nicht schon nach Mitternacht war, sie hatte jegliches Zeitgefühl verloren, Stunden, Tage, Wochen, alles verworren und ineinandergeflossen, konturenlos, zeitlos. Da war jener Kuss und dieser Wind und dieses Meer und die Wellen, die anders waren und dennoch dieselben, die gleichen, alles war möglich während und nach jenem Kuss, auf jener Erde, staubig und klebrig zugleich, auf jenem Weg zwischen Tomas Haus und dem Gästehaus, und außer den Möwen hatte keiner es gesehen, und nur Michael wusste, was es gewesen war und ob sie miteinander geschlafen hatten, ob das zählte, wie weit sie gegangen waren, nur Michael wusste das. Katrin hob den Blick, ihrer traf seinen, sie beharrte darauf, entschlossen, so lange zu suchen, bis sie fündig würde. Sie lehnte es ab, zu glauben, dass ein Gefühl, ein Mensch, ein Erlebnis sich in einem langen oder kurzen Moment ändern konnten, verschwinden, sich verwandeln, sich verirren. Michael lächelte, lächelte sanfter, lächelte mitfühlender, lächelte sich zurück in Katrins Erinnerung.

»Also? Sag's endlich!«

»Nein, habe ich nicht.« Ihre Stimme stark, ihr Blick feucht.

»Das glaube ich nicht, ich hab euch gesehen«, sagte Simon, erkannte sich selbst in diesen Worten nicht, spürte plötzlich, dass dieser Simon nie mehr die Gitarre anfassen würde, und ließ alles los, alles. Stille trat ein, angespannte, stürmische Stille.

»Was immer du glaubst, gesehen zu haben, wir haben nicht miteinander geschlafen.«

»Ich habe euch gesehen.«

»Du konntest uns küssen sehen, mehr gab es nicht zu sehen.«

»Du lügst. Die Frage ist nur, warum.« Simon schwankte nicht, der

Verlust, alle Verluste, gegenwärtige und zukünftige, ließen ihn nicht weichen, unterstützten ihn von allen Seiten, groß und stark stand er vor Michael.

Michael sah sich um, sah jeden einzelnen an, ausdruckslos, ähnelte so wenig dem Michael, den jeder hier kannte, dass alle ihn auf einmal wahrnahmen, als wäre er ein Fremder, ein glatzköpfiges Narbengesicht, das sie vielleicht mögen konnten. Lisa reichte ihm die Hand, Nikola zog seine zurück, Barbara reichte ihm ein Lächeln, Jens zog die Worte zurück, besiegte sich selbst, verstummte so gründlich, dass es auch endgültig sein konnte. Toma strahlte und strahlte und strahlte und – strahlte. Julia tat nichts Sichtbares, der stille Triumph genügte ihr völlig. Stefan kritzelte fiebrig in sein Notizenbuch, schon seit geraumer Zeit, Anton tat, was er schon seit Tagen tat, er trank ein Glas Wein nach dem anderen, spürte nichts außer Julias Lippen, betäubt für alle Ewigkeit.

Und alle sahen Michael aufstehen, langsam, als müsste er gegen den Wind ankämpfen, sich behaupten, er nahm Simons Gesicht in die Hände, langsam, legte den Mund auf seinen, schloss die Augen und küsste ihn, langsam, lange, bis der Kuss die Stille im Raum durchbrach, durchbohrte, regelrecht durchstach und alle wieder einatmeten, langsam, tief, erleichtert, sie überlebt zu haben, diese tückische Stille, in der alles möglich gewesen war. So viele Menschen, vertraut und zugleich fremd, einige Körper mochten sich auch im Dunkeln erkennen, einige ihrer Worte auch flüsternd verstanden werden, so viele Menschen, und jeder widmete sich in diesem Augenblick diesem Kuss, der sie alle anging und berührte, den sie wahrhaftig schmecken konnten, der Hunderte von Geschichten erzählte, unerhörte, nie gehörte Geschichten, die sie alle schon erlebt hatten, erleben wollten.

Der Raum fing an zu flimmern, die Dunkelheit, so sichtbar im Kerzenlicht, wurde noch dunkler, dunkelblau wurde sie, dunkler als die Tinte in Stefans fleißiger Feder, dem Tintenfisch ähnlich, den Tintenfisch nachahmend hinterließ sie schaumige Spuren, wie leichte Wolken. Als Julia, Toma, Jens, Simon, Barbara, Lisa, Katrin, Nikola und Anton hörten, wie die Tür zuschlug, dem Wind zum Trotz, war Michael schon weg, und Stefan schrieb wieder, schrieb weiter.

»Was ist mit deinen Augen passiert?«

37.

Dunkel und windig war es, klamm die Luft, mit aller Wucht schlug sie Michael ins Gesicht. Der Wind füllte ihm den Mund, ließ keine Luft hinein, Michael hatte das Gefühl, ersticken zu müssen. Die Brandung, die Gischt, der Schaum, das Tosen und Dröhnen und Grollen, die Schwärze in allen Tönen, die Schatten in allen Formen, die Ängste in allen Gestalten. Michael stellte einen Fuß vor den anderen, es gab nur drei Wege, einer davon war keine Lösung. Michael stellte einen Fuß vor den anderen und verscheuchte Tiere auf dem engen Pfad zum Meer, zu den Felsen, die trompeteten bei jeder Begegnung mit den Wellen. Wie Leuchtkäfer glimmerten Salzkörner vor ihm, mit der Erde vermischt, die Steine strahlten wie mit einer Diamantentiara gekrönt. Fuß vor Fuß und immer weiter in die Dunkelheit, in die feuchte Wärme der Nacht ohne Sterne, ohne Mond, ohne Aussicht, entschlossen und gnadenlos. Wo immer Michael auch hinsah, begegnete er sich selbst, seiner Ahnungslosigkeit, gut gehütet und noch besser versteckt. Seine nackte Kopfhaut voller winziger Gänsefüßchen. All die klugen, schönen, bedeutsamen Gedanken großer Schriftsteller kamen ihm in den Sinn, wurden augenblicklich vernichtet, in die Tiefe des Meeres gesenkt, vom Wind zügig verschluckt, wie unschuldige, gewichtslose Luftballons. Hier nach einem Halt zu suchen war so absonderlich und befremdlich, dass es schon lächerlich war. Fuß vor Fuß, weiter ging es in die Nacktheit der Nacht, kein Platz, etwas zu verstecken, keine Zeit, sich zu verstellen, sie flog, sie flog, kehrte immer wieder zurück, nie dieselbe, brachte Salz und Erde mit.

Michael ging langsam, sich seiner Umgebung bewusst und doch abwesend. Seine Narben, noch so frisch, brannten und juckten, er zog den Pullover über das Gesicht, hoch bis zu den Augen, atmete den eigenen Geruch ein, vermischt mit Wein und Pesto und Meeresfrüchten und Schweiß und Hund und Erregung. Seine Lippen spürten noch Simons Mund, schmeckten ihn, voll und zögerlich; erinnerten sich an andere Lippen, andere Küsse, andere Wärme und andere Aromen, weich waren sie, die Lippen, und zart und willig, und Michael wollte sie alle und konnte nicht Nein sagen, wollte nicht, weder sich entscheiden noch auf etwas verzichten. Einmal abgewiesen, immer auf der Suche. Die Felsen ragten wie Galionsfiguren vor und unter ihm auf. Einen Augenblick blieb Michael stehen und ließ sich vom Wind hin und her schaukeln, taub vom Geschrei der Brandung und dem Stimmenwirrwarr in seinem Kopf. Sein Blick wanderte, flog sogar von der tiefen Dunkelheit des Wassers zu den glatten Steinen, dem einzig Hellen in Michaels Welt, im ganzen Universum, der einzigen Lichtquelle, so schien es, so spürte Michael es auf der Haut, in den Muskeln, in jedem einzelnen Organ. Die ungeschützte Kopfhaut spannte, zog sich zusammen, Michael fühlte diese Bewegung bei jedem tiefen Atemzug. Die glitschigen, glitzernden Felsen lockten ihn, betörten, sangen verführerisch. Michael war plötzlich so erfüllt von der Natur um ihn herum, von Empfindungen und Regungen in ihm selbst, dass er sich setzen musste, er ging in die Hocke, ließ sich auf die Erde fallen, streckte sich aus, so gut es möglich war in der Enge, die ihn festhielt, ihm Sicherheit anbot. So lag Michael verrenkt und seltsam verbogen und spürte keinen Schmerz, keine Unannehmlichkeit, weigerte sich, die Augen zu schließen, obwohl der Wind darauf bestand, auf seine Lider drückte. Textfetzen aus dem Stück fielen ihm ein, der untreue Ehemann, der Verräter hier und da, überall Betrug und Verrat. Aber ein gutes Stück, gut geschrieben. »Das bin ich«, sagte er zuerst leise, dann lauter, dann schrie er, bis ihm die Lunge wehtat, bis ihm alles wehtat. Etwas sprang auf seine Stirn, ein Insekt wahrscheinlich, er bewegte sich nicht, erlaubte ihm, herumzukrabbeln, spürte die Beinchen auf der Nase, dem Augenlid, am Ohrläppchen, lachte. Dann kam eine Böe, und weg war es.

Mit Mühe stand Michael auf, ließ die Erde und kleine Zweige und trockene Blätter und Blüten an der Kleidung und an seiner Haut kleben, streckte die Arme aus, konnte die Brandung unter sich nicht berühren, spürte nur ein paar Tropfen im Gesicht. »Das bin ich«, schrie er wieder und noch einmal und noch einmal, bis er ein Grinsen auf den Lippen und eine Hand auf dem Oberarm spürte, erschrak, sich rasch umdrehte und sofort sanft lächelte. »Ach, du bist es.«

38.

»Sie ist da, sie ist wieder da!«, rief Barbara, stürmte aus ihrem Zimmer in den Wohnraum, wo Nikola am Fenster stand und auf das Meer starrte, ruhig wie Öl.

»Und es ist weg«, flüsterte er, aber das machte nichts, der Wind war verschwunden, die Brandung auch, eine Ruhe herrschte wie nach dem Ende der Zeit. Barbara fragte nicht nach, was er meinte, sie drehte eine Runde von Tür zu Tür, von Fenster zu Fenster, und schlüpfte wieder ins Schlafzimmer, schlich sich ins Bett, zu Stefan, der sie mit riesengroßen Augen betrachtete. Ein Lächeln huschte über seinen Mund, Barbara bemerkte es, und ob sie es bemerkte!, sie wurde vorsichtig. »Sie ist da, die Sonne ist wieder da!« Barbara kuschelte sich zögernd an ihn, unsicher, was kommen würde. Diese Augen, die kannte sie. Stefan nahm sie tatsächlich in die Arme, küsste sie, lächelte sie an. »Guten Morgen, du Schönheit«, sagte er, und sie wusste es, alles war wieder da. So wie Toma es gesagt hatte. Ihre Lippen tranken sich satt aneinander, Hände wanderten und liebkosten, als Stefan plötzlich fragte: »Wo ist denn mein Heft, hast du es?«

»Es ist weg«, sagte Nikola, als Lisa sich neben ihn stellte, ihm den Arm um die Schulter legte, seine Schulter küsste. »Es ist weg, Lisa.« Nikola sah Lisa nicht an, er hatte Augen nur für das Boot, das nicht mehr da war. »Wie komme ich jetzt hier weg?« Und so erfuhr Lisa, dass alles vergebens gewesen war, der Schmerz und das Quälen und die Tränen und alles. Sie gab ihm noch einen Kuss und sagte: »Es wird sich schon ein Boot für dich finden, da bin ich mir sicher, jeder hat ein Boot.« Sie sagte nicht: Verlass mich nicht. Sie ging auf die Terrasse, ließ die Tür offen.

Überall konnte man die Spuren des Sturmes finden, aber es schien so surreal – man hatte ihn erlebt und konnte dennoch nicht an diesen Sturm glauben, weder an ihn selbst noch an die Erinnerung an ihn. Unten am Strand bewegte sich etwas im seichten Wasser, dann im tieferen, immer tiefer. Lisa beugte sich weit über das Geländer und staunte nicht schlecht, als sie Katrin erkannte. Katrins langes Haar schwebte auf der Oberfläche, ihr Körper ruhte, die Beine und Arme von sich gestreckt, die Finger gespreizt, Wasser floss um sie herum, durch Mund, und Ohren, zwischen den Zähnen hindurch, aus der Nase tropfte es, Wasser in den Augen, zwei salzige Seen. Lisa konnte den Blick nicht abwenden, nie im Leben hatte sie etwas Schöneres gesehen. Plötzlich bekam sie Angst, jemand oder etwas, ein Vogel, ein Fisch, ein Motorboot, könnten Katrin erschrecken, das Bild zerstören. Lisa war einen Atemzug davon entfernt zu weinen. Der eigene Gedanke, Katrin sollte lieber tot sein, als sich jetzt zu bewegen, zu verändern, dieses Mosaik, ja, wie ein Mosaik lag sie da, unbeweglich mitten in der Bewegung, das durfte nicht passieren. Lisa hörte schon die ersten Schluchzer hochkommen, legte beide Hände auf den Mund, lieber wollte sie ersticken als ...

»Ich bin blind, ich sehe nichts, diese Sonne blendet, was machen wir jetzt?« Anton hatte eine Zigarette zwischen den Fingern, sonst nichts an. Er stellte sich neben Lisa, ganz nah an ihre Schulter, folgte ihrem Blick und sah es auch. Das Leben, das ganze Leben in ein paar unrhythmisch schaukelnden Haarsträhnen. »Wie wäre es mit uns, Lisa?«, fragte Anton, gab Lisa einen Kuss auf den Kopf und lief die schmalen Treppen hinunter, weiter den Weg entlang bis zum kleinen Strand, der von Sturmresten gezeichnet worden war, die das Meer ausgewürgt hatte. Anton sprang darüber und lief ins Meer hinein, lief so lange, wie er dem Wasser standhalten konnte, dann sprang er, ließ sich fallen, teils, teils. Er schrie, er lärmte, er schlug um sich, er schnappte nach Luft, als würde jemand ihn von unten ziehen, in die Tiefe, eine allmächtige Faust oder ein Hai, er brüllte, heulte um sein Leben. »Kalt, kalt, kalt, kalt«, bis ihm die Luft ausging.

Katrin hörte auf zu träumen, sah sich um, ein gesegnetes Lächeln auf den Lippen. »Du bist nackt«, sagte sie ruhig, ein wenig amüsiert.

»Wie kannst du da so liegen, es ist zum Erfrieren kalt!«, japste Anton.

»Du bist nackt«, wiederholte Katrin.

»Und du hast keine Brille! Wo sind deine Brillen? Seit Tagen läufst du ohne Brille ...«

»Ich weiß, ist das nicht wunderbar!«

»Siehst du mich überhaupt? Erkennst du mich?«

»Du bist nackt.«

»Ich bin ein Eisberg.«

»Größer unter Wasser als oberhalb«, Katrin lachte laut und schallend, Anton sah sie verwundert an und an sich hinunter, das Wasser so klar, so durchsichtig, so enthüllend, er betrachtete seine Zehen, weiß wie die einer Leiche. Das Meer änderte alles, auch Gefühle, es veränderte Gedanken und Überzeugungen.

»Du siehst nicht gut aus«, sagte Katrin freundlich und legte sich wieder auf den Rücken, streckte Arme und Beine von sich, behielt die Augen offen.

»Was machst du da?«

»Zähle Wolken.«

»Da sind ja gar keine«, Anton bog den Kopf nach hinten, eine Möwe kreiste in den Höhen.

»Ich kann warten.«

Die Möwe kreischte, ungeduldig kam es Anton vor. Andere flogen herbei, vollkommen weiße und graufleckige, hielten schrill Rücksprache, bevor sie sich laut und voller Morgenelan in die Tiefe stürzten, ins Meer.

»Komm, wir wollen proben«, sagte Anton schließlich und schwamm unvermittelt zum Ufer. Katrin sagte nichts, wartete und lächelte, ließ sich treiben.

Lisa stand immer noch auf der Terrasse, eine volle Kaffeetasse in der Hand.

»Sind schon alle wach? Wir wollen proben, haben keine Zeit zu verlieren«, sagte Anton außer Atem im Vorbeigehen.

»Zieh dir lieber was an«, rief Lisa ihm hinterher. Dann kehrte sie zu Katrin zurück, konnte von dem Anblick nicht genug bekommen, alles so unwirklich, als würde man durch eine Zauberkugel schauen.

In Boxershorts und Hemd kam Anton zurück, eine Zigarette im Mund. »Wo ist Michael, wo sind die anderen?«

Lisa zuckte leicht mit den Schultern. »Nikola ist da.«

»Nein, er ist weg.« Lisa drehte schnell den Kopf zu ihm, leichte Panik in den Augen. »Zu Julia auf der Suche nach Toma, Nikolas Boot ist verschwunden«, sagte Anton und nahm Lisa die Tasse aus der Hand, trank einen großen Schluck. »Du hättest mir ruhig etwas übrig lassen können.«

»Ich habe den Kaffee nicht gekocht, Nikola war es, oder Katrin, keine Ahnung.«

»Und Stefan und Barbara? Was ist mit denen?«

Schulterzucken.

Anton schnaubte. Dann formte er die Hände zu einem Trichter und rief nach Katrin, mehrmals, sodass jeder wach geworden sein musste, in beiden Buchten.

»Schrei nicht so, sie kann dich sowieso nicht hören.«

»Hast du bemerkt, dass Katrin keine Brillen mehr trägt?«

»Ich habe vorhin schon gedacht, dass sie anders aussieht, irgendwas war anders an ihr, ich dachte, es wäre ...« Lisa entschied sich, es nicht auszusprechen.

Anton sah sich um, beugte sich und hob ein Steinchen, holte aus und warf es.

»Anton!«

»Was!«

Katrin unterbrach ihr Sich-treiben-Lassen und schaute hoch zu den beiden. Sie winkte, Anton winkte zurück, Lisa lächelte entschuldigend.

»Komm, wir sind so weit!«

Katrin winkte noch einmal und setzte sich in Bewegung Richtung Strand, gemächlich, ohne Eile.

»Das stimmt gar nicht. Warum lügst du?«

Schulterzucken.

»Dann solltest du jetzt lieber Michael finden.«

»Das wird nicht schwer sein, er hat nicht in seinem Bett geschlafen, also ist er sicher bei seinem Bräutigam«, sagte Anton und bemühte sich um einen flachen Ton. »Stört dich das?«

Lisa schwieg, Lippen am Becher.

»Also doch.«

»Nein, nicht mehr.«

»Das heißt, du hast dich entschieden?«

Schulterzucken.

»Wie du meinst. Aber denk dran, ich bin auch noch da.«

Anton und Lisa betrachteten Katrin, die sich unten am Strand abtrocknete, in das große Badetuch einwickelte und langsam die Treppe hochkam.

»Frierst du nicht?«, wunderte sich Anton.

Katrin sah ihn von Kopf bis Fuß an: »Und du?«

»Ja, schon, deswegen ziehe ich mich auch gleich richtig an«, sagte Anton und eilte tatsächlich ins Haus.

Katrin blieb neben Lisa stehen, auch wenn sie nichts zu sagen hatte und es niemanden zu sehen gab im Meer, am Strand. Die Möwen kreischten, flogen mal tief, mal hoch, mal paddelten sie auf dem Wasser. Die Ruhe nach dem Sturm, dem schon vergessenen, abgehakt.

Katrin umarmte Lisa, legte den Kopf auf ihre Schulter. »Es geht uns gut«, sagte sie und bibberte am ganzen Körper.

Lisa nickte, zu mehr war sie nicht bereit. »Wir müssen Michael finden«, fing sie an.

»Müssen wir?«, fragte Katrin leise und ging ins Haus. Lisa sah ihr nach, sah Nikola auf Julias Terrasse mit Julia reden, verstand kein Wort und widmete sich wieder dem Meer.

Während Nikola versuchte herauszufinden, wo Toma war. »Ich weiß nicht, als ich heute wach geworden bin, war er nicht da«, sagte Julia unbesorgt, sie hatte sich auf einem Liegestuhl ausgestreckt, Diva zu ihren Füßen. Verträumt sah sie Nikola an.

»Ist es dir nicht zu kalt hier?«, fragte er, aber sein Blick schweifte umher, abgelenkt.

»Ein wenig, aber es tut mir gut nach dem Sturm draußen und drinnen, es tut gut, die Sonne tut gut.«

»Ich gehe ihn suchen, nur er kann mir jetzt helfen.«

»Ich habe auch ein Boot, weißt du.«

»Ich weiß, aber ich glaube ...«

»Klar, ein Mann ist ein Mann«, lächelte Julia.

»Nein, das meine ich nicht, meine Mutter, sie ... wir ... nein, das meine ich nicht.« Ohne Abschied verließ Nikola Julias Terrasse, Diva hob den

Kopf, aber mehr war es nicht, und Julia dachte, dass alles endlich wieder in Ordnung war.

Nikola fand nichts in Ordnung, eilte den Weg zur Bucht und Tomas Haus, wo er noch nie gewesen war, verlaufen aber konnte man sich hier nicht. Allmählich wärmte die Sonne ihm das Gesicht, brannte in den Augen, ohne Sonnenbrille war er losgegangen. Auf seiner rechten Seite das Meer, leicht in seiner Unbeweglichkeit. Die Terrasse vor Tomas Haus war leer, die Eingangstür zu, Nikola rief, noch einmal, immer lauter, bis ein verschlafener, orientierungsloser Simon am Fenster erschien. Er sagte nichts, starrte mit blinden Augen auf Nikola, erkannte ihn nicht, kannte sich selbst nicht.

»Suche Toma, ist er da?«

»Wer?«

»Toma! Ist er da?«

Simon hob die Schultern, fuhr sich mit der Hand durchs Haar.

»Hast du ihn gesehen? Weiß du, wo er ist?«

Kopfschütteln.

»Ich muss ihn finden, mein Boot ist verschwunden.«

Kopfnicken.

Nikola winkte resigniert ab und kehrte um. Hinter ihm wurden die Fensterläden zugeklappt, er hielt einen Moment inne, ging dann weiter, mit der Sonne im Rücken, blieb aber oft stehen, schaute aufs Meer, saugte dessen Glitzern auf. Nikola war unruhig wegen seines Vaters, den er noch nicht hatte erreichen können, der verrückt vor Sorge sein musste. Die Sonne funkelte das Wasser an, und Nikola fühlte sich plötzlich besser, das Boot hin oder her. Die Sonne funkelte auch die Felsen und Kieselsteine in der Bucht an, sie glänzten in allen Farben, wie Murmeln. Wieder blieb Nikola stehen, atmete tief ein und aus, dehnte sich, dachte, ohne es zu wissen, Julias Gedanken, lächelte zufrieden – und dann sah er ihn, den Körper.

39.

»Wer sucht Michael?«, fragte Anton und zündete sich eine Zigarette an.

»Du rauchst entschieden zu viel«, bemerkte Barbara, die eben aus ihrem Zimmer kam.

Anton sah sie von der Seite an. »Geht's wieder?«

»Was meinst du?« Barbara ging in die Küche, machte sich frischen Kaffee.

»Du weißt schon. Stefan.«

»Alles bestens.«

Antons Blick verriet Vorbehalte, sein Mund schwieg. Mit zwei vollen Tassen kehrte Barbara ins Schlafzimmer zurück. Anton hörte Stefan in die Hände klatschen, bevor Barbara die Tür hinter sich zuschlug, eine klare Aussage.

»Also, wer sucht nach dem Idioten?«, fragte Anton erneut, diesmal viel lauter, sodass auch Katrin ihn in ihrem Zimmer hören konnte. Und Lisa auf der Terrasse. Lisa schimpfte. Schließlich sagte sie: »Ich mache es!«

Langen, verärgerten Schrittes ging sie in die entgegengesetzte Richtung zu der, in die sie Nikola hatte losmarschieren sehen. Erstaunlich bald vergaß sie den Grund für diesen Ausflug, sah nur noch das durchsichtige Blau links und das dichte Grün rechts, hörte Vögel zwitschern und das Wasser plätschern, Insekten schwirrten ihr um die Nase. Die Welt war Jahrhunderte von hier entfernt, von ihr und ihren Gedanken und Bedenken und Unsicherheiten. Es gab nur diesen Augenblick, und sie war allein in ihm, und es war gut so. Ihr Schritt wurde fester, die Sonne brannte ihr in den Rücken, als sie einen leichten Schrei hörte, dann noch einen, viele kleine Ausrufe zwischen Angst und Unbehagen. Sie schaute sich um. Nichts. Sie beeilte sich, bog in die andere, enge Bucht ein, und da sah sie ihn.

Im ersten Augenblick dachte Lisa, er würde ertrinken, er wäre dabei zu ertrinken, und sie konnte sich nicht erinnern, ob er schwimmen konnte oder nicht. Dann sah sie seine Lippen beben, seinen ganzen sichtbaren Körper zittern, wer lauter war, er oder das Wasser, auf das er heftig einschlug, hätte sie nicht sagen können. Er drehte sich im Kreis, er hüpfte herum in dem Versuch, sich zu wärmen. Schließlich lachte Lisa, lachte schrill und schallend und wurde gehört. Überraschte, erschrockene Augen richteten sich auf sie. Lisa rannte die letzten Meter, winkte ausgiebig. »Was machst du hier, Papa? Komm raus, du erkältest dich noch oder trittst womöglich auf einen Seeigel!«

»Gibt's hier welche?« Panisch schaute Jens sich um, das Meer wie Glas. »Ich sehe keine«, berichtete er.

Lisa gelangte ans Ufer, setzte sich auf einen Stein, der halb im Wasser, halb im Kies vergraben lag. »Was machst du da?«

Jens sah Lisa verstohlen an, als würde er sich schämen, Lisa musste an ein kleines Kind denken.

»Na, was, sag schon!«

»Toma.«

»Toma was?«

»Du weißt schon. Toma.«

»Gott, Papa, seit wann muss man dir die Worte mit einer Zange rausziehen?!«

Jens sah Lisa an, während er am ganzen Körper zitterte, das Wasser reichte ihm bis zur Taille. »So wie Toma, das will ich auch.«

»Ich verstehe kein Wort! Was wie Toma? Fischer und Bauer sein? Auf einer Insel, in einem von der Welt abgeschnittenen Dorf leben? Ohne Strom? Ohne Wasser? Ohne alles? Dir die Haare wachsen lassen? Was?« Lisa stand auf und wedelte aufgeregt mit den Armen, während Jens sehr langsam, aber sehr unausweichlich ins Wasser tauchte. »Oder Julia lieben? Eine wie Julia lieben? Allein mit einem Hund wohnen? In einem Haus abseits des Geschehens, weg vom Trubel, ohne Promis, ohne Partys? Was?!« Die letzten Worte kamen ihr nicht leicht über die Lippen. Der Gedanke, auch ihn zu verlieren, alleine dazustehen. Im Leben. Und überhaupt. Bis zum Hals steckte Jens jetzt im Wasser, seine Zähne klapperten, seine Lippen liefen blau an.

»Papa?«

Immer tiefer versank er.

»Papa!«

Und dann war er nicht mehr zu sehen. Lisa blickte um sich, wartete, zählte. Als sie schon dachte, sie würde reinspringen müssen, schoss Jens in die Höhe, von Wasser umgeben wie mit einem Kokon, Tropfen flogen herum, Jens schnappte nach Luft. Lisa lachte erleichtert, laut lachte sie und klatschte in die Hände. »Ach, Papa.«

Unsicher stolpernd kam Jens auf Lisa zu, sie nahm das Badetuch und hielt es ihm ausgebreitet hin. Jens ließ sich einwickeln, er bebte wie unter Strom. Lisa legte ihre Arme um ihn, hielt ihn fest. Lange standen sie so.

»Lisa, Schatz?«

Lisa hob den Kopf, sah ihrem Vater in die Augen.

»Sind meine Augen auch blau geworden?«

Nach dem Staunen kam das Lachen. Das bedeutete Familie, dachte Lisa. Das bedeutete Familie, dachte Jens. Staunen, lachen, weitergehen, lieben. Immer lieben.

Als Jens dabei war, sich anzuziehen, fragte er: »Was machst du überhaupt hier? Ich dachte, ihr würdet das schöne Wetter ausnutzen wollen ...«

»Ich suche nach Michael.«

40.

Körperteile. Verrenkt. Ausgestreckt. Ein Arm, ein verdrehtes Bein. Ein Fuß in der Höhe. Aber kein Kopf. Den Kopf konnte Nikola von da aus, wo er stand, nicht sehen. Er spürte nichts, keine Panik, keine Übelkeit, keine Vorahnung. Da gab es nichts vorzuahnen, wenn man es wusste, dann wusste man es. Nikola erinnerte sich an die Atemübungen seiner Mutter, er hatte sie nie ernst genommen und nur einmal in seinem Leben ausprobiert – mit Erfolg, aber das Misstrauen war geblieben. Ein und aus, tief und langsam atmen, dreimal. Das machte er, nicht, um sich zu beruhigen, ruhig war er, sondern um Zeit zu gewinnen. Hilfe zu holen, bevor er den Bedarf für Hilfe feststellen konnte, wäre Zeitverschwendung gewesen, eine Verzweiflungstat. Nikola war weder verschwenderisch noch verzweifelt.

Der Weg zum Schrecken führte über wacklige Steine, rote Erdflecken. Manchmal musste er von einem glatten Felsen zum anderen springen. Nie rutschte er aus. Er gönnte sich einen kleinen Umweg, als wäre das Ganze ein Spiel, als würde er darauf hoffen, dass jemand vorbeikam und ihn von dem immer näher rückenden Anblick erlöste. Über ihm lediglich ein paar Möwen. Schon. Nikola beschleunigte seinen Schritt, bemühte sich, zu atmen, an sein Boot zu denken, das das Boot seines Vaters war, an Lisa, an Barbara, an Toma, dessen Boot ruhig am Steg schaukelte, als hätte es den Sturm nie gegeben, an Julia, deren Boot ebenfalls ruhig am Steg schaukelte, als hätte es den Sturm nie gegeben. Dann war plötzlich auch der Kopf sichtbar, und alles, was Nikola gewusst hatte, wurde mit einem Blick bestätigt. Er würgte. Er erbrach sich. Er blieb nach vorne gebeugt stehen, stützte sich mit einer Hand auf einem Stein ab. Der Kopf, den er jetzt sehen konnte, war mit Seetang und Algen und anderen Hinterlassenschaften des Meeres bedeckt, und eigentlich hätte es jeder sein können, jeder Mann der Welt, eigentlich, jeder erwachsene Mann der Welt. Er hätte vom Meer ausgespuckt worden sein können, aus einem Flugzeug gestoßen, gesprungen, hierhergedonnert oder hierhergeblitzt. Alles war möglich. Sogar die Wahrheit.

Nikola näherte sich seiner Angst unsicheren Schrittes, unwillig, war schon längst in seinem Boot, segelte ohne Segel, egal, raste über das Wasser, durchschnitt die Oberfläche messerscharf, mit der Präzision eines Chirurgen, eines Malers der Postmoderne, ruderte in den Sonnenuntergang, ließ sich von Meeresungeheuern ziehen, ins Unglück. Bei der offenen Hand blieb Nikola stehen, suchte wieder Halt, fand ihn in der Blindheit seiner Augen. Möwen über ihm, sehr dicht über ihm, drängten, wollten ihn zur Eile zwingen, übten Druck aus, auf seine Schulter, seine Arme, Knie, nötigten ihn in die Hocke, er wankte, Nikola wankte, hielt sich am Felsen fest, am Stein, an seinem Boot, verschwunden, verschwunden, ein Erlebnispark für die Fische, nicht mehr und nicht weniger. Mit einer jähen Bewegung fasste er nach dem Handgelenk des Mannes – der jeder Mann auf der Welt hätte sein können, eigentlich –, tastete nach dem Puls, tastete, um zu tasten, um etwas zu tun, um sagen zu können, er hätte etwas unternommen, er hätte ihn nicht sterben lassen, diesen Mann, der, eigentlich ... Nichts fand er, weder Puls noch Erlösung. Eine Möwe landete auf einem Stein neben dem halb verdeckten Kopf, tat desinteressiert, als wäre das ein Zufall, schaute überallhin außer auf die unerträgliche Unwiderstehlichkeit des toten Körpers, und Nikola wusste sofort, dass er ihn nicht allein hierlassen konnte, nicht mit dieser Möwe, die nur die erste von vielen war. Er sah sich um, fand einen abgebrochenen Ast, setzte sich genau dahin, wo er soeben in die Hocke gegangen war, und wartete. Er behielt die Möwe im Auge und war nicht derjenige, der den Blick abwenden musste.

41.

»Da, da unten, da ist Nikola!«, rief Barbara und ergriff Tomas Hand, der blieb stehen, immer noch strahlend, aber wegen der Sonne nicht mehr so unerträglich auffällig, sie blickten jetzt beide zu den Felsen und waren Zeugen von Nikolas Kampf mit den Möwen, der eine schrie, die anderen kreischten, alle machten sich auf ganz persönliche Art und Weise Mut.

»Nikola«, rief Barbara, einmal, zweimal, dreimal – und tatsächlich, Nikola hielt inne, drehte sich um, ein breites Lächeln erhellte sein Gesicht: »Toma, endlich, ich suche dich schon den ganzen Tag, wo warst du denn, Toma, Toma, mein Boot ist verschwunden, weg, einfach so, gestern Abend war es noch da und heute früh dann nicht mehr, wie ist das möglich, was ist passiert, aber du bringst mich doch nach Bol, oder, ich muss nach Hause, meine Eltern, die werden ausflippen, Toma, was sagst du, so plötzlich, wahrscheinlich von den Wellen verschluckt, oder, was sonst, nach Bol, du bringst mich nach Bol, oder, da kann ich dann die Fähre nehmen, oder jemand fährt mich, egal, ich finde schon einen Weg, was meinst du, wo warst du den ganzen Tag, Toma, ich suche dich schon seit Stunden, Julia wusste auch nicht, wo du warst, Toma, wo warst du ...«

Toma stand jetzt vor ihm, so dicht vor ihm, dass Nikola ganz deutlich seine blauen Augen sehen konnte, den Schatten in ihnen, der sich schneller als eine Strömung verbreitete, Tomas ganzes Gesicht in Besitz nahm, die ganze Welt. »Setz dich, Junge, setz dich«, sagte Toma sanft, aber entschlossen, Nikola setzte sich, es gab keinen Grund, es nicht zu tun. Den Ast hielt er weiterhin krampfhaft in der Hand.

»Wie lange bist du schon hier?«

»Stundenlang, ich suche dich schon seit dem frühesten Morgen, seitdem ich gesehen habe, dass mein Boot verschwunden ist, einfach so, am Abend war es ...«

»Ich weiß, ich weiß. Was ist hier passiert?«

»Die Möwe hat was vor, aber ich lasse es nicht zu, nein, nicht solange ich hier bin, nein.«

Toma sah Nikola ausdruckslos an, der Schatten überall.

»Was ist los?«, schrie Barbara von oben, beugte sich gefährlich nach vorne, um etwas zu sehen, um zu verstehen.

»Geh zum Haus zurück, Julia soll die Polizei anrufen. Sie soll nach Jozo Karninčić fragen, er soll so schnell wie möglich herkommen, Jozo Karninčić, hast du dir das gemerkt, sie soll sagen, es ist ein Unfall passiert.«

Barbara rührte sich nicht. Toma hätte schwören können, dass sie nicht einmal atmete.

»Mir geht's doch gut, es ist nichts passiert«, protestierte Nikola, stand auf, um es Toma vorzuführen, wackelte heftig und setzte sich wieder hin. »Es ist nur das Boot, das Boot ist weg, mir geht es gut, verstehst du, das Boot ist futsch, da kann auch die Polizei nicht helfen, auch dein Jozo Karninčić nicht, siehst du, ich habe es mir merken können, Jozo Karninčić, Jozo Karninčić, Jozo Karninčić, siehst du, mir geht's gut ...«

Toma legte seine Hand auf Nikolas Schulter, drückte sie fest, krallte sich regelrecht hinein und rief zu Barbara hinauf, die immer noch wie ein abgebrannter Baumstamm oben auf dem Weg ausharrte: »Beeil dich, lauf, hast du verstanden, so schnell du kannst, mein Mädchen!«

Und Barbara rannte, stolperte einige Male, rannte blind vor Tränen, und als sie das Haus erreichte, fing sie an zu schreien, das Wort »Unfall«, »ein schrecklicher Unfall« besetzte ihren Mund und ließ sich nicht vertreiben, nicht erklären, und im Nu wussten alle alles und nichts, sie versammelten sich, sahen sich um, suchten, zählten, fanden und fanden nicht. Ein Chaos entstand, ein Chaos, das alles in sich barg, alle Gefühle der Zeit versteckten sich darin, es gab Schreie, laute und stumme, es gab Tränen, blinde und sehende, es gab Bewegungen, beruhigende und sprunghafte, es gab Atemzüge, endlose und tonlose, es gab alles. In einem Augenblick bildeten acht Menschen einen Körper und einen Gedanken und eine Stimme. Es war ein kurzer Augenblick, und dennoch.

Julia tat, wie und was ihr aufgetragen wurde. Sie kannte den Mann, den sie sprechen sollte, er war ein alter Freund und ehemaliger Kollege von

Toma. Sie fragte ihn nach seiner Frau und der Tochter, die in Split studierte, aber selten nach Hause kam. Sie fragte danach, wie sie den Sturm überstanden hätten und ob das Dach noch auf seinem Platz sei – bevor sie sagte: »Es ist ein Unfall passiert, komm, so schnell du kannst, mehr kann ich nicht sagen. Toma ist vor Ort.«

Bald war auch Jens vor Ort, sah in Tomas blaue Augen ohne Neid, wunschlos erschüttert, bis in die Stimmbänder, gab Toma lediglich Kopfzeichen. Stumm nannte er die zwei Namen. Die Frage.

»Simon!«, schrie Nikola schrill und zeigte mit dem Stock auf Simon, der oberhalb der Felsen langsam den Weg entlangging. »Simon!« Nikola wedelte wild mit dem Ast, grinste breit. Simon blieb stehen, kam näher, winkte. »Was macht ihr da unten? Ist was passiert? Braucht ihr Hilfe?«

Toma gab Jens ein Zeichen, Jens nickte und eilte zurück zu Simon, erreichte ihn außer Atem. »Was ist los?« Simon sah ihn besorgt an. »Geht's dir gut, du bist ziemlich blass um die Nase?« Jens schüttelte den Kopf, versuchte zu artikulieren, sich zu erklären, sein Mund bewegte sich wie bei einer aufziehbaren Puppe, nichts kam heraus. »Jens, was ist los? Du machst mir Angst.« Jens legte beide Hände auf Simons Schultern, sah ihm in die Augen, dachte, dass Simon ihn falsch verstehen könnte, dachte, wie es wäre, Simon zu küssen, wie sich das wohl anfühlen würde.

»Jens?«

»Es ist Michael«, schaffte Jens es endlich zu sagen. »Es ist Michael, Simon, es ist Michael.«

»Was heißt das? Was ist mit Michael? Hat er wieder was angestellt? Heißer Sex am Strand? Mit wem? Mit Katrin oder deiner Tochter?«

Jens konnte nur den Kopf schütteln, konnte nicht aufhören.

»Was? Sag's endlich!«

Jens' Nacken tat weh, der Kopf war zu schwer. »Er ist ... es gab einen Unfall. Er ist gefallen ... er ist ...«

Simon machte eine schnelle Handbewegung, entschlossen, bestimmt, und brachte Jens zum Schweigen. Dann entfernte er Jens' Hände von seinen Schultern und wich ein paar Schritte zurück, vergrößerte den Abstand zwischen ihnen. Seine Hand in der abweisenden Bewegung erstarrt, die Lippen aufeinandergepresst, die Augen verloren jegliche Farbe, sie leerten sich von einer Sekunde auf die andere, das Meer, der Himmel, die Sonne, der Ginster, die Pinien, alles entschwand. Er rannte, Simon rannte. In Tomas Armen blieb er stehen, hängen. Nikola starrte auf den Ast, auch er verschwunden, wie sein Boot. Wie erstarrt alle drei. Alle drei ein wenig wie Michael. Von oben betrachtete Jens das Bild zwischen dem Meer und den Felsen, auf der Suche nach der Sprache, nach dem einen Wort, das in diesem Augenblick das Leben bedeuten würde.

42.

Alle hörten den Motor, bevor sie das Schnellboot sehen konnten. Es raste an der Unfallstelle vorbei, weiter zum Steg, wo Julia wartete. Die anderen saßen oben auf der Terrasse der Gästevilla und atmeten.

Julia fror in der prallen Sonne, übte sich in einem unverbindlichen Lächeln, in einem Gesicht, das ihr plötzlich nicht gehörte. Jozo Karninčić stieg aus dem Boot und kam ihr entgegen, Julia ließ sich umarmen.

»Was ist passiert?«

»Ich weiß es nicht.« Dann sah sie ihm in die Augen. »Ich weiß nicht mal, wer es ist«, flüsterte sie.

»Du kennst ihn nicht?«

»Doch, aber ich weiß nicht, ob es ... Es könnten zwei Personen sein, Barbara wusste nicht, wer es ist, sie hat es nicht gesehen, Toma hat sie sofort nach Hause geschickt, sie hat es nicht gesehen, wir wissen nicht, ob es ...«

»Verstehe. Ist Toma noch dort?«

Julia nickte. »Und Jens, ein Gast.«

Jozo nickte. »Dann gehe ich gleich hin.« Sie waren auf die Terrasse gekommen, wo alle Augen sie verfolgten, als wäre es ein Spiel. »Guten Tag«, grüßte Jozo Karninčić, ließ seinen Blick über die blassen, ungläubigen Gesichter wandern.

»Die meisten verstehen kein Kroatisch, außer meiner Nichte und Anton hier, sie sind Deutsche ...« Julias Stimme war ruhig.

»Verstehe. Das wird es nicht leichter machen.« Er starrte die Augen vor sich an, als wären sie Leuchttürme. »Sie sollen alle hier bleiben, bis ich zurück bin«, sagte er schließlich, und Julia übersetzte, niemand rührte sich. »Wo ist es?«

Julia sah rasch Barbara an, Panik wurde ausgetauscht, Julia beeilte sich zu sagen: »In der großen Bucht, am Anfang der Bucht, kannst du nicht verfehlen. Und Toma ist da. Und Jens und Nikola und ...«

Jozo Karninčić nickte, wandte sich an seine drei Männer, machte zwei kurze Handbewegungen und entfernte sich entschlossen Richtung Bucht. Zwei Uniformierte folgten ihm, der Dritte blieb auf der letzten Treppe stehen, sah niemanden an.

Auf dem Weg begegnete Jozo Karninčić dann Jens, der immer noch unbeweglich und wortlos dastand.

»Guten Tag«, grüßte der Polizist, ein wenig Deutsch konnte er schon.

Jens sah ihn nur an, seine Augen rastlos, fiebrig. Er streckte den Arm aus, den Zeigefinger, und Jozo folgte ihm, sah Toma und die anderen zwischen den Felsen stehen, sitzen. Toma winkte, Jozo winkte zurück und fing an, hinunterzuklettern, seine zwei Begleiter folgten. Zwei Freunde und ehemalige Kollegen gaben sich die Hand. Jozo sah ihn argwöhnisch an. »Etwas ist anders, du siehst anders aus. Deine Augen ...«

»Blau«, sagte Toma.

Jozo nickte, als wäre damit alles geklärt. Er sah von Nikola zu Simon, der jetzt auf einem Stein saß, das Gesicht in den Händen verborgen. Toma ging zur Seite und enthüllte, was es zu enthüllen gab. Jozo betrachtete den verdrehten Körper, schaute dann hoch, dann wieder den Körper an, wiederholte das einige Male, bevor er in die Hocke ging und sich mit absoluter Aufmerksamkeit Michael widmete. Währenddessen erzählte Toma, was er wusste, was Nikola erzählt hatte. Das Boot erwähnte er dabei nicht, aber die Möwen. Jozo stellte zwei Fragen, ohne sich von Michael abzuwenden, Toma antwortete. Die Sonne stieg höher, wurde stärker. Schließlich richtete Jozo Karninčić sich auf und sagte: »Lass uns alle ins Haus gehen, ich muss euch einige Fragen stellen.« Den zwei Uniformierten gab er ein Zeichen, sie nickten. Der eine machte einige Fotos, der andere holte einen schwarzen Sack aus dem kleinen Koffer, den er die ganze Zeit in der Hand gehalten hatte.

Es war nicht einfach, Nikola und Simon in Bewegung zu setzen, Toma musste sie anfangs schieben, stützen. Jens war keine große Hilfe, aber er konnte wenigstens selbstständig laufen. Der Weg zum Gästehaus wurde unendlich.

Als sie auf der Terrasse erschienen, war alles klar, das Rätsel gelöst, und der Schock, der wahrhaftige Schock, setzte ein. Katrin weinte, suchte etwas in den Haaren, auf der Nase, um den Hals, fand nichts, weinte und lief ins Haus, in ihr Zimmer. Lisa weinte, Barbara saß in der Ecke auf den Steinplatten, flüsterte immer wieder: »Es ist Michael« und ließ sich von Stefan umarmen. Stefan, der nicht ganz wach aussah. Anton zündete sich wieder eine Zigarette an, zog nicht an ihr, ließ sie zwischen den Lippen hängen. Julia fing Tomas Blick auf und entführte ihn. Während sie nachdachte, was sie ihren Stammgästen, die schon in einem Monat kommen wollten, sagen würde. Nur die Sonne schien unbeeindruckt, und das Meer glitzerte selbstverliebt.

Jozo Karninčić hatte nicht viele Fragen, wer zuletzt?, wann zuletzt?, die Julia übersetzte und die einfach zu beantworten waren. Alle wiesen die Selbstmordtheorie zurück.

Simon regte sich bei dieser Frage sehr auf. »Michael liebte das Leben«, sagte er immer wieder.

»Er liebte vor allem sich selbst«, meinte Barbara, aber nicht böse.

»Er hatte Pläne«, fügte Katrin hinzu, drei Brillen in der Hand.

»Er wollte einen Roman schreiben«, enthüllte Lisa leise, wollte nicht auffallen.

»Er wollte professionell auf die Bühne«, murmelte Anton.

»Unglückliche dreizehn Mal kommt Selbstmord bei Shakespeare vor«, verkündete Stefan.

»Wir wollten heiraten.« Punkt. Ende. Aus. Alle sahen Simon an, die meisten Blicke leer.

»Sagst du«, sagte Katrin, setzte eine der Brillen auf.

»Wir kennen dich ja gar nicht«, Lisa wurde dann doch lauter.

Jozo Karninčić beobachtete das Ganze sehr aufmerksam, machte sich aber keine Notizen, als wäre schon alles klar und geklärt und entschieden. Dann kam die Frage, die alles durcheinanderbrachte.

»War Michael Weichmann beliebt?«

Schweigen. Blicke, die den Bodenbelag nie mehr verlassen würden. Bis Simon fragte: »Warum fragen Sie? Es war doch ein Unfall. Oder denken Sie, jemand hat ihn umgebracht?«

Plötzlich kam die ganze Terrasse in Bewegung, alles passierte gleichzeitig, es wurde aufgelacht, geredet, geschrien, geschwiegen, Füße stampften auf, Augen wurden verdreht, Köpfe geschüttelt, Rücken zugewandt, ein Gewitter nach dem Sturm. Diva bellte. Katrin hängte sich eine Brille um.

Jozo Karninčić sah seinen Freund an, und Toma zuckte mit den Achseln. »Der Junge war manchmal nervig und taktlos, machte oft Unsinn, aber das war sicher kein Grund, ihn umzubringen, Jozo.«

Jozo schaute ihn lange an, spannte die Lippen an. »Das heißt, nachdem er gestern ...«

»Es war schon nach Mitternacht.«

»Nachdem er heute Nacht Julias Haus verlassen hatte, hat keiner von Ihnen ihn getroffen oder gesehen?«

Kopfnicken oder kein Kopfnicken, tiefes Schweigen.

»Das haben wir schon ausgesagt. Hör zu, Jozo, es war dunkel, es war stürmisch, er kannte sich nicht aus, ein falscher Schritt, eine stärkere Böe ... es war ein Unfall«, Toma redete jetzt auf den Polizisten ein, vertraut, lächelte dabei nicht, es war kein Scherz.

»Wieso sind deine Augen blau?«, fragte Jozo unvermittelt.

Jetzt lächelte Toma doch. »Das erzähle ich dir ein anderes Mal.«

Jozo schaute schnell zu Julia, sie hob die Schultern, als wäre alles gesagt oder als gäbe es nichts zu sagen.

Jozo räusperte sich, stellte sich in die Mitte, suchte Augenkontakt mit jedem Einzelnen, meistens vergebens.

»Also ein Unfall?«

Gemurmel, unverständliche Zustimmung mit leichten Spuren von schlechtem Gewissen. Jozo Karninčić fuhr sich mit der Hand übers Gesicht, rieb sich die Augen, spürte allmählich Hunger und dachte, einfach sei immer besser. Er sah den jungen Polizisten an, der noch auf der obersten Treppe zur Terrasse stand und auf die nackten Beine der zwei Mädchen starrte.

»Also ein Unfall.«

Wieder flossen Tränen, und Zigaretten wurden wieder nicht geraucht.

»Sie schreiben alle Ihre Namen und Adressen auf, auch die Telefonnummern. Und Sie bleiben da, bis der Pathologe seinen Bericht fertig hat, verstanden?«

Alle verstanden, keiner wusste, wohin mit sich. Katrin steckte eine Brille ins Haar.

Jozo Karninčić pfiff, und der junge Polizist erwachte, sein Chef machte ein paar Handzeichen, er musste jemanden anrufen, eindeutig, also nickte er und holte sein Handy aus der Brusttasche. Der Pathologe musste aus Split kommen.

Plötzlich war der schwarze Sack da, passierte die Terrasse – alle verstummten mit geöffnetem Mund – und wurde zum Steg hinuntergetragen, an Deck gebracht. Wenn die Realität real wurde. Wenn die Realität einem ins Gesicht schlug, in die Lunge, in den Magen. In die Kniekehle, sodass die Beine nachgaben.

»Michael«, flüsterte jemand. Simon folgte dem Sack mit Verzögerung. Katrin und Lisa folgten Simon. Anton setzte an, überlegte es sich dann anders. Jozo Karninčić beobachtete das Ganze wachsam, bis sein Magen erneut knurrte.

»So, das hätten wir. Was gibt's zu essen?«

43.

Sie funktionierten wie ein Körper, der zerteilt worden war, jeder für sich und immer zusammen. Sie packten die Koffer und packten wieder aus, räumten auf, als würden sie an dem Tag noch abreisen, blieben immer in der Gruppe, wollten weder allein noch zu zweit sein. Als Katrin, der keiner mehr sagte, dass sie anders aussehe, und Barbara, die sich nicht mehr kümmerte, schwimmen gehen wollten, gingen alle mit und saßen am Strand, während die zwei tauchten, das Wasser durch sich hindurchfließen ließen, innerlich und äußerlich nass wieder herauskamen. Sie redeten kaum, und wenn, dann wurden lauter unwichtige Dinge besprochen, kommentiert, mitgeteilt, ab und zu wurde gelacht, aber nur kurz, nur andeutungsweise. Man sprach von zu Hause, von München, vom Alltag. Die Tränen blieben stumm. Das Stück auch. Obschon Anton viel nachdachte, auch über das Theater, fast ausschließlich darüber.

Julia kochte für sie, auch wenn keiner von ihnen großen Appetit hatte, Toma half, ging mit Nikola, der sein Boot nicht mehr erwähnte, und Stefan, der irgendwo zwischen den zwei Welten stecken geblieben war, fischen, zu dritt schwiegen sie im Boot, warteten geduldig, glücklich, dass sie etwas zu tun hatten, anderswo sein konnten. Nachts lag Julia in Tomas Armen, erfüllt von seinem Strahlen, seinen blauen Augen, die alles gesehen hatten.

»Ich liebe dich«, sagte Julia, erwartete nichts, bekam alles. Über Michael redeten sie nicht. Niemand redete über Michael, lediglich Simon sprach von ihm, erwähnte ihn immer wieder, rannte mit seinem Namen gegen die Mauer um ihn herum. Er war derjenige, der Michaels Mutter angerufen hatte. Danach war er spazieren gegangen, kam so lange nicht zurück, dass Julia Toma auf die Suche schickte, ungesehene Bilder im Kopf. Simon verbrachte die meiste Zeit in Jens' Gesellschaft, folgte wortlos dem wortlosen Jens, der von einem zum anderen schlenderte, getrieben, die körperliche Berührung brauchte, leicht, ganz leicht, und schon war er zufrieden, beruhigt – für den Augenblick. Er stellte unzählige Fragen mit seinen Blicken, seinen Fingern, wollte erfahren, was keiner ihm sagen konnte, wollte, gab nicht auf, ging von einem zum anderen, streckte einen Finger aus, berührte, leicht, ganz leicht. Keine Erlösung kam. Lisa machte sich Sorgen, war froh, abgelenkt zu sein, schaute ihrem Vater oft in die Augen, schüttelte den Kopf. Manchmal glitt sie sanft mit dem Handrücken über seine Wange, wurde erwachsen. Barbara und Stefan hielten zusammen, wollten aber nicht für sich sein – der Platz zwischen den Felsen blieb unbesucht. Anton rauchte oder hatte einfach so eine Zigarette im Mund, erwähnte nie mehr das Stück – dachte lediglich darüber nach, erwähnte nie mehr Julia, nie mehr die Zukunft und Zukunftsängste, ging nicht mehr ins Wasser und dieses »nicht mehr, nie mehr« öffnete ihm in diesen Tagen des Wartens eine neue Tür, blind stand er davor und rauchte. Katrin fing an zu zeichnen, borgte sich von Nikola einen Block und zeichnete pausenlos, wollte es niemandem zeigen, sodass Simon zu Jens sagte: »Sicher hat sie was gesehen, das ist ihre Art, es zu verarbeiten, bin mir sicher, was sagst du?«

Nichts, Jens sagte nichts, während Simon immer wieder versuchte, an die Bilder zu kommen und dabei einmal von Julia überrascht wurde.

»Sie hat etwas gesehen, ich muss es wissen!«

»Was soll sie gesehen haben, Simon, es war ein Unfall, ein tragischer Unfall«, beruhigte Julia ihn, nahm ihn an die Hand, führte ihn aus Katrins Zimmer. Als sie an dem Abend in Tomas Armen lag, fragte sie: »Du glaubst doch auch, dass es ein Unfall war, oder? Du bist dir ganz sicher, oder?«

Toma küsste sie. »Ja, ich bin überzeugt davon.«

»Ein dummer Junge«, flüsterte Julia und schlief ein.

»Ein Blödmann, so ein Blödmann«, flüsterte dann am Abend auch Katrin, alle drei Brillen unter Kontrolle. Alle saßen am Tisch, hörten die Meeresmusik. »Bei dem Wetter, in dem Zustand ... so ein Blödmann!«, sagte sie dann lauter und schlug sogar mit der Faust auf den Tisch.

Keine Widerrede, keine Erwiderung.

»Das ist alles so unwirklich«, flüsterte Lisa.

Die Wirklichkeit ist unwirklich ohne Unwirklichkeit, dachte Barbara, weiten Blickes. Nikola suchte Barbaras Nähe, blieb aber auf Distanz, versuchte mehrmals, Stefan in ein Gespräch zu locken, vergebens. Stefan hatte nicht vergessen, dass er Nikola nicht getraut hatte, und auch wenn jetzt alles anders war, wollte er sich wenigstens da treu bleiben. Denn Stefan konnte sein Abbild im Spiegel kaum erkennen, oder in Barbaras Augen, auch wenn sie seine Hand nicht losließ und ständig Sex haben wollte, aber nur wollte – allein mit ihm vermochte sie nicht zu sein. Diva bellte wie eh und je, Julia sagte: »Es muss schön sein, ein Hund zu sein.«

Vier Tage nach dem Unglück kam Jozo Karninčić persönlich vorbei, um sie alle freizusprechen – ob sie es waren oder nicht, ob sie sich so fühlten oder nicht. Der Bericht des Pathologen enthielt keine Hinweise auf einen gewaltsamen Tod, man hatte keine Spuren gefunden, die darauf hindeuteten.

»Ein Unfall also«, stellte der Polizist fest und blieb zum Mittagessen. Über Unwichtiges wurde gesprochen, vor allem über Unwichtiges. Als Jozo Karninčić sie satt und zufrieden und mit einem tiefen Rülpser verlassen wollte, bat Simon ihn, ihn mitzunehmen, nach Bol, wo er Michaels Leiche übernehmen und nach Hause begleiten würde. Der Polizist wiegte den Kopf, dachte über Vorschriften nach, sah Toma fragend an und willigte ein. Also eilte Simon zu Tomas Haus, holte seine Tasche, viel zu packen gab es tatsächlich nicht, er schaute sich nicht um, sollte er etwas vergessen haben, war ihm das nur recht. Der Abschied von den anderen fiel ungeschickt aus und war leicht, lediglich Jens hielt ihn lange im Arm. Auf der halben Strecke nach Bol schmiss er dann die Tasche ins Meer, nur den Pass und den Geldbeutel behielt er. Jozo Karninčić sagte nichts zu Simons leeren Händen, als er ihm half, aus dem Boot zu steigen. Der Anfang nach dem Ende.

Während Simons Tasche im Meer versank, wurde in Julias Haus der Tisch aufgeräumt und plötzlich entschieden, einfach so, ohne Absprache, ohne Rücksprache, dass die Gäste aus Deutschland alle noch einige Tage hier verbringen würden. Toma versprach Nikola, ihn in den nächsten Tagen nach Bol zu bringen, damit er nach Hause zurückkehren konnte. Keiner wunderte sich, warum er nicht mit dem Polizisten und Simon gefahren war, und keiner bat ihn zu bleiben: Julia sah ihn an und verstand, bildete sich ein, es zu verstehen. Lisa legte ihm stumm die Hand auf die Schulter, dachte an die wenigen Nächte, die ihr noch blieben. Alles andere war unwichtig. Scheinbar.

44.

Das Meer macht immer einen Unterschied.

Nächte vergingen.

Tage vergingen.

Die Sonne schien unermüdlich, wärmte den Stein und die Seele.

Julia fand Anton auf der Terrasse sitzend, zögerte kurz, entschied sich, doch eine Zigarette mit ihm zu rauchen. Anton war die Ruhe selbst. Julia beobachtete ihn von der Seite, ein wenig neugierig war sie schon.

»Und was nun?«

Anton streckte seine dünnen Beine aus, räusperte sich.

»Erstens will ich mich bei dir entschuldigen. Ich habe keine Erklärung für mein Benehmen.« Er sah geradeaus.

»Vergiss es, manchmal verlieren wir alle den Verstand.«

Anton nickte. Sie rauchten weiter in Stille.

»Und zweitens?«, fragte dann Julia doch nach, als sie die Zigarette ausmachte.

»Ich habe keine Angst mehr, du musst dir keine Sorgen um mich machen.«

»Habe ich auch nicht ...«

»Niemand muss es. Ich lasse das Leben auf mich zukommen.«

Julia hatte Schwierigkeiten, diesem Anton zu vertrauen, sie wusste nicht, woher er kam, dieser Anton, so ausgeglichen und ruhig und zuversichtlich.

»Das ist gut, das ist gut ... Was ist denn geschehen? Woher diese Einsicht?«

Anton zuckte nicht einmal mit den Achseln. »Manchmal passieren Sachen. Manchmal ist es so einfach. Ein Augenblick, und das war es.«

Plötzlich fühlte Julia sich überflüssig. Sie stand auf und schaute aufs Meer. Anton nickte, und Julia dachte, alles sei vorbei und nichts sei je geschehen. Und es war gut so.

»Das freut mich für dich«, schaffte sie noch, mehr war aber nicht drin, dann ging sie ins Haus, wo niemand zu finden war. Verunsichert kehrte sie nach Hause zurück, blieb auf ihrer Terrasse stehen, erfasste den Himmel mit einem Blick. Und Toma. Toma näherte sich mit schnellen Schritten, winkte.

»Ist was passiert?«, fragte Julia zögernd.

Toma lächelte.

»Ich weiß jetzt. Ich weiß es jetzt.«

Ein fragender Blick genügte nicht, Julia musste es aussprechen: »Was weißt du?«

Toma entfernte sich ein wenig von ihr, nur zwei Schritte, die spürte sie aber merklich, sie taten weh. Toma umfasste sie vollkommen mit seinem Lächeln und seinen blauen Augen.

»Wir können ein Kind adoptieren«, sagte er, und Julia fing an zu weinen, ließ Tomas Blick nicht los, hielt sich daran fest. Ein Kind.

»Dann müssen wir heiraten.«

Toma sah sie lächelnd an, die Welt in seinen Augen.

Ein Kind.

Eine Möwe kreischte.

45.

Katrin hob den Blick, den Stift in der Hand, betrachtete die segelnden Bewegungen des Vogels.

»Katrin! Hier bin ich, und mir tut schon alles weh«, meinte Lisa und veränderte ihre Position auf dem Stein, Diva drehte einen Kreis um sie, legte sich dann wieder zu ihren Füßen. Lisa kraulte den Hund, spielte mit Divas langen Ohren. Ihren Locken. Lisa hatte sich schon von Nikola verabschiedet, jeden Tag ein wenig, sie fühlte sich bereit für seine Abfahrt. Ohne Kuss. Ohne Nächte, an die sie sich erinnern würde. Nichts blieb ihr. Lisa liebte und verstand es nicht. Die Wege der Gefühle.

»Lisa! Setz dich gerade hin, Kopf hoch ...«

Lisa gehorchte, lächelte schwach, beschloss, später, nachher, schwimmen zu gehen, so lange zu schwimmen, bis ihr schwindlig würde, so lange die Arme sie trugen.

Zwei Möwen schrien sich an.

»Ich kann nicht genug von denen haben, so majestätisch, diese Eleganz ... Weißt du, was ich mache, wenn ich wieder zu Hause bin? Ich werde sie in Stein meißeln, das werde ich machen!« Katrin zog an ihren Brillen, dann legte sie sie ab, eine nach der anderen und zeichnete weiter Lisas hart gewordene Gesichtszüge. Katrin dachte an all die Gesichter von Michael, die sie in den letzten Tagen angefertigt hatte. Michael. Vorbei. Es war vorbei. Katrin dachte an die Traurigkeit, ihre eigene Traurigkeit, die sich schon in etwas Neues verwandelt hatte. Katrin hatte einen Plan. Sie dachte an die Unschuld des Steines.

Lisa dachte an den Morgen, als sie Katrin im Meer hatte schweben sehen, und wusste plötzlich mit Sicherheit, dass Katrin alles erreichen konnte, alles, was sie wollte. Lisa wandte die Augen, das ganze Gesicht von Katrin ab und erhaschte noch einen flüchtigen Blick auf ihren Vater, der wieder einmal zur tiefen Bucht, zu Tomas Bucht – wie Jens sie nannte –, eilte.

Seit Simons Abfahrt, seit dem Entschluss, noch länger auf der Insel zu bleiben, ging Jens jeden Morgen dorthin tauchen, nichts anderes tat er, er tauchte und schwieg, tauchte und schwieg und wartete auf ein Wunder. Auf Lisa, die ihn nach Hause bringen sollte. Zu einer Leere, die ihm keine Angst machte. Plötzlich musste er sie nicht mehr mit Worten füllen. Plötzlich wusste er, er konnte abwarten. Jens lächelte. Er lief an Stefan und Barbara vorbei, ohne sie zu bemerken, seine Augen blind für die Außenwelt.

Stefan schmunzelte.

»Bist du dir ganz sicher? Willst du es wirklich? Ich kann noch warten ...«

»Aber ich nicht. Wir haben lange gewartet, ich will wieder das Leben spüren.«

Sie liebten sich auf dem Kies, zwischen ihren Felsen, nichts hatte sich hier verändert, geduldig waren die Steine, das Warten hatte ihnen nichts ausgemacht.

»Küss mich, küss mich, küss mich, küss mich, küss mich«, flüsterte Barbara, und Stefan gehorchte, hörte auch all die anderen Worte, die Barbara nicht aussprechen wollte, konnte, von Dürfen gar nicht zu reden. Zwischen ihren Armen, ihren Beinen fühlte sich Stefan zu Hause, zwischen den Welten.

Nikola hörte nichts. Er saß weiter oben, am Waldrand, sah alles und hörte nichts. Ohne Block, ohne Malstifte. Ohne Sinn und ohne Ziel. Aber ruhig. Seinem Vater hatte er gesagt, alles sei in Ordnung. Der Vater war auf dem Weg hierher, er wollte sich ein Boot leihen und ihn abholen. Nikola wartete. Er lehnte es ab, an Barbara oder Lisa zu denken, und der Gedanke, er würde sich selbst bestrafen, schmerzte ihn.

Am Abend saßen sie alle auf der Terrasse, schauten der Sonne beim Verschwinden zu. Der Himmel wie ein Spiegel. Das Meer – wie das Meer.

»So was Selbstsüchtiges und Lebendiges habe ich noch nie gesehen, ein Lebewesen aus einer höheren Dimension«, sagte Anton leise vor sich hin, und diejenigen, die ihn hören konnten, sahen ihn verwundert an, dann nickten sie bedächtig. Barbara strahlte, leicht wie eine Feder.

»Diese Gefühle, Achterbahn.«

»Wenn ich daran denke, wie wir ... und dann zurück ...«

»Ich bekomme Angst.«

»Ich bin traurig, unbegreiflich traurig.«

»Ich fühle mich wohl, trotz allem, ich fühle mich wohl.«

»Als wäre alles möglich?«

»Lebensfreude?«

»Ich weiß nicht, die absolute Freiheit.«

»Davon kriege ich eine Gänsehaut.«

»Ich habe gelesen, irgendwo, Gefühle sind Gedanken, die sich im Körper bewegen.«

Alle dachten darüber nach. Die Sonne begleitete sie. Diva bellte. Und plötzlich war alles schon eine Erinnerung. Alles. Auch die Menschen, ihr Lächeln, die Tränen, die Wutausbrüche, das Glück, die Streitereien. Möwenschreie und Hundegebell. Die Farben des Abenteuers.

Sie wussten, irgendwann, bald, würden sie das alles hier verlassen und wahrscheinlich nicht wiedersehen. Dieser Tag würde kommen. Der Abschied würde dann womöglich schwer und leblos und feucht ausfallen. Aber die Freude auf das Bekannte, Vertraute, die Geborgenheit des Alltags, des neuen, des immer neuen Alltags, sie war auch schon da, lungerte zwischen den Gesten, Blicken, versteckte sich in ausgesprochenen und unterdrückten Worten und Gedanken. Und immer wieder die Sonne. Und immer wieder das Meer.

Hinter ihnen war Divas Bellen zu hören, Julias kurzes Auflachen und Tomas Schweigen.

»Wahnsinn«, sagte Stefan, als die orangerote Kugel zur Hälfte in das seidige Schwarzblau eingetaucht war, und alle stimmten ihm zu – vor allem einer.

Dank

Von ganzem Herzen danke ich

Daša Dragnić, die auch in meinen schlimmsten Augenblicken uneingeschränkt für mich da war;

Andreas Pohr, dessen sorgfältige Notizen zum Manuskript mir in zweierlei Hinsicht viel geholfen haben; der sich so wunderbar von meinem Sturm musikalisch inspirieren ließ – und so meine Leser und mich mit drei stimmungsvollen Kompositionen beschenkte;

Oliver Brauer und Felicitas Igel, die mir vertrauten, mich unterstützten und sich vorbehaltlos vom Sturm mitreißen ließen;

meinem Leon, weil es ihn gibt.